PETER SWANSON

A DES CO NHE CI DA

TRADUÇÃO:
LEONARDO GOMES CASTILHONE

Novo Conceito

1ª Impressão — 2015
Impressão e Acabamento Intergraf 230915

Produção editorial:
Equipe Novo Conceito

Dados Internacionais de Catalogação na Publicação (CIP)
(Câmara Brasileira do Livro, SP, Brasil)

Swanson, Peter
A Desconhecida / Peter Swanson ; tradução Leonardo Gomes Castilhone. -- Ribeirão Preto, SP : Novo Conceito Editora, 2015.

Título original: The girl with a clock for a heart.
ISBN 978-85-8163-806-5

1. Ficção norte-americana I. Título.

15-07271 CDD-813

Índices para catálogo sistemático:
1. Ficção : Literatura norte-americana 813

Novo Conceito
Rua Dr. Hugo Fortes, 1885
Parque Industrial Lagoinha
14095-260 – Ribeirão Preto – SP
www.grupoeditorialnovoconceito.com.br

FUNDAÇÃO ABRINQ

Parte da renda deste livro será doada para a **Fundação Abrinq**, que promove a defesa dos direitos e o exercício da cidadania de crianças e adolescentes.
Saiba mais: **www.fundabrinq.org.br**

Para Charlene.

E em memória do meu avô,
Arthur Gladstone Ellis (1916-2012),
o homem mais gentil de todos e um excelente escritor.

PRÓLOGO

Era fim de tarde, mas, ao virar na entrada da garagem de costume, ele reconheceu o perímetro com fita amarela que ainda circulava a propriedade.

George estacionou seu Saab,[1] mas deixou o motor ligado. Ele procurou não pensar na última vez em que estivera nessa casa quase escondida em uma rua sem saída, em New Essex.

A fita policial estava esticada fazendo um grande círculo, de pinheiro em pinheiro, e a porta da frente estava adesivada com fitas vermelhas e brancas, formando um X. Ele desligou o motor. O ar-condicionado parou de soprar, e George, quase imediatamente, sentiu o calor asfixiante do dia. O sol estava baixo no céu, e a densa copa dos pinheiros fazia tudo parecer ainda mais escuro.

Ele saiu do carro. O ar úmido tinha o cheiro do mar, e era possível ouvir as gaivotas ao longe. A casa de madeira, pintada de marrom-escuro, misturava-se às árvores que a cercavam. Suas altas janelas estavam tão escuras quanto o tapume manchado.

Passando por baixo da fita amarela que dizia “ÁREA POLICIAL, NÃO SE APROXIME”, ele dirigiu-se à parte de trás da casa. Sua esperança era entrar pela porta deslizante de vidro que dava acesso à casa pela varanda apodrecida dos fundos. Se estivesse trancada, ele jogaria uma pedra para quebrar o vidro. O plano era

1 (N.T): Saab é uma marca de veículos sueca que fabrica carros do tipo sedã e sedã esportivo.

entrar na casa e vasculhá-la o mais rápido possível, procurando evidências que a polícia pudesse não ter visto.

As portas de correr estavam com outros adesivos policiais, mas destrancadas. Ele entrou naquela casa fresca, esperando ser consumido pelo medo assim que pusesse os pés lá dentro. Em vez disso, sentiu uma sensação surreal de tranquilidade, como se estivesse num sonho acordado.

Vou saber o que estou procurando assim que eu encontrar.

Estava claro que a polícia havia feito buscas intensas na propriedade. Sobre diversas superfícies havia os restos listrados de poeira para obter digitais. Os acessórios para o uso de drogas que estavam sobre a mesa de café foram tirados. George se virou para a suíte máster na ala leste da casa. Era um quarto no qual jamais estivera, e ele abriu a porta esperando encontrar uma bagunça. Em vez disso, viu-se diante de um cômodo bem organizado, um quarto grande e de teto rebaixado, com uma cama *king size* que fora arrumada com lençóis florais. Havia duas cômodas do lado oposto ao da cama, cada uma servindo de apoio para um prato de vidro. Fotos instantâneas desbotadas estavam afixadas sob o vidro encardido. Aniversários, formaturas.

Ele abriu as gavetas e nada encontrou. Havia alguns itens antigos de vestuário, escovas de cabelo, perfumes ainda nas caixas, tudo com um cheiro floral e empoeirado de naftalina.

Uma escadaria acarpetada levava ao andar inferior. Ao passar pela soleira da porta da frente, George se esforçou para tirar as imagens da cabeça. Mas olhou por tempo demais para onde o corpo havia caído, onde a pele assumira uma cor de outra coisa que não era pele.

No fim da escada, virou para a esquerda em um porão decorado, com cheiro de bolor e sem janelas. Tentou acender as luzes, mas a eletricidade estava cortada. Pegou, então, a pequena lanterna que havia trazido no bolso de trás e projetou a luz fraca para ver melhor o local. No centro do cômodo estava uma linda mesa antiga de bilhar, com feltro vermelho em vez de verde, bolas espalhadas pela superfície. No outro canto estava a área do bar, com vários bancos altos e um grande espelho gravado com a logo GEORGE DICKEL TENNESSEE WHISKEY. Em frente ao espelho ficava uma longa prateleira vazia, que ele imaginou ter acomodado uma coleção de garrafas de bebidas que há muito foram esvaziadas e jogadas no lixo.

Vou saber o que estou procurando assim que eu encontrar.

George subiu novamente as escadas e analisou os dois quartos menores, buscando qualquer sinal de seus mais recentes ocupantes, porém não encontrou nada. A polícia devia ter feito o mesmo, devia ter empacotado como prova qualquer coisa que achasse significante, mas ele precisava vir e olhar com os próprios olhos. Sabia que encontraria alguma coisa. Sabia que ela teria deixado alguma coisa.

Foi quando o achou na prateleira da sala, em uma parede cheia de livros, na altura dos olhos. Era um livro de capa dura branca, encapado com plástico como se tivesse pertencido a uma biblioteca, destacando-se dos outros, sendo a maioria deles de linguagem técnica. Manuais de navegação. Guias de viagem. Um conjunto antigo de enciclopédia para crianças. Havia alguns livros de ficção na prateleira também, mas eram daqueles que se vendem em supermercados. Suspense com tecnologia. Michael Crichton. Tom Clancy.

Ele tocou a lateral do livro. O título e o nome do autor estavam escritos com uma fonte vermelha, leve e elegante. *Rebecca*. De Daphne du Maurier.

Era o livro predileto dela, o único livro predileto dela. Ela dera a ele uma cópia quando se conheceram, no primeiro ano de faculdade, e lia partes em voz alta para ele, no dormitório dela, nas noites frias de inverno. Ele até conhecia alguns trechos de cor.

Tirando o livro do lugar, ele correu os dedos pelas beiradas desgastadas das folhas. Abriu sem querer na página seis. Duas frases estavam destacadas com linhas cuidadosamente desenhadas. Ele lembrou que era o jeito dela de marcar livros. Sem canetas marca-texto. Sem trechos sublinhados. Apenas o contorno exato em volta das palavras, frases e parágrafos.

George não leu imediatamente as palavras marcadas; o livro não se abriu aleatoriamente naquela página, mas porque havia um cartão-postal enfiado entre as páginas. A parte de trás do cartão estava levemente amarelada pelo tempo. Não havia nada escrito nele. Virou-o e olhou para a imagem colorida de uma ruína maia ainda intacta, construída numa ribanceira cheia de arbustos, com o oceano ao fundo. Era um velho cartão-postal; o oceano era azul demais e a grama verde demais. Ele o virou de novo e leu a descrição: "Ruínas Maias de Tulum. Quintana Roo. México".

CAPÍTULO 1

Cinco minutos após as cinco horas de uma tarde de sexta-feira, George Foss foi direto de seu escritório até o bar de Jack Crow, em meio ao ar viscoso de uma onda de calor de Boston. Passara as últimas três horas trabalhando na revisão meticulosa de um contrato de um cartunista, e depois ficara olhando atônito pela janela o azul nublado do céu da cidade. Ele não gostava do fim do verão da mesma forma que o pessoal de Boston não gostava dos invernos de New England. As árvores com poucas folhas, os parques amarelecidos e as longas noites úmidas o faziam sentir saudade do clima fresco do outono, do ar respirável que não deixava suas roupas grudarem na pele e seus ossos ficarem cansados.

Ele caminhou a meia dúzia de quadras até o Jack Crow o mais lento que podia, com a esperança de que sua camisa absorvesse o mínimo de suor. Carros desviavam ao máximo pelas ruas estreitas de Back Bay na tentativa de escapar do agito da cidade. A maioria dos moradores daquela vizinhança em particular devia estar planejando os primeiros drinques da noite em bares em Wellfleet, Edgartown ou Kennebunkport, ou em qualquer cidade à beira-mar que ficasse a uma distância razoável de carro. George se contentava com o Jack Crow, onde as bebidas não eram lá essas coisas, mas o ar-condicionado, monitorado por um expatriado franco-canadense, era religiosamente mantido a temperaturas de frigorífico.

E ele estava bastante contente por estar indo ver Irene. Já fazia mais de duas semanas desde a última vez em que a vira, em um coquetel de um amigo em comum. Os dois mal se falaram, e, quando George foi embora primeiro, ela lhe lançou um olhar simulado de raiva. Fez com que ele pensasse se sua relação "separa e reata" teria chegado a um de seus periódicos pontos críticos. George conhecia Irene fazia quinze anos, desde os tempos em que ela era a editora assistente da revista em que ele ainda trabalhava, enquanto ele atuava na contabilidade. Ser contador de uma revista literária renomada parecia ser o emprego perfeito para um homem com uma tendência literária intensa, mas nenhum talento literário. Agora George era o gerente de negócios daquele barco furado, enquanto Irene tratara de angariar promoções na divisão de websites, em franca expansão, da *Globe*.

Eles formaram um casal perfeito por dois anos. Mas aqueles dois anos foram seguidos por mais treze de cada vez menos retribuições, com recriminações, infidelidades esporádicas e uma constante redução nas expectativas. E, como há muito desistiram da noção de que eram um casal comum com um destino comum, ainda frequentavam o bar favorito deles, ainda contavam tudo um ao outro, de vez em quando dormiam juntos e, ao contrário do que se pode imaginar, tornaram-se bons amigos. Apesar disso, havia a constante necessidade de esclarecer seu status, só para começar uma conversa. George não estava muito a fim disso naquela noite em especial. Não tinha nada a ver com Irene; de certa forma, seus sentimentos com relação a ela não haviam mudado em uma década. Estava mais relacionado ao que sentia pela vida em geral. Aproximando-se dos quarenta, George sentia como se seu mundo estivesse sendo lentamente privado de suas cores. Ele tinha passado da idade em que podia, razoavelmente, esperar se apaixonar loucamente por alguém e constituir uma família, ou se impressionar com o mundo, ou viver algo que o surpreendesse em sua existência cotidiana. Jamais havia dividido esses sentimentos com ninguém — afinal de contas, ele tinha um emprego estável, vivia na cidade de Boston, ainda tinha todo o cabelo —, mas passava a maioria dos dias em uma névoa de desinteresse. E, embora ainda não parasse na frente de casas funerárias, ele sentia como se não tivesse procurado nada além de seu mundo em anos. Não queria saber de novos amigos ou novos relacionamentos. No trabalho, o salário havia aumentado, mas seu entusiasmo pela função era duvidoso. Em anos anteriores, sentira um senso de orgulho e realização com as publicações mensais. Ultimamente, ele mal lia um artigo sequer.

Chegando à taverna, George ficou imaginando como estaria o humor de Irene naquela noite. Ele tinha certeza de que ouviria falar no editor divorciado do escritório dela que a chamara para sair várias vezes naquele verão. E, se ela concordasse, e se eles começaram um relacionamento sério e George, finalmente, fosse largado na rua da amargura? Ele procurou juntar forças, mas, em vez disso, viu-se perguntando a si mesmo o que faria com todo o tempo livre. Como ele o preencheria? E com quem o preencheria?

George adentrou as portas geladas de vidro do Jack Crow e caminhou diretamente para seu lugar de costume. Mais tarde, deu-se conta que devia ter virado à direita, passando por Liana Decter, sentada no canto do bar. Em outras noites, mais frescas que essa, ou naquelas em que George não estava tão desanimado com a vida, ele até teria dado uma olhada nos frequentadores da taverna. Pode até ter existido um tempo em que George, ao bater os olhos em uma mulher curvilínea com a pele clara, teria aventado a possibilidade de que ela fosse Liana. Ele passara vinte anos sonhando e temendo a ideia de vê-la novamente. Reconhecera variações dela ao redor do mundo: seus cabelos em uma comissária de bordo, a luxúria impressionante de seu corpo em uma praia no Cabo, a voz em um programa de jazz de fim de noite. Passara seis meses convencido de que Liana havia se tornado uma atriz pornô com o codinome Jean Harlot. Chegara a correr atrás para descobrir a verdadeira identidade da atriz. Ela era a filha de um ministro da Dakota do Norte chamada Carli Swenson.

George acomodou-se no reservado, pediu sua bebida de costume (uma mistura à base de uísque, açúcar e frutas) a Trudy, a garçonete, e tirou da bolsa desgastada a edição daquele dia do *Globe*. Ele havia reservado a sessão de palavras cruzadas para aquela ocasião. Irene se encontraria com ele, mas não até as seis. Tomou um gole do drinque e resolveu os enigmas, então, relutante, começou a fazer o sudoku e até o caça-palavras antes de ouvir os passos familiares de Irene por trás dele.

— Por favor, podemos trocar? — disse ela, como uma forma de cumprimentá-lo, referindo-se aos seus lugares na mesa. O Jack Crow tinha apenas uma televisão, uma raridade em um bar de Boston, e Irene, que superava muito George em lealdade e fanatismo pelo Red Sox, queria ter uma visão melhor.

George deslizou pelo assento do reservado, beijou Irene no canto da boca (ela cheirava a maquiagem e chiclete de menta) e acomodou-se no outro lado, de frente para o bar de carvalho com janelas do chão ao teto. Ainda estava claro lá fora, um traço cor-de-rosa de sol encimava as casas de arenito do outro lado da rua. O feixe de luz cruzando o vidro fez com que George, subitamente, notasse a presença de uma mulher solitária no canto do bar. Ela toma uma taça de vinho tinto e lia um jornal, e um frio na barriga de George disse-lhe que ela se parecia com Liana. Igual a Liana. Mas era um friozinho que ele sentira muitas outras vezes.

Virando-se para Irene, ele a viu observando a lousa atrás do bar onde estavam listados os pratos especiais do dia e as cervejas que eram servidas. Como sempre, ela estava inabalável pelo calor. Seu cabelo curto e louro mostrava a testa e se enrolava por trás da orelha. Os óculos gatinho tinham uma armação rosa. Sempre foram assim?

Depois de pedir um Allagash White, Irene atualizou George sobre a contínua saga do divórcio do editor. George sentiu-se aliviado pelo tom inicial de Irene, que era descontraído e sem conflitos. As histórias do editor mais se assemelhavam a uma anedota humorística, mesmo George sendo capaz de detectar uma crítica nas entrelinhas. Esse editor devia ser gorducho, usar um rabo de cavalo e ser um dedicado cervejeiro, mas pelo menos com ele havia uma possibilidade concreta de um futuro que consistisse em mais do que apenas drinques, risadas e sexo casual, que eram o que George oferecia ultimamente.

Ele a ouviu e tomou outro gole de sua bebida, mas mantinha os olhos na mulher sentada no bar. Esperava por um gesto ou um detalhe que o dissuadisse da ideia de que ele, de fato, estava olhando para Liana Decter, e não uma versão fantasma ou alguma cópia dela. Se fosse Liana, ela havia mudado bastante. Não de uma maneira óbvia, como ganhar muito peso ou usar um novo corte de cabelo, mas ela parecia mudada, de um jeito bom, como se finalmente tivesse alcançado o ápice da rara beleza que seus traços sempre prometeram. Ela havia perdido o rosto de bebê que tivera na faculdade, os ossos do rosto pareciam mais proeminentes e o cabelo apresentava um louro mais escuro do que George lembrava. Quanto mais ele a observava, mais se convencia de que era ela.

— Sabe que eu não sou do tipo ciumenta — disse Irene —, mas de quem você não tira os olhos? — Ela inclinou o pescoço para olhar rapidamente para a área do bar.

— Alguém que conheci na faculdade, eu acho. Não tenho certeza.

— Vá perguntar a ela. Eu não me importo.

— Não, está tudo bem. Eu mal a conheço — mentiu George, e algo naquela fala lhe causou uma agitação e um formigamento na nuca.

Eles pediram mais drinques.

— Ele parece um grande babaca — disse George.

— Como é?

— Seu divorciado.

— Ah, ainda está interessado.

Irene deslizou do assento do reservado para ir ao banheiro, dando a George um momento apropriado para olhar diretamente para Liana. Ela ficou parcialmente por trás de alguns jovens executivos que estavam tirando o casaco e afrouxando a gravata, mas, entre um movimento e outro deles, pôde analisá-la melhor. Ela usava uma camisa de colarinho branco, e o cabelo, um pouco mais curto do que na época da faculdade, caía por um lado do rosto e estava colocado por trás da orelha no outro lado. Não portava joias, uma coisa pela qual George se lembrava dela. Havia uma maciez indecente em seu pescoço e uma espécie de mancha carmim no esterno. Ela colocou o jornal de lado e agora parecia, enquanto raramente observava o bar, estar à procura de alguém. George esperava que ela se levantasse e fosse embora; pensou que, até ter uma visão completa dela, não podia ter certeza se era quem ele estava pensando.

Como se seu pensamento tivesse feito aquilo acontecer, ela deslizou pelo banco alto do bar, fazendo a saia subir até o meio da coxa. Assim que tocou o solo e começou a andar na direção de George, a dúvida acabou. Tinha que ser Liana, a primeira vez em que a via desde o primeiro ano na Mather College, quase vinte anos antes. Seu andar era inconfundível, um leve requebrar dos quadris, com a cabeça bem erguida, como se tentasse ver por sobre a cabeça de alguém. George levantou o cardápio para cobrir o rosto e fingiu ler aquelas palavras sem sentido. O coração dele batia forte no peito. Apesar do ar-condicionado, George sentiu as mãos começarem a suar.

Liana passou por ele assim que Irene se sentou novamente no reservado.

— Aí está a sua amiga. Você não quis cumprimentá-la?

— Ainda não tenho certeza se é ela — disse George, pensando se Irene conseguia identificar o pânico em sua voz.

— Tem tempo para outra bebida? — perguntou ela. Havia retocado o batom no banheiro.

— Claro — respondeu George. — Mas vamos a outro lugar. Poderíamos passear por aí, ainda está de dia.

Irene sinalizou para o garçom, e George pegou a carteira do bolso.

— Minha vez, lembra? — disse Irene, tirando o cartão de crédito da bolsa. Enquanto ela pagava a conta, Liana passou por ele novamente. Desta vez, George pôde observar com atenção sua figura em movimento, aquele andar familiar. O corpo dela estava mais desenvolvido também. George achava que ela era perfeita na faculdade, mas, se é que era possível, ela estava ainda mais bonita: pernas alongadas e curvas exageradas, o tipo de corpo que só a genética permite, não exercícios. A parte de trás dos braços era pálida como leite.

George imaginara esse momento muitas vezes, mas, de alguma forma, nunca tinha pensado no que poderia ocorrer. Liana não era apenas uma ex-namorada que tinha partido seu coração; ela também era, até onde ele sabia, uma criminosa procurada, uma mulher cujas transgressões estavam mais alinhadas com as de uma tragédia grega do que uma simples indiscrição da juventude. Sem dúvida, ela havia assassinado alguém e, muito provavelmente, mais outra pessoa. George sentia o peso da responsabilidade moral e da indecisão sobre os ombros.

— Vamos? — Irene ficou de pé e George fez o mesmo, seguindo os passos rápidos dela pelo piso de madeira do bar. “Sinnerman”, de Nina Simone, tocava nos alto-falantes, que estavam pendurados na porta da frente. A noite ainda úmida os recebeu com uma parede de ar viciado e vaporoso.

— Para onde vamos? — perguntou Irene.

George travou.

— Não sei. Talvez eu apenas vá para casa.

— Tudo bem — disse ela, acrescentando em seguida, quando George ainda permanecia imóvel: — Ou podemos ficar aqui parados nesta floresta tropical.

— Desculpe, mas eu, de repente, não estou me sentindo muito bem. Acho que é melhor eu ir para casa.

— É aquela mulher do bar? — Irene baixou o pescoço para olhar através do vidro fosco da porta da frente. — Não é aquela, qual é mesmo o nome dela? Aquela maluca da Mather?

— Meu Deus, não — mentiu George. — Acho que por hoje é só.

George caminhou até sua casa. Uma brisa forte bateu e assobiava por entre as ruas estreitas de Beacon Hill. A brisa não era fresca, mas, mesmo assim, George abriu bem os braços, sentindo o suor evaporando da pele.

Quando chegou ao seu apartamento, sentou-se no primeiro degrau da escada externa. Ficava a algumas quadras do bar. Ele poderia muito bem voltar e tomar um drinque com ela, descobrir o que a trouxera a Boston. Quanto tempo esperara para vê-la, imaginando como seria o reencontro, e agora, com ela ali em carne e osso, ele parecia se sentir como um ator de filme de terror, com a mão na porta do celeiro e prestes a tomar uma machadada na cabeça. Estava com medo, e, pela primeira vez, depois de quase dez anos, sentia a falta de um cigarro. Será que ela teria ido ao Jack Crow para procurá-lo? E, se fosse o caso, por quê?

Em quase todas as outras noites, George teria entrado no apartamento, alimentado Nora e desabado na cama. Mas algo no peso daquela noite específica de agosto, combinado com a presença de Liana em seu bar predileto, fez com que parecesse que algo de importante estava prestes a acontecer, e isso era tudo de que ele precisava. Boa ou má, alguma coisa aconteceria.

George sentou-se por tempo o bastante para começar a acreditar que ela deveria ter ido embora do bar. Por quanto tempo será que ficaria lá sentada sozinha com sua taça de vinho tinto? Ele decidiu voltar. Se ela tivesse ido embora, então, não era para ele vê-la novamente. Se ainda estivesse lá, então ele pararia para dar um oi.

Ao caminhar de volta para o bar, a brisa que batia contra suas costas era mais quente e mais forte. No Jack Crow, ele nem sequer hesitou — entrou de uma vez pela porta e, com isso, Liana, de onde estava, virou a cabeça e o viu. Ele viu os olhos dela brilharem um pouco quando o reconheceu. Ela nunca fora de ter reações exageradas.

— É *mesmo* você — disse ele.

— Sim. Oi, George. — Ela disse isso com a entonação indiferente de sempre, como se já o tivesse visto naquele mesmo dia.

— Eu vi você dali. — George inclinou a cabeça na direção da parte de trás do bar. — No início, não tive certeza se era você mesmo. Você mudou um pouco, mas, quando passou por mim, não restou dúvida. Fui até a metade do caminho de casa e dei meia-volta.

— Que bom que fez isso — disse ela. Suas palavras, cuidadosamente espaçadas, pareciam esconder algo. — Na verdade, eu vim aqui... até este bar... para procurar você. Sei que você mora aqui perto.

— É?...

— Que bom que me identificou primeiro. Não sei se teria coragem de abordar você. Sei como deve se sentir com relação a mim.

— Então você deve saber melhor que eu, porque eu não sei bem como me sinto em relação a você.

— Quero dizer, quanto ao que aconteceu. — Ela não tinha mudado de posição desde que ele entrara no bar, mas um de seus dedos batia gentilmente no balcão de madeira junto com a música.

— Certo, aquilo — disse George, como se estivesse fazendo uma varredura em seus bancos de memória para saber sobre o que ela poderia estar falando.

— Isso, aquilo — respondeu ela, repetindo-o, e os dois riram. Liana virou para sentar-se de frente para George. — Devo ficar preocupada?

— Preocupada?

— Prisão civil? Uma bebida jogada no meu rosto? — Traços de riso apareceram no canto dos lábios e dos olhos azuis. Eis uma coisa nova.

— A polícia está a caminho agora mesmo. Eu só estou enrolando você. — George continuava sorrindo, mas parecia algo forçado. — Estou brincando — disse ele, enquanto Liana demorou um pouco para falar novamente.

— Não, eu sei. Quer se sentar? Você tem tempo para tomar um drinque?

— Na verdade... eu vou me encontrar com uma pessoa daqui a pouco. — A mentira saiu facilmente pela boca de George. Sua cabeça ficou, subitamente, confusa pela presença tão próxima dela, pelo cheiro de sua pele, e uma vontade quase animal queria que ele fosse embora.

— Ah, tudo bem — disse Liana, rapidamente. — Mas tem uma coisa que preciso lhe pedir. É um favor.

— Claro.

— Podemos nos encontrar em algum lugar? Talvez amanhã?

— Você mora aqui?

— Não, só estou na cidade para... na verdade, vim para visitar um amigo... é complicado. Queria conversar com você. Vou entender se não quiser, é claro. Foi um tiro às escuras, e vou entender...

— Tudo bem — respondeu George, dizendo a si mesmo que poderia mudar de ideia mais tarde.

— Está bem, ótimo, você gostaria de conversar?

— Claro, vamos nos encontrar enquanto estiver na cidade. Prometo que não chamo a polícia. Só quero saber como você está.

— Muito obrigada. Fico feliz com isso. — Ela respirou profundamente pelas narinas, expandindo o peito. George, de alguma forma, ouviu o roçar da camisa branca na pele dela mais alto que o som do *jukebox*.

— Como você sabia que eu morava aqui?

— Eu pesquisei sobre você. Na internet. Não foi tão difícil.

— Imagino que não se chame mais Liana?

— Só para algumas pessoas. Não muitas. A maioria me conhece como Jane agora.

— Você tem um celular? Posso ligar mais tarde?

— Não tenho celular. Nunca tive. Podemos nos encontrar aqui de novo? Amanhã, ao meio-dia.

George notou como os olhos dela se moveram sutilmente, analisando seu rosto, tentando interpretá-lo. Ou então ela estava procurando por algo que fosse familiar ou vendo o que havia mudado. O cabelo de George ficara grisalho nas laterais, a testa havia criado rugas e as linhas em volta da boca aprofundaram-se. Porém, ele ainda estava relativamente em boa forma, ainda era bonito, apesar de um tanto abatido.

— Claro — disse George. — Podemos nos encontrar aqui. Eles abrem para o almoço.

— Você não parece ter muita certeza disso.

— Não tenho certeza, mas não tenho incerteza.

— Eu não pediria se não fosse importante.

— Tudo bem — repetiu ele, novamente pensando que poderia mudar de ideia e que, ao concordar, estava apenas adiando uma decisão.

Mais tarde, George lembrou que houve vezes em sua vida em que ele, simplesmente, teria dito a Liana que não achava que eles deveriam se ver. Não ansiava por justiça, nem tinha necessidade alguma de concluir o que haviam começado, e por isso mesmo não acreditava que deveria alertar as autoridades. A confusão em que ela se metera anos atrás ficara no passado. Mas devia ter sido ruim o bastante para ela ainda estar fugindo desde então, e ela deveria continuar fugindo pelo resto da vida. É claro que ela não tinha um celular. E certamente queria se encontrar com ele em algum lugar público, um bar em um cruzamento agitado de Boston, algum lugar do qual pudesse fugir rapidamente.

— Tudo bem. Eu posso vir — disse George.

Ela sorriu.

— Estarei aqui. Ao meio-dia.

— Eu também estarei aqui.

CAPÍTULO 2

Eles se conheceram na primeira noite da faculdade. O companheiro de quarto de George, Charlie Singh, um grandalhão nervoso do segundo ano, trouxe as prendas dos calouros para uma festa regada a cerveja na McAvoy. George seguiu Charlie por uma escada lotada até um cômodo sufocante, com pé-direito duplo, assentos na janela e pisos de madeira arranhada. Ele tomou aquela cerveja azeda e trocou meia dúzia de palavras com Mark Schumacher, um dos calouros do seu corredor. Mark saiu de perto, deixando George sozinho num mar de veteranos atraentes que pareciam estar comprometidos em rir estrondosamente. Ele se propôs a cair fora daquela festa, mas só depois de tomar mais uma cerveja. Traçou uma rota para cruzar a sala até um barril de cerveja que estava largado, então começou a andar em meio a casacos e calças jeans. Uma garota chegou à mangueira um pouco antes dele; ela pressionou a torneira, mas não saiu nada além de espuma e ar comprimido em seu copo manchado de batom.

— Está vazio — disse ela. Tinha um cabelo liso e louro escuro, cortado um pouco abaixo do queixo, e olhos muito azuis bem espaçados no rosto em forma de coração. Os olhos espaçados a faziam parecer um pouco distante, mas George achou que ela era a garota mais bonita de toda a faculdade.

— Tem certeza que está vazio?

— Sei lá — disse ela, com um sotaque típico de New England. — Nunca soube como fazer isso direito. Você sabe?

George também não sabia, mas deu um passo à frente e tomou o copo da mão dela.

— Acho que você tem que bombear esse negócio. Também não sei muito bem, mas já vi fazerem isso.

— Você também é um calouro?

— Sou — disse ele, conforme um jato de cerveja entrou metade no copo dela e metade nos punhos e na camisa dele.

Eles passaram o resto da noite juntos, fumando cigarros perto da janela aberta, então foram explorar o campus no tardar da noite. Os dois se beijaram sob um arco que ligava a capela da faculdade ao prédio principal da administração. George contou a ela como seu pai — um filho de fazendeiro — havia inventado um sistema mecanizado para abatimento de aves e ganhado mais dinheiro em uma venda do que seus avós ganharam em toda a vida como fazendeiros. Ela lhe contou que seu pai era um rábula em uma cidade pequena, depois acrescentou, enquanto George deslizava uma mão por baixo da blusa dela, que era uma garota do sul de Mason-Dixon que não tinha nenhuma intenção de fazer sexo sem compromisso só porque estava em uma faculdade de New England. O jeito como falou não foi para censurá-lo, mas, ao contrário, com uma honestidade quase inocente; aliado ao toque do seio por cima de um sutiã fino e acetinado, foi o bastante para fazer George se apaixonar por ela imediatamente.

Ele a acompanhou de volta ao dormitório dela, onde se despediram, e então cruzou correndo o campus todo para deitar em sua cama incômoda com o manual de orientação do calouro. O nome e o endereço dela estavam lá, mas não havia foto. Ele olhou para o nome, porém, e havia um espaço em branco onde deveria estar a foto dela. George percebeu que nunca conhecera alguém como ela. Ao contrário dos membros reprimidos e teimosos da família de George, ela parecia aberta, conversava como se as palavras caíssem diretamente de seus pensamentos. Quando os dois se conheceram perto do barril de cerveja, ela encarou George de um jeito instigante, mas completamente inocente. Olhou para ele como se ela fosse uma recém-nascida neste mundo. Havia algo de quase assustador em seu olhar. Então, George lembrou do jeito faminto como ela o havia beijado, pressionando com força os lábios, tocando as línguas, passando uma das mãos em sua nuca. O colega de quarto de George, que ele mal conhecia, estava roncando alto do outro lado do quarto duplo. George se tocou através da cueca e gozou, quase imediatamente.

Quando ele acordou no dia seguinte, não queria saber de independência, ou faculdade, ou das aulas que teriam início em breve. Só conseguia pensar em Liana. De ressaca, mas feliz da vida, ele foi se sentar sozinho no refeitório da Mather College por três horas para ter certeza de que a veria. Liana apareceu às onze, entrando com outra garota e indo direto para a área dos cereais. O cabelo dela ainda estava úmido do banho, e ela usava uma calça cáqui de corte bem justo e um suéter branco de algodão. A boca de George ficou seca quando a viu novamente. Ele foi tomar um café (pensando que seria mais sofisticado do que o suco de uva que já estava tomando) e fingiu dar um encontrão nela, enquanto ela estava enchendo sua tigela com Froot Loops.

— Oi de novo — disse ele, querendo que sua voz soasse desinteressada e com sono.

Ela o apresentou a Emily, sua companheira de quarto, uma garota que vinha de um colégio particular da Filadélfia e usava uma camiseta desgastada e saia de jogar tênis, então convidou-o a se sentar junto delas na mesa. Quando o fez, Emily, por discrição ou desdém, pediu licença após comer metade de sua tigela de cereal. Liana e George se entreolharam. Ele logo pensou que ela estava ainda mais linda à luz do dia do que quando a vira na noite anterior. Sua pele, com a luz pura dos raios de sol que adentravam o refeitório, parecia recém-banhada e sem poros de tão lisa; seus olhos, de um azul translúcido, com pigmentos verde-acinzentados.

— Fiquei esperando três horas — admitiu George —, só para ver você.

Ele achou que ele fosse rir, mas tudo o que ela disse foi:

— Fico feliz.

— Comi um monte de cereal.

— Teria vindo mais cedo, mas Emily me pediu para esperar por ela, depois levou uma hora para se vestir. Acho que eu não vou gostar muito dela.

Eles ficaram juntos pelos três meses seguintes, e, embora os dois se esforçassem para fazer novas amizades, para passar mais tempo separados, no fim da maioria das noites, eles se encontravam, mesmo que fosse só para ficar dando uns amassos no escurinho da capela da faculdade, na metade do caminho entre os dois dormitórios. Ela era fiel aos seus princípios sobre fazer sexo — não tinha intenção alguma de apressar as coisas nesse quesito —, mas uma progressão contínua de permissões levou a uma noite, no fim de novembro, em que os dois ficaram nus e tensos na cama de solteiro de George, quando o companheiro de quarto dele, Kevin, não passou a noite lá.

— Legal — disse ela, e ele caçou uma camisinha que tinha na carteira desde o colégio.

Ele a penetrou lentamente, com uma mão na cintura e a outra segurando a parte de baixo de sua coxa elevada. Ela ergueu a pélvis ao encontro dele e virou a cabeça para trás, mordendo o lábio carnudo. Foi aquela visão, mais do que a sensação de seus quadris se movendo contra os dele, que fez com que George, com muito constrangimento, gozasse quase imediatamente. Ele se desculpou e ela riu, então o beijou profundamente. Ela disse que era sua primeira vez, mas felizmente não houve sangue. Mais adiante naquele mês, quando Emily, que já tinha fechado todas as matérias, voltou para sua casa na Pensilvânia, George e Liana passaram uma semana juntos no dormitório dela. Toda a Costa Leste foi atingida por uma gravíssima tempestade de gelo que forçou o adiamento das provas finais da Mather. George e Liana estudaram, fumaram Camel Light sem parar, raramente saíram do quarto para jantar e transaram muito. Experimentaram todas as posições, procurando maneiras de fazer George demorar mais e formas para Liana gozar mais fácil. Cada dia parecia a descoberta de um novo país escondido atrás de uma porta na parede. A intensidade daquela semana beirava quase uma tristeza insuportável para George. Já havia lido livros suficientes para saber que esse amor juvenil só acontece uma vez na vida, e ele queria que nunca chegasse ao fim. E estava certo: aquela semana na cama de solteiro de Liana, não muito maior ou mais confortável que uma cama dobrável, ficou gravada a ferro e fogo em sua memória.

Desde então ele buscava uma vivência como aquela ou algo equivalente.

Eles fizeram as provas finais, e o gelo brilhante, formado pela tempestade que havia temporariamente trancafiado o mundo sob uma crosta, derreteu-se em riachos de lama. Dois dias antes do Natal, eles se despediram antes de voltarem para os respectivos estados de origem, Liana de carro e George de trem.

Liana deu a George o telefone dos seus pais, na Flórida, mas implorou que ele não ligasse.

— As chances de eu estar lá de fato são quase nulas — disse ela. — Sério mesmo, não ligue. Se eles cogitarem a hipótese de um garoto me ligando da faculdade, haverá milhares de perguntas a serem respondidas. Eles vão me mandar de volta para cá com um cinto de castidade.

— Está falando sério?

— Estou — disse ela, com um sotaque puxado do Sul, que não tinha nada a ver com a sua ideia de como falavam as garotas da Flórida. Ele imaginava surfistas e carros conversíveis, mas ela disse que a garotada de sua cidade, Sweetgum — as crianças brancas, pelo menos, não as mexicanas ou negras —, ouvia música country e dirigia caminhonetes.

— Você pode me ligar — disse George, anotando o telefone da casa de seus pais.

— Vou ligar, sim.

Mas ela não ligou.

E, quando ele voltou para a Mather College em janeiro, soube da notícia.

Ela não voltaria para Connecticut.

Havia cometido suicídio em sua casa na Flórida.

CAPÍTULO 3

Faltando quinze minutos para o meio-dia, George foi o primeiro cliente no Jack Crow. Uma das coisas de que mais gostava naquele bar era que ele ainda não tinha sucumbido à moda do *brunch*. Lá eles abriam na hora do almoço, mesmo nos fins de semana. Do lado de fora, não havia anúncios de ovos beneditinos ou *Bloody Mary* a dez dólares. Também não havia nenhum trio de jazz tocando no canto.

Mesmo pela manhã, o Jack Crow ficava frio como um frigorífico. O cheiro de desinfetante disputava com o de cerveja velha. Não havia garçonetes à vista, então George caminhou até o bar e pediu uma garrafa de cerveja Newcastle.

— Chegou cedo — disse o proprietário, voltando a cortar o limão em fatias.

— Estou de saco cheio desse calor, Max.

— Somos dois.

Um jornal amassado estava jogado em cima do balcão, então George o pegou e o levou para uma das mesas nos fundos, sentando-se de tal jeito que ainda pudesse ficar de olho na porta. Abriu o jornal, mas não conseguia se concentrar nas palavras, apenas olhava as manchetes, sem desgrudar o olhar da entrada. Quando terminou a cerveja, já era meio-dia e dez. A porta da frente se abriu três vezes — a primeira para um jovem casal de japoneses, cada um com uma mala de rodinhas; depois para o carteiro, que rapidamente deixou um bolo de cartas amarradas com elástico em cima do balcão. Na terceira vez, para receber um freguês assíduo chamado Lawrence. George levantou um pouco o jornal para não ser reconhecido, enquanto Lawrence foi imediatamente ao seu assento de costume, do outro lado do bar, próximo à cozinha.

George levantou-se para pedir outra cerveja. Kelly, uma das garçonetes, estava agora atrás do bar limpando os copos. Quando George se aproximou, o telefone atrás dela tocou, e ela atendeu, colocando o fone sob o queixo. Ele a ouviu dizer:

— Jack Crow, como posso ajudar? — Então ela fez uma pausa, erguendo os olhos na direção dele. — Sim, eu o conheço. Estou olhando para ele agora mesmo. Espere um pouco. — Estendeu o telefone para George assim que ele se aproximou do balcão. — Uma mulher aí. Para você. — Kelly deu de ombros ao entregar o telefone.

George o pegou, já imaginando quem deveria ser.

— Alô?

— Oi, George. É a Liana.

— Você está bem?

— Estou bem, mas não vou conseguir encontrar você. Longa história. Emprestei meu carro para uma pessoa e agora não sei onde ela está. Imagino que não tenha como vir ao meu encontro...

— Onde você está?

— New Essex. Você conhece?

— Claro. No litoral norte. Já estive aí.

— Você está de carro? Estaria disposto a dirigir até aqui?

A voz dela — a voz que ele não ouvia fazia quase duas décadas — parecia trêmula aos ouvidos de George. E ela estava falando mais rápido que de costume.

— Você está bem?

— Estou bem, exceto pelo fato de que estou sem carro.

— Tem certeza?

— O que foi aquilo que você disse ontem à noite? *Não tenho certeza, mas não tenho incerteza*. Algo do tipo. Não vou mentir para você. Estou um pouco encrencada (não agora, mas em geral) e esperava que você pudesse me fazer um favor.

Quando George se manteve em silêncio, ela perguntou:

— Você ainda está aí?

— Estou. Estou ouvindo.

— Acredite em mim quando digo que eu sei *bem* que sou a última pessoa que deveria estar lhe pedindo um favor. Espero que pelo menos consiga me ouvir.

— Não pode me pedir agora, por telefone?

— Queria pedir olhando nos seus olhos. Você tem carro?

— Tenho.

— Gostaria muito que viesse até aqui e, ao menos, ouvisse o que tenho a dizer. Pode confiar em mim. Estou confiando em você. Não há nada que o impeça de ligar para a polícia e dar meu endereço a eles.

George respirou fundo pelas narinas, olhou para Kelly, a garçonete. Ela olhou para a garrafa vazia de cerveja e gesticulou com a boca: “Mais uma?”. George apenas balançou a cabeça.

— Tudo bem. Eu vou. Onde exatamente você está?

— Obrigada, George. Você conhece a Estrada da Praia? Estou na casa de uma amiga logo atrás da Igreja St. John, aquela velha capela de pedra.

— Está bem. Acho que sei onde é.

— Depois de avistar a igreja à sua direita, há uma estrada de terra chamada Captain Sawyer Lane. É a última casa da rua. Parece mais uma cabana. Estarei à sua espera. A hora que chegar vai estar perfeita.

— Mais tarde estarei aí.

— Obrigada. Obrigada. Obrigada.

George devolveu o telefone a Kelly.

— O-oh — disse ela, com um forte sotaque de Boston. — Começando a receber telefonemas no bar. Nunca é um bom sinal.

— Valeu, Kel. Quem sabe possa anotar recados para mim quando eu não estiver aqui.

— Vai sonhando.

George pensou em pedir outra cerveja, além de algo para comer, mas, em vez disso, preferiu ir imediatamente ao encontro de Liana. Conversar com ela havia comprimido seu estômago, não só porque ela havia ficado no passado, mas porque parecia verdadeiramente assustada. Ele saiu do Jack Crow e caminhou duas quadras curtas até a garagem onde deixava seu Saab.

George nunca havia se considerado um amante de carros, mas aquele Saab 900 era o único carro pelo qual tinha se apaixonado. Ele comprara um com 160.000 quilômetros rodados logo após a formatura da faculdade, acrescentara mais 160.000 quilômetros ao hodômetro, depois começara a procurar um substituto. Desde então ele substituíra um Saab por outro. O atual era seu quarto, o primeiro com um pacote de opcionais de performance; a empresa Saab havia feito apenas mil e quinhentos desses em 1986, e só vieram na cor cinza-escuro. Ele gastava uma grana para manter o Saab na garagem, mas amava-o demais para deixá-lo jogado na rua.

O lugar onde Liana estava, em um dia sem trânsito, ficava a cerca de quarenta e cinco minutos ao norte de Boston. Cravada entre duas enseadas, New Essex era uma antiga cidade de extração de minérios perto do mar. Metade do granito de Boston originava-se de lá, e havia um buraco imenso no solo para provar, mas a razão principal para as pessoas visitarem New Essex era comer mariscos fritos ou a vapor, contemplar o litoral coberto de pedras ou visitar as galerias *kitsch* que haviam substituído as antigas barracas de peixe ao redor do porto.

George chegou ao centro da cidade um pouco depois da uma e meia da tarde. Ele danificou seu Saab já surrado ao passar pela estátua de granito de um mineiro que coroava a pequena rotatória no coração da cidade e pegou a Estrada da Praia ao norte. Era outro dia abafado. O céu estava azul com poucas nuvens, e o mar, que dava para avistar por entre as árvores, estava tranquilo e acinzentado. George diminuiu a velocidade para procurar os pontos de referência. Ao virar numa curva, viu, logo à frente, uma igreja de pedra com um campanário na frente. Passou por ela. Havia um homem dormindo num banco do jardim da igreja. Ele vestia calça e camisa de manga comprida, ambos azul-escuros; estava com a coluna bem ereta, mas o queixo caíra até o peito. George teve a súbita e alarmante sensação de que o senhor poderia estar morto naquele banco e o mundo nem tinha percebido, ou não queriam acordar um velho dormindo sob o sol.

Depois de passar pela igreja, a Estrada da Praia dirigia-se bem para o interior, e a vista do mar ficava bloqueada pelos pinheiros-brancos. A placa verde para a Captain Sawyer Lane estava apagada, quase ilegível, e a estrada em si era completamente esburacada. George virou nela e dirigiu por mais algumas centenas de metros, passando, à sua direita, por um chalé dos anos 1970 que estava camuflado em meio à floresta. Ele continuou até chegar ao fim da rua, até uma velha cabana de veraneio que pareceria abandonada, se não fosse por um Dodge branco novinho em folha estacionado perto dos degraus desgastados. George estacionou logo atrás do Dodge, desligou o motor e saiu do carro. A entrada da garagem era uma combinação de seixos e conchas. Atrás da cabana ficavam uma enseada pantanosa e um píer que parecia mais antigo e menos confiável que a própria casa. George subiu os degraus e bateu na porta sem pintura. Nenhum sinal. A brisa do mar gentilmente balançava os pinheiros ao redor. George bateu novamente; a madeira parecia oca, como se estivesse apodrecida por dentro. Ele estava prestes a tentar abrir a maçaneta, quando um homem apareceu pelo lado da residência e disse:

— Ela não está aqui.

George virou-se e viu um homem baixo e alinhado usando uma calça social e uma camisa de seda sofisticada, daquelas que não se veem com frequência em Massachusetts. Havia um sorriso no rosto dele que esboçava hostilidade.

— Quem não está aqui? — perguntou George.

O sorriso do homem ficou mais aberto, e deu mais alguns passos na direção de George.

— Sério mesmo?

Os dentes do homem tinham uma cor roxa-acinzentada, como se tivesse bebido muito vinho tinto no café da manhã.

— Quem está procurando? — perguntou George, na esperança de virar o jogo.

O homem era bem baixo, mas algo em sua postura quase fez com que George se encolhesse fisicamente diante dele. Para George, ele parecia um pit bull, do tipo que se vê amordaçado e preso a uma coleira.

— Estava procurando Jane — disse o Pit Bull, como se ela fosse uma amiga em comum. — Ela tem ficado hospedada aqui. O que *você* está fazendo aqui?

— Sou vendedor — disse George, descendo alguns degraus para ficar na mesma altura que o outro homem. O Pit Bull era, pelo menos, trinta centímetros mais baixo que George, se não mais.

— O que está vendendo? — perguntou.

— Que bom que perguntou. Estou vendendo vida eterna. — George estendeu a mão para cumprimentar o Pit Bull, consciente de que suas palmas estavam começando a suar, mas queria, ao menos, sustentar o pretexto de que não conhecia Liana/Jane e que não estava particularmente assustado por estar sozinho no meio de uma floresta sombria, com um homem que parecia poder quebrá-lo ao meio com a mesma facilidade com que quebraria um galho seco.

Os dois apertaram as mãos. George não se surpreendeu ao notar que a do estranho estava seca e fria ao toque. Logo quis desvencilhar-se, mas o homem o segurou, cravando o dedão no dorso da mão de George, de forma que os dedos dele se esticaram involuntariamente. O Pit Bull apertou mais forte, espremendo as articulações de George.

— Meu Deus — disse George, tentando soltar a mão.

— Não se mexa — disse o Pit Bull, sorrindo de maneira mais sarcástica, e George lhe obedeceu. A maneira como ele segurava a mão de George deixou bastante claro que, se apertasse só mais um pouco, as juntas explodiriam como rochas numa pedreira.

— Eu não sei quem você acha...

— Shhh. Pare. Eu só vou perguntar mais uma vez, então, quero que me dê respostas objetivas, senão vou esmagar todos os ossos da sua mão. Já fiz isso outras vezes, mas detesto ter que fazê-lo. Fico com enjoo de algumas coisas. Não com sangue, é claro, mas a sensação de transformar a mão de alguém em uma luva frouxa cheia de cascalho me embrulha o estômago. Só de pensar, já sinto náuseas. Sendo assim, não quero fazer isso, e você não vai querer *mesmo* que eu faça isso, portanto, apenas me conte o que você sabe, está bem? Quando viu Jane pela última vez?

George hesitou por uma fração de segundo, tempo suficiente para concluir que não havia uma boa razão para tentar mentir.

— Eu a vi ontem à noite. Em Boston.

— Onde a viu?

— Num bar em Beacon Hill, chamado Jack Crow. Ela é uma velha amiga. Eu a conheci na faculdade, aí perguntei se poderíamos nos encontrar de novo, então ela me disse que estava aqui e que eu poderia vir vê-la amanhã. Essa é a história toda.

— Por que você mentiu para mim? — De perto, o Pit Bull tinha traços minúsculos em uma cabeça em forma de abóbora, com uma pele oleosa que parecia ter todos os poros inflamados. O nariz era um pouco achatado, como se tivesse perdido algumas brigas, o que era difícil de imaginar. O cabelo era curto e cheio de gel, e ele exalava um forte odor de loção pós-barba adstringente, uma daquelas com muito álcool.

— Olha só, eu sei que... que Jane tem um histórico de encrencas, embora eu, sinceramente, não tenha a menor ideia do que esteja acontecendo agora. Você pareceu alguém que ela talvez quisesse evitar.

O homem riu, chegando até a brilhar, como se estivesse orgulhoso da impressão que causava em George.

— Então, se a vir antes de mim, diga que ela realmente deve me evitar a todo custo. Mas ela já sabe disso. Qual é o seu nome?

— George Foss — disse George, prometendo a si mesmo não mentir. Sentiu que o interrogatório estava perto do fim e queria preservar os ossos da mão intactos.

— Ótimo, George. Você está me dizendo a verdade, e eu gosto disso em você. Quer saber o meu nome?

— Só se quiser me contar.

O Pit Bull tombou a cabeça para trás e soltou uma gargalhada de novo. O queixo e o pescoço dele eram incrivelmente lisos, como se um barbeiro profissional o barbeasse todas as manhãs. George sentiu o aperto de mão afrouxar levemente e quase considerou tentar desvencilhar-se e sair correndo.

— George, eu gostei de você, e vou lhe contar meu nome para que continuemos a nos chamar pelo primeiro nome. Sou Donnie Jenks, venho do estado da Geórgia e sempre consigo descobrir quando alguém está mentindo para mim, e você não está mentindo para mim, pelo menos não desde aquela baboseira com a qual começamos nossa amizade. Portanto, se vir Jane, pode dizer a ela que Donnie Jenks está na cidade. Você fará isso por mim?

— Não tenho planos de vê-la, mas, sim, farei isso se a encontrar. Prometo.

— Então, antes de ir, quero dar uma coisa a você, para que saiba que estou falando sério.

Donnie Jenks puxou George para a frente com a mão direita, fazendo o quadril de George girar, e em seguida virou o próprio quadril, dando-lhe um soco nos rins com o punho esquerdo. George sentiu a dor na mesma hora, uma pequena explosão que se espalhou pela lombar. Ele caiu no chão, e sua visão escureceu, como se estivesse a ponto de desmaiar.

— Donnie Jenks. J-E-N-K-S — disse o homenzinho. — Diga a Jane que ainda tem uma vida sobrando e será uma bem curta. Tente ajudá-la de qualquer maneira e encurtarei a sua vida também. Será que vai se lembrar de tudo isso?

George tratou de acenar com a cabeça, então o homem deu meia-volta e saiu andando, com seu mocassim esmagando o cascalho em frente à garagem.

A saliva subiu à boca de George, e, ao virar a cabeça, ele vomitou intensamente, continuando a sentir espasmos mesmo após esvaziar o estômago do café da manhã e da cerveja da hora do almoço. Ele ouviu o Dodge sendo ligado e indo embora. Arranjou forças para se arrastar alguns metros, virar para o lado onde não havia sido atingido e pôr a cabeça entre os joelhos. Ficou ali por mais de dez minutos, observando o conteúdo do próprio estômago espalhado sobre o chão de conchas esmagadas.

CAPÍTULO 4

George voltou para Boston um pouco antes das três. Chegou a pensar em parar em um hospital no caminho de volta, mas continuou dirigindo. A necessidade de estar em casa, em sua vizinhança, parecia ser maior do que a necessidade de lidar com uma possível ruptura do rim. A náusea e a tontura haviam passado, porém toda vez que virava o volante para a esquerda, sentia como se sua lateral se rasgasse um pouco mais. Instintivamente, ele tocou a região para se certificar de que suas entranhas não estavam se espalhando pelo carro.

Ele parou em frente ao estacionamento, tentou sorrir para Mauricio, o atendente do local, quando ele pegou as chaves e perguntou como o Saab estava andando. E então, percorreu a pé uma longa meia quadra, naquela rua extremamente íngreme, até o prédio. Seu apartamento era o minúsculo sótão reformado de uma antiga e luxuosa casa, acessível por uma escada construída na parte de trás do prédio de tijolos aparentes, no fim de uma rua só para pedestres coberta de pedras arredondadas; era encantadora durante três estações do ano, mas cheirava a urina e lixo na maior parte do verão.

Sentada no último degrau da escada, exatamente onde George estivera na noite anterior, estava Liana. Ela parecia pálida e nervosa, com as pernas encolhidas, um cotovelo em cada joelho, o queixo sobre uma mão. Ao lado dela estava uma pequena bolsa preta, um quadrado perfeito de couro desgastado.

— Mas que merda você está fazendo aqui? — perguntou George.

— Olha, sinto muito. Eu...

— Vai se ferrar, por favor. Some daqui — disse George, desviando-se dela.

— Olha, eu posso explicar. Tentei ligar para você, mas você tinha ido embora do bar. Minha amiga voltou com o meu carro.

— Por que não ficou lá e esperou por mim? Você sabia que eu estava indo ao seu encontro. — George continuou subindo as escadas, com muito cuidado, tentando não desmaiar.

— É sobre isso mesmo que eu preciso conversar com você. Tem alguém atrás de mim, e acho que ele pode ter descoberto onde eu estava.

— O nome dele, por acaso, não é Donnie Jenks, é?

Liana inspirou profundamente.

— Jesus. Ele estava lá? Você está bem?

— Eu estou bem. Só... — Ele parou e virou. Liana estava olhando para trás.

— Ele seguiu você até aqui? — perguntou ela.

Era uma possibilidade que não passara pela cabeça dele.

— Não sei. Talvez. Ele foi embora antes de mim, mas acho que isso não quer dizer nada. Até onde sei, ele pode estar a caminho daqui neste exato momento. É melhor você ir andando.

Ele olhou com descaso para Liana, que parecia pequena e frágil, com os ombros muito estreitos.

— Ele machucou você? Você está ferido. Dá para notar. — Ela deu dois passos na direção de George e pôs uma mão em seu braço. — O que eu posso fazer?

— Quero que vá embora daqui, é isso o que pode fazer por mim. Só apanhei três vezes na minha vida, e todas as vezes foram por alguém que conhecia você. Por favor, apenas vá embora.

Ele continuou subindo as escadas, e ela o seguiu. George sentiu sua presença atrás dele e aquilo fez com que tivesse vontade de dar um soco nela. O encontro com Donnie mexera com toda a coragem que George pensara ter. Subitamente, ele se conscientizou de sua covardia e percebeu que, após passado o choque, provavelmente ia chorar até não poder mais. Ele não se sentia bem quanto a isso, mas sabia que tinha sorte por ter saído vivo de lá e não via a hora de ficar sozinho no apartamento.

A mão dele tremia e foi difícil colocar a chave na fechadura. Liana estava logo atrás dele, com a voz implorando:

— George, eu preciso de um favor. Sinto muito por estar pedindo isso a você, mas você é o único para quem posso pedir.

Instintivamente, ele sabia que virar-se de frente para ela seria a pior coisa a fazer, mas virou-se mesmo assim, olhando na direção do seu rosto, mas evitando os olhos, que brilhavam com o reflexo do sol nas lágrimas. As sobrancelhas estavam só um pouco elevadas, a boca levemente franzida de preocupação.

— É só um favor que vai ajudar a me livrar de Donnie Jenks para sempre, e não será perigoso para você.

Ele olhou para o contorno dos cabelos dela e sentiu os músculos do rosto se contraírem.

— Por favor — disse ela, e o som de sua voz na câmara de ressonância da escada dele o fez lembrar muito da garota que ela fora um dia, dezoito anos e simplória, quando se viram pela primeira vez.

— Se eu deixar você entrar e se eu achar, por um instante, que um dos seus amigos vai aparecer aqui, eu ligo para a polícia.

— Tudo bem. Ninguém vai aparecer.

Ele passou pela porta e a deixou aberta.

Ela o seguiu, e George ouviu o clique oleoso da porta se fechando. Os dois entraram no apartamento, que era o lar de George há mais de dez anos. Tinha um telhado inclinado com grandes vigas, e o arquiteto que reformulara o ambiente mandara colocar grandes claraboias e uma cozinha moderna. Ficava quente no verão e frio no inverno, mas George amava aquele lugar, independentemente de tudo. As paredes mais altas eram cobertas de livros e ele comprara alguns móveis de qualidade da metade do século, os quais foram todos rasgados e unhados por Nora, sua gata maine coon de quinze anos.

— Você sempre gostou de livros — disse Liana, passando os olhos pelo apartamento.

George coçou o queixo de Nora, então foi para o banheiro, onde pegou quatro comprimidos de ibuprofeno e os engoliu com a própria água da pia. Saiu do banheiro e encontrou Liana parada no meio da sala de estar, quase sonhando acordada, olhando pelas claraboias. *Liana Decter está no meu apartamento*, pensou consigo mesmo. *Ela está mesmo aqui. Ela está na minha vida*.

— Posso pegar alguma coisa para você?

— Um copo de água. E, George, obrigada por me deixar entrar. Sei que não foi fácil para você.

George pegou dois copos de água, sentando-se em uma cadeira estofada, enquanto Liana se empoleirou na beirada de um sofá baixo, com as costas eretas, e o copo de água apoiado sobre a mesa de centro.

— Jamais teria deixado você ir àquele lugar se eu soubesse que Donnie poderia encontrá-lo. Espero que saiba disso.

— Eu não sei de nada. — George tomou um longo gole da água e desejou que fosse uma cerveja em suas mãos. Posicionou o corpo de tal forma que sentisse menos dor.

— Devo uma explicação a você. Eu sei disso. Vou lhe contar tudo, mas quero que acredite em mim quando digo que nunca foi minha intenção que você se machucasse. Conte-me sobre Donnie.

George contou a ela sobre o encontro, todos os detalhes, inclusive como ele havia ficado amedrontado e as informações que havia fornecido.

— Sinto muito — disse ela.

— Agora você pode me dizer por que ele está atrás de você. Você me deve isso.

Ela tomou o resto de água e George observou a garganta pálida dela se mover. Na luz intensa do apartamento, ela parecia ainda mais bonita do que na noite anterior. Usava uma saia-lápis azul-marinho com um largo cinto de couro; sua blusa, por dentro da saia, tinha bolinhas pretas. As pernas dela, ao contrário do rosto, estavam bronzeadas com uma cor de mel. O cabelo estava puxado para trás por uma presilha, e o rosto parecia ter sido recentemente esfregado e limpo de maquiagem. O único sinal de estresse eram as olheiras.

— Posso tomar mais água? — perguntou ela.

George levantou-se e respondeu:

— Prefere uma cerveja? Eu vou tomar uma.

— Claro — disse ela, fazendo George lembrar-se de que fora assim que eles se conheceram. Por causa de uma cerveja. Ele quase disse alguma coisa sobre isso, mas parou. Se alguém fosse começar a ficar sentimental, que não fosse ele.

Pegou duas garrafas de Newcastle da geladeira, arrancou as tampas e voltou para a sala. Entregou a Liana sua cerveja e sentou-se novamente. Nora esfregou-se na perna da cadeira, então deu um salto para o colo dele, ronronando. Ela ficou ali, de olho na convidada. Aquela era uma gata que sempre fora desconfiada com outras fêmeas.

Liana deu um gole de sua cerveja e lambeu a espuma do lábio superior, recostando-se levemente no sofá.

— Posso colocar os pés para cima? — perguntou ela.

— Claro — disse George, observando o jeito de ela se curvar para a frente para desatar as sandálias. Sua blusa se abriu um pouco, oferecendo um breve vislumbrar de um seio pálido acomodado em um simples sutiã branco. Ela se endireitou novamente, esticando as pernas no sofá, com os joelhos flexionados, os pés encaixados perto do bumbum, reclinando-se, então, contra o braço do sofá. Para George, era como ouvir uma música da qual conhecia cada nota, mas que não escutava fazia vinte anos. Esse era o jeito de Liana se sentar. Ele vira isso acontecer centenas de vezes no dormitório dela, naquele primeiro ano de faculdade. Como algo podia ser tão familiar e tão esquecível ao mesmo tempo? Como se lendo os pensamentos dele, Liana disse:

— Como nos velhos tempos.

— Acho que sim — respondeu George.

Depois de outro gole na cerveja, ela começou a falar:

— Donnie Jenks foi contratado para me encontrar. Ele foi contratado por um homem chamado Gerald MacLean. Ele tem uma empresa de móveis, a MacLean's, estabelecida principalmente no Sul. É um daqueles caras que fazem seus próprios comerciais. Mas é tudo uma fachada, tenho pelo menos noventa por cento de certeza disso. Ele tem muito mais dinheiro entrando e saindo. Sei que opera sites de apostas no exterior e também sei que gerencia um grupo de investidores bem duvidoso. De qualquer forma, ele vale muito dinheiro. Fui sua assistente pessoal por cerca de um ano. Em Atlanta, onde fica a central corporativa da empresa. E eu também fui sua namorada.

— E ele era casado.

— Era casado, é casado, mas sua esposa é doente. Ela é jovem, muito mais nova que ele, mas provavelmente vai morrer, se é que já não morreu. Ela tem câncer no pâncreas. É a segunda mulher dele, e Gerry deixou muito claro para mim que eu não seria a terceira. Foi um pouco chocante.

— Você esperava ser?

— De verdade, não. Só não esperava ser jogada de lado tão facilmente. Eu não tinha ilusões de que formávamos um belo casal apaixonado, mas também achava que eu era um pouco mais do que uma garota de programa. Talvez tenha sido apenas orgulho da minha parte. Como pode imaginar melhor do que a maioria, não tenho vivido a vida mais legítima do mundo nos últimos vinte anos. Quando conheci Gerry, tudo o que vi foi um homem velho e rico. Eu não morava nos Estados Unidos na época, e ele me deu a oportunidade de voltar para cá, morar aqui. Ele não pediu provas de que eu era quem ele achava que eu era, meu salário era todo pago por fora e, basicamente, tudo era satisfatório.

"Aprendi muito sobre seus negócios, descobri que ele estava ganhando a maior parte do dinheiro agindo como financiador de um fundo irregular em Nova York. Ele atrai investidores da região de Atlanta e oferece lucros com taxas exorbitantes. O dinheiro volta para Nova York e MacLean ganha uma comissão em cada venda. É uma forma antiga do esquema Ponzi, tenho certeza disso. Os caras acham que estão investindo em sites de apostas operados no Caribe. Não sei exatamente como tudo funciona, mas parte é legal e parte não é. Os sites de apostas são reais, mas não sei quanto dinheiro vem deles. Ouvi Gerry, uma vez, conversando com alguém de Nova York sobre como eles precisavam de dinheiro novo ou a casa ia cair. É tudo uma pirâmide, mas deixou MacLean muito rico. E havia dinheiro em espécie pelo lugar, então imagino que muito pouco do lucro está sendo declarado. Ele me pagava em dinheiro. É claro que eu era clandestina. Mas ele se cansou de mim, e, certa noite, ficou bêbado e começou a chorar por causa da esposa. Foi nesse dia que ele me disse que, quando a esposa dele morresse, queria que eu também fosse embora. Para fora de sua empresa e de sua cama. Como eu disse, foi uma pancada."

— Então, o que você fez?

Liana passou os dedos na barra da saia.

— Roubei o dinheiro dele. Não foi muito difícil. Ele sempre mandava dinheiro para algum banco nas ilhas. Então, tudo o que fiz foi esperar por um carregamento particularmente cheio de dinheiro, e eu peguei. Foi meio milhão de dólares.

— E você achou que se safaria disso? — perguntou George.

— Não achei que ele não fosse perceber, se é o que está insinuando. Só não imaginei que ele daria tanta importância. Parecia um preço pequeno para o que ele queria: eu desaparecendo da vida dele. E imaginei que aquele dinheiro não fosse o bastante para deixá-lo irritado, mas acho que eu estava errada. Acho que pisei no calo dele. Ele mandou Donnie atrás de mim. Nem sabia que ele conhecia gente desse tipo, mas isso provavelmente foi ingenuidade da minha parte.

— Como soube de Donnie?

— Depois que peguei o dinheiro, fui para um fim de mundo em Connecticut, encontrei um motel que aceitava dinheiro e fiquei fora do radar por algum tempo. Não tenho ideia de como ele me encontrou. Uma noite, eu estava jantando em um cassino, sentada ao balcão, e ele se sentou a dois bancos de distância de mim e começou a puxar papo. Achei que fosse só um cara estranho, mas deixei que ele me pagasse uma bebida, então, no meio da nossa conversa casual, ele começou a me chamar pelo nome.

— Jane, certo?

— Isso mesmo. Esse é o meu nome há algum tempo, na verdade. O que acha?

— Combina com você.

— Jane sem graça?

— Estava mais pensando em Jane, a fugitiva.

Ela girou a garrafa de cerveja nas mãos.

— Onde eu estava? Ah, sim, Donnie Jenks em Mohegan. Depois que ele usou meu nome, aproximou-se de mim e disse que havia sido contratado para reaver o dinheiro, e que havia recebido carta branca para utilizar de quaisquer métodos que achasse necessários. Disse que tinha decidido me matar, mas achou que seria mais divertido se me desse uma chance de lutar. Ele não parava de sorrir. Fiz de tudo para não fazer xixi nas calças de tanto medo. Eu não me impressiono facilmente, mas ele é bem assustador.

— Comigo ele também não parava de sorrir.

— Acho que é a sua marca registrada. — Ela mordeu o lábio inferior. — De novo, George, desculpe por aquilo.

— Ele não tentou apertar sua mão, tentou?

— Para falar a verdade, tentou. Quando saiu do bar, ele pegou minha mão e a beijou; disse como estava feliz de ter me conhecido e como nos encontraríamos de novo em breve, então foi embora.

— O que você fez?

— Tirei forças só Deus sabe de onde para voltar ao hotel de táxi e pegar minhas coisas. Ele havia passado por lá. Não que isso me incomodasse, mas eu sabia. Fui inteligente o bastante para não deixar dinheiro algum lá, o que provavelmente foi o motivo de eu ter sobrevivido àquela noite em especial.

— Onde estava o dinheiro?

— Parece idiota, eu sei, mas eu o deixei guardado em um cofre na estação de trem de Hartford. Obviamente, quando Donnie fez uma busca no meu quarto de hotel e não encontrou o dinheiro, ele me abordou no bar para tentar me intimidar até eu cometer um erro. Percebi que ele não me mataria até saber onde estava o dinheiro, mas, mesmo sabendo disso, os cinco minutos que levei para fazer as malas, pagar a conta do hotel e voltar para o táxi foram os cinco minutos mais longos da minha vida. Eu tinha toda a certeza de que ele sairia das sombras e cortaria minha garganta. Mas não o fez. O motorista me levou até New Haven. Eu tinha certeza de que havia sido seguida. Entrei em um hotel no centro da cidade, depois saí pela entrada de serviço e peguei outro táxi. Fiz isso várias vezes até, finalmente, ter sentido que o havia despistado. Então entrei num ônibus para Hartford, peguei meu dinheiro e comprei um carro. Arranjei uma placa de Delaware. Não sei como ele me rastreou até Connecticut e agora não faço ideia de como ele me achou aqui em Boston. É quase como se ele pudesse me farejar ou algo assim. Para ser sincera, estou morrendo de medo. E estou cansada.

Ela fez uma pausa e logo prosseguiu:

— Então vou me entregar, não que eu tenha feito muito isso na vida. Gerry MacLean tem uma casa por aqui, pertinho de Boston;

é onde a esposa dele está recebendo cuidados médicos. Liguei para uma pessoa com quem eu trabalhava e ela me disse que Gerry estaria aqui neste fim de semana, que ele tem ficado por aqui quase o tempo todo, agora que sua mulher está por um fio.

"Então vou devolver o dinheiro e implorar pelo perdão dele. É a única maneira de eu me safar dessa."

— Por isso está aqui.

— Por isso estou aqui. Ainda não consigo acreditar que Donnie estava em New Essex esta manhã. Você não viu mais ninguém?

— Só ele. Quem é a amiga com quem está hospedada?

— Ela é mais uma conhecida do que uma amiga. Foi ela quem me contou sobre a cabana. Gostei da ideia, porque era um lugar escondido e fora da rota usual. Foi ela também quem pegou emprestado meu carro, mas, quando voltou esta manhã, logo depois de eu ligar para você, ela disse que tinha quase certeza de que havia sido seguida. Fiquei com medo, tentei ligar para você no bar, desisti e vim dirigindo até Boston. Achei que talvez estivesse paranoica, mas, no fim das contas, não estava.

— E por que você queria me ver?

Liana terminou sua cerveja e apoiou a garrafa suavemente na mesa.

— Preciso de um favor.

— Quer que eu vá com você para entregar o dinheiro — disse George, arriscando.

— Não, quero que entregue o dinheiro por mim. Não quero ver Gerry de jeito nenhum. Não sei como ele reagiria. Mas, se você levasse o dinheiro, advogasse em meu favor...

— E você não quer dar o dinheiro para Donnie?

— Não. Meu Deus, não. Ele já me contou seus planos de me matar. Com ele, não se trata apenas do dinheiro. Ele quer que haja uma punição. Por isso que quero que leve o dinheiro a MacLean, peça que ele me perdoe e deixe Donnie fora disso.

— O que faz você pensar que MacLean ficaria mais feliz em me ver do que ver você?

— Ele não conhece você. Seria como um encontro de negócios. Por favor, acredite em mim quando digo que não pediria se achasse que fosse minimamente perigoso. Gerry é um cara mais velho. Ele não é perigoso para ninguém, mas, se me visse, se me visse chegando até ele com o dinheiro, não sei qual seria a sua reação. Claramente eu o atingi feio. Seria muito melhor vindo de um desconhecido.

George hesitou, olhou para uma unha do dedo.

— Eu lhe pagaria — continuou Liana. — Já tenho pouco dinheiro mesmo, então o que seriam mais dez mil dólares?

— Se eu fizesse isso por você, não seria por dinheiro.

— A última coisa no mundo que você me deve é um favor. Se fizer isso, insisto que aceite o dinheiro. Do contrário, eu me sentiria em eterna dívida.

— Preciso pensar no assunto — disse George.

— Eu entendo. E entenderei se disser que não.

— Posso perguntar só mais uma coisa?

— Pode me perguntar o que quiser.

— Por que eu? Sou a única pessoa que conhece em Boston?

— Tem a minha amiga da cabana, mas prefiro eu mesma entregar o dinheiro a confiar a ela essa tarefa. Ela é a única pessoa que conheço, além de você. É engraçado. Nunca estive em Massachusetts, mas é um lugar onde penso morar desde que ficamos juntos. No primeiro ano. Sempre imaginei como um lugar especial. Acho que criei isso na minha cabeça, assim como criei o que tivemos com o passar dos anos. Quando decidi vir para cá, para devolver o dinheiro a MacLean, sabia que precisava encontrar você. De alguma forma, eu sabia que você ainda estaria aqui.

— Não fui muito longe.

— Como assim?

— Na vida. Cresci nos arredores desta cidade. Passei quase minha vida toda aqui.

— Tocamos nossa vida de forma bem diferente...

— Pois é...

Houve um breve silêncio. George sentiu uma gota fria de suor descendo pelas costelas. Ele observou Liana virar a cabeça, olhando seu apartamento. Quis que estivesse um pouco mais limpo.

— Você sempre morou sozinho? — perguntou ela. Esticou uma das pernas e pousou o pé descalço no chão de madeira.

— Basicamente. Morei com uma namorada em São Francisco. Logo depois da faculdade. Não durou muito, então voltei para cá. Tenho certeza que vou morrer aqui também.

— Só daqui a muitos anos, espero. — Liana puxou a blusa que estava presa no ombro e a empurrou um pouco para trás, então alinhou-a novamente. Era uma peça com um decote bem insinuante, tanto que George podia ver o volume dos seios; havia um sutil padrão circular de sardas logo abaixo da clavícula que George recordou.

— George, tem mais uma coisa que quero dizer antes que tome uma decisão. Quando essa confusão acabar, quer me ajude ou não, gostaria de passar mais tempo com você. A maneira com que as coisas terminaram... aquilo sempre me incomodou. Não posso dizer quanto penso na Mather College. Tornou-se uma espécie de obsessão para mim.

— Tudo bem — disse George, com a voz um pouco rouca. Ele sabia que diria sim, que ajudaria Liana a devolver o dinheiro. Sabia que diria sim para Liana, mesmo antes de saber o que ela queria. Ele soube desde a hora em que a deixou entrar no apartamento. Também sabia que Liana era tão confiável quanto uma cobra acuada, um fato óbvio para qualquer criança de cinco anos, mas só a ideia de Donnie Jenks fazer qualquer coisa com ela despertou seu lado protetor. Ele se sentia vivo, com os sentidos aguçados. Não sabia o que aconteceria em seguida. Era uma situação incomum, e muito bem-vinda.

Mesmo sabendo que diria sim, George ainda sentiu a necessidade de atrasar só mais um pouco a resposta. Ele pediu licença e foi ao banheiro, onde descobriu que não estava totalmente preparado para a visão do sangue em sua urina. Seus joelhos ficaram fracos e, embora tivesse lido romances policiais suficientes para saber que aquele era um efeito colateral por tomar um soco nos rins, a visão do jato de urina avermelhada provocou nele outra onda de náusea. Quase vomitou outra vez.

— O que sabe sobre rupturas nos rins? — perguntou ele a Liana, quando voltou para a sala. Sua testa estava toda suada.

— Mijou sangue?

— É.

— Tenho uma amiga enfermeira. Posso ligar para ela, se quiser.

— Seria ótimo, e, Liana...

— Sim?

— Eu vou fazer o que me pediu. Vou levar o dinheiro a MacLean e ver se consigo livrar sua cara.

Ela ficou de pé, com um sorriso largo no rosto, e George sentiu por um momento como se ela fosse cruzar a sala e abraçá-lo. Ela não se mexeu, mas disse apenas:

— Meu herói.

CAPÍTULO 5

Naquela primeira noite na faculdade, quando George voltou ao seu dormitório para folhear freneticamente o guia do calouro, o nome que ele tinha ido procurar não era Liana Decter, mas Audrey Beck. Fora esse o nome que ela havia lhe dito quando eles se encontraram na cervejada da McAvoy, esse era o nome que ele encontrou no manual de orientação, esse era o nome da garota por quem tinha se apaixonado naquele outono e esse era o nome que tinha preenchido seus pensamentos como um mantra durante as férias de Natal mais longas pela qual ele já passara.

Audrey.

Em janeiro daquele primeiro ano, George havia pegado o trem de volta para a faculdade de Massachusetts. Seu pai o deixara na Estação Sul, onde ele tivera tempo apenas para comprar um maço de Camel antes de correr para não perder o trem. Não tinha fumado durante o período do Natal, mais para não chatear os pais, e, quando finalmente pôde fumar — na plataforma da Estação de New Haven, durante a parada de dez minutos, quando o trem mudava de diesel para elétrico —, a nicotina se espalhou em seu corpo como fogo. Sentiu-se um pouco tonto, mas estava determinado a terminar aquele cigarro. A sensação de zonzeira por causa da fumaça o fez lembrar da vida na faculdade.

O sol estava começando a se pôr, e flocos de neve voavam e giravam no ar seco. Ele deixou a jaqueta no trem, e a mão que não estava ocupada com o cigarro estava enfiada no bolso da calça jeans para se esquentar.

Olhou para cima e para baixo na plataforma para ver se reconhecia alguém; faltava um dia para começar o segundo semestre, então imaginou que qualquer trem do corredor nordeste estaria cheio de estudantes, outros membros de sua classe. Mas ninguém parecia familiar. Ele deu a última tragada e tratou de começar a andar.

De volta ao seu lugar, abriu um livro — Washington Square *—, mas não conseguia se concentrar. Pensava e repensava variações de como seria seu reencontro com Audrey. Ela mencionara para que talvez ligasse para ele no fim das férias, mas não havia feito isso, e parte dele tinha começado a achar que ele a tinha imaginado, que tinha imaginado todo o seu primeiro semestre de faculdade.*

Para chegar da estação de trem ao seu dormitório, ostentou pegar um táxi, um de uma linha ociosa que expelia fumaça de exaustão no ar cortante. O táxi o levou por três quilômetros em meio a ruas vazias, até a Colina Asylum, onde se localizava a Mather College: uma fortaleza íngreme de tijolos e ardósia que funcionava como universidade particular fazia duzentos anos, e tinha pouco menos de mil alunos.

Todos os dormitórios tinham cadeados de combinação, e, conforme George se aproximou das portas duplas do North Hall, a combinação que ele havia memorizado no semestre anterior desapareceu de sua mente como o ar de um balão. Ele olhou em volta para ver se podia perguntar a alguém, mas não viu ninguém. Só para testar, pressionou o indicador no teclado de números de metal e, em seguida, lembrou-se da combinação, quase que por instinto. Quatro, três, um, dois.

Seu colega de quarto era um grandalhão de quase dois metros, de Chicago, chamado Kevin Fitzgerald, cujo pai era um gigante de rosto rosado que trabalhava na política da cidade. O próprio rosto de Kevin, gordo e com um queixo do tamanho de um bolo de carne, já estava predestinado a ser tão vermelho quanto o do pai, assim como sua estrutura estava destinada a acomodar uma barriga do tamanho de uma bola de basquete. Kevin, aos dezoito anos, estava menos interessado em política do que em esportes, cerveja e no The Late Show com David Letterman.

George se dava bem com Kevin como quaisquer outros dois calouros se dariam bem, mesmo sem interesses em comum.

Abrindo a porta, ele entrou no dormitório vazio, um quadrado sem graça, de concreto pintado e chão de madeira. Duas camas de solteiro ocupavam cada uma um lado do quarto, e uma janela, sob a qual ficavam duas escrivaninhas, dividia o espaço. Kevin, que não estava lá, havia claramente voltado mais cedo — havia uma pilha de roupas recém-lavadas, uma bola de basquete ainda dentro da caixa e um umidificador em cima da cama.

Depois de largar a mala de roupas nos pés da própria cama, George desabotoou o casaco e, em seguida, pegou o telefone para discar o número do quarto de Audrey. Após quatro toques, a secretária eletrônica foi acionada: a voz de Audrey e a mesma mensagem do semestre anterior. Ele desligou o telefone, recostou-se na cama e acendeu um cigarro. Ouviu passos do lado de fora, lá no corredor, então vozes — uma ele reconheceu como a de Grant, vinda do fim do corredor. Presumiu que os calouros do corredor — havia sete deles — estavam reunidos em um dos dois quartos na parte sul.

Normalmente, ele teria ido até lá e se jogado em um dos três sofás esfarrapados da sala de estar, dado um tapa no narguilé e compartilhado suas histórias de guerra do Natal. Mas queria, desesperadamente, falar com Audrey antes e combinar um plano para vê-la mais tarde naquela noite.

— Foss, está por aí? — Eis que surgiu um grito, acompanhado por uma batida forte na porta.

— Não — gritou ele em resposta e discou de novo o telefone de Audrey.

— Levanta essa bunda daí e vem para cá.

Novamente, ninguém atendeu.

Ele vestiu a jaqueta, enfiou os cigarros no bolso e seguiu o cheiro acre de maconha vindo do quarto dos rapazes. A porta estava aberta, e os quatro companheiros de quarto estavam lá, além de Tommy Tisdale, outro calouro de dois andares acima.

— Foss.

— Fossy.

— Olha só o que Cho trouxe para o Natal! — Grant mostrou um saquinho de maconha verde brilhante.

Cho estava, naquele instante, dando uma longa e borbulhante tragada em Holmes, seu narguilé roxo de sessenta centímetros. Uma música do The Dead tocava no aparelho de som.

Depois de um tapa no narguilé e de tomar uma lata de cerveja morna, George voltou para seu quarto e ligou de novo.

— Alô? — Era a colega de quarto de Audrey, com a voz contida e familiar.

— Oi, Emily. É o George. Como foram suas férias?

— Oi, George. Foram... De onde você está ligando?

— Do North Hall. O que houve? Você parece esquisita.

— Você ouviu? Ouviu falar de Audrey?

O estômago de George deu um nó, e sua mente já pululou com imagens de Audrey e um novo namorado, Audrey transando com toda a turma dos veteranos.

— Não. O que está acontecendo? Ela está aí com você?

Emily respirou tão fundo que deu para ouvir.

— Não sei se devo conversar com você sobre isso.

— Sobre o quê? Você está me assustando, Em.

— Parece... Acabei de descobrir... ela está morta, George. Foi o que eu ouvi.

George caminhou, sem nem pôr a jaqueta, até o dormitório de Audrey, no Barnard Hall, e encontrou uma cena surreal. O Barnard era um dos alojamentos novos, construído exclusivamente para calouras, e uma enorme área comum tinha sido erguida no primeiro andar para que todos os dormitórios ficassem no segundo andar ou acima. Contornando um corredor curto e cheio de cartazes, ele entrou em um quarto com luzes fluorescentes e um pé-direito alto, cheio de sofás e poltronas, onde havia um burburinho de vozes femininas. O lugar estava lotado com, pelo menos, duas dúzias de calouras, muitas delas chorando.

Elas viraram o rosto para George; pareciam balões pálidos que flutuavam indistintamente entre si. Ele olhou para todas, incapaz de deixar de procurar por Audrey, tentando reconhecê-la em meio a tantos rostos — cabelos da cor do feno molhado, sobrancelhas escuras, pescoço alongado e ombros esguios. Um dos balões flutuou na direção dele. Era Emily, uma estudante patricinha, verbalizando palavras e estendendo os braços, como se quisesse abraçá-lo.

Ela segurou os cotovelos dele e ele se sentiu como uma borboleta colada num quadro, presa entre sua presença aterrorizante e a parede invisível atrás dele, que o impedia de voltar de onde viera.

— Junte-se a nós — disse ela.

Foi ali que ele se deu conta de que era verdade. Audrey não voltaria mais.

No dia seguinte, George atendeu o telefone logo após as nove.

— É George Foss que está falando?

— Sim.

— Oi, George, aqui é Marlene Simpson. Sou a reitora dos alunos.

— Eu sei.

— Imagino que tenha más notícias para você.

— Ouvi falar.

— Ouviu sobre Audrey Beck?

— Soube pela colega de quarto dela, Emily. Além de que todo mundo do campus sabe.

Depois de concordar em se juntar à multidão no Barnard Hall no dia anterior, George, desorientado, passara uma hora em meio às garotas, sendo que algumas, realmente, estavam tristes pelo acontecido, mas outras pareciam estar gostando do dramalhão, como abutres rodeando carne morta.

Aconteceu que Emily recebera uma ligação em casa, no norte de Nova York, na manhã anterior. Era o presidente da faculdade, e ele contou a ela que Audrey Beck estava morta, aparentemente por suicídio. Ela havia sido encontrada na garagem da casa dos pais, com o carro ainda ligado, asfixiada.

Os amigos e conhecidos de Audrey, todos tinham perguntas a George. Você tem alguma ideia? Por que ela fez isso? Você conversou com ela durante as férias?

Ele respondia da melhor forma possível, preferindo a mecânica da fala à mecânica do pensamento. Uma das garotas, uma morena retangular, com um queixo fino e longo, trouxera um caderno de anotações terrível feito por ela no primeiro semestre da faculdade. Havia fotos nele, mas nenhuma de Audrey, embora algumas das garotas pensaram tê-la reconhecido com a manga arregaçada numa festa, com a cabeça para trás depois de uma dose em um dormitório lotado. George notou a ausência de fotografias completas, porque ele também não tinha nenhuma dela, e, só quatro semanas após tê-la visto pela última vez, estava preocupado em já estar esquecendo seu rosto.

Mais tarde, Emily acompanhou George de volta ao North Hall. Ele ficou aliviado de entrar no quarto sob o som dos roncos de Kevin, que chegara a ficar mais ou menos apaixonado por Audrey também. George não tinha nenhuma intenção de acordar Kevin e falar sobre aquilo de novo.

— Queria falar com você esta manhã — disse a reitora. — Dez horas, pode ser?

— Tudo bem.

— Você sabe onde fica meu escritório?

Ela explicou para ele, e às dez horas lá estava George, tendo evitado todos do alojamento. Ainda não estava aceitando bem a ideia de ir ao refeitório, sabendo que todas as conversas seriam sobre Audrey e todos os olhos estariam sobre ele, portanto, comprou uma xícara de café em uma loja de conveniência fora dos limites da faculdade.

Também procurou evitar Kevin, que devia estar no chuveiro quando a reitora ligou. Em breve, ele descobriria.

O escritório da reitora Simpson tinha janelas de frente para a área principal do campus, um gramado inclinado comido pelo frio, dividido por uma linha de olmos. Ainda estava frio naquela manhã, mas não havia nuvens no céu, e trilhas de neve e gelo reluziam por todo o campus. Alunos agasalhados cruzavam o prédio, a maioria em pares.

— Pedi para Jim Feldman vir até aqui daqui a pouco. Ele é um dos quatro psicólogos e queria marcar uma consulta para ver você. Não podemos obrigar você a vê-lo, mas ficaríamos mais aliviados... gostaríamos que fizesse isso. Todos nós sabemos quanto você era próximo de Audrey.

George ficou na dúvida sobre quem era o "nós", ou como a faculdade sabia sobre a relação dele com Audrey, mas simplesmente acenou com a cabeça e disse:

— É... claro. Eu falo com ele.

A reitora Simpson estava na faixa dos cinquenta anos e tinha altura suficiente apenas para não ser chamada de anã. Ela usava um suéter roxo decorado com linhas prateadas. Uma mecha de cabelo grisalho contornava sua cabeça até os ombros.

— Ótimo. Esse foi um grande choque para todos nós. Recebemos há pouco mais detalhes da Flórida, e nossa principal preocupação é que todos aqueles que eram próximos de Audrey fiquem bem. Gostaríamos que você ficasse conosco na Mather durante este semestre e continuasse seus estudos, mas entenderemos se achar muito difícil. É sobre isso que Jim quer conversar com você.

— Tudo bem. — Ele mal conseguia pensar em seus planos a curto prazo. A perspectiva de abandonar a Mather para ficar de luto era terrível, mas mais terrível ainda era a ideia de ficar na Mather sem Audrey.

— Além disso, enquanto está aqui, você acha que poderia me contar um pouco sobre os outros amigos de Audrey? Conversamos com Emily, é claro, como bem sabe, e fizemos contato com algumas outras garotas do Barnard, mas sabemos quanto isso pode ser traumatizante e não queremos que ninguém se veja na situação de ter que lidar com tudo isso sozinho.

George concordou com a cabeça, perguntando-se quando Jim Feldman apareceria. O sol brilhante pulsava contra a janela, e um relógio tiquetaqueava audivelmente no escritório.

— Não sei dizer. Sinto muito — respondeu, esquecendo imediatamente o que ele não sabia.

— E não quero que pense nisso agora, mas seria interessante que fizéssemos uma espécie de funeral para ela aqui na Mather. Espero que concorde que essa seja uma boa ideia.

George deu de ombros e procurou sorrir.

A reitora projetou o lábio inferior à frente e inclinou a cabeça.

— Talvez agora seja uma boa hora para ligar para o Jim.

— À vontade.

Ela pegou o telefone e, em menos de trinta segundos, Jim Feldman bateu uma vez na porta e a abriu. Ele cumprimentou George com uma mão, pousando a outra sobre seu ombro e apertando-o. A reitora pediu licença e se retirou do próprio escritório, deixando os dois a sós.

Duas horas depois, George estava sozinho em seu quarto quando ouviu o som inconfundível dos passos de Kevin, que parecia um cavalo galopando, vindo pelo corredor lá fora. Era início de tarde, e ele ainda não tinha visto o companheiro de quarto após voltar de Boston. A porta se abriu de uma vez, e Kevin apareceu ali cambaleante, completamente bêbado; ele segurava um pacote de doze latas de cerveja nas mãos sem luvas.

— Filho da puta — disse ele. — Você não tem nada a ver com isso, senão eu juro... — Ele deu duas passadas rápidas e instáveis pelo quarto, agarrando George pela camisa e levantando-o, arrancando-lhe um botão.

— Caramba, Kevin. Que merda é essa?

— Você terminou com ela? — Kevin deu outro puxão na camisa de George, e o colarinho rasgou.

— Do que você está falando? Não! — George segurou os punhos de Kevin com as duas mãos na tentativa de se soltar.

Kevin, com os olhos vermelhos de lágrimas e álcool, continuou segurando a camisa do colega, e, pela primeira vez desde que soubera de tudo na noite anterior, George começou a chorar, explicando que não tinha nada a ver com o fato de Audrey ter se matado.

O grandalhão se acalmou e ofereceu uma cerveja a George. Eles beberam juntos, em silêncio durante algumas latas e conversando durante outras. A noite foi caindo lá fora, mas eles não acenderam as luzes, e, quando as pessoas batiam na porta, eles não atendiam.

George não ficou surpreso com o ataque de Kevin. Ele sabia que, do seu jeito, Kevin tinha amado Audrey, mas que jamais tinha feito nada a respeito disso.

— Você foi bom para ela, eu acho — disse Kevin, finalmente, como um padre embriagado dando a absolvição. — Não foi você.

— Graças a Deus.

— O que vamos fazer agora?

— Não sei. Meu terapeuta, Jim, quer que eu continue as aulas neste semestre. Não sei se consigo.

— Apenas fique aqui. Fodam-se as aulas. Vamos beber.

— Não sei se vão me deixar fazer isso.

Kevin encolheu os ombros.

— Não sei o que fazer — disse George outra vez.

Na verdade, ele tinha criado um plano mais cedo, quando voltara caminhando pelo campus após a reunião com a reitora. As torres imponentes de pedras marrons, os tijolos do refeitório, as árvores sem folhas e os alunos agrupados entrando e saindo de prédios — tudo aquilo não fazia sentido algum, era quase enjoativo, com Audrey morta. Então ele decidira arrumar uma pequena mala e ir até a Flórida. Partiria logo de manhã, andaria até a estação rodoviária Greyhound e embarcaria no primeiro ônibus que fosse para o Sul. Provavelmente, chegaria a Tampa e visitaria a família e os amigos de Audrey e talvez descobrisse o que tinha acontecido. Jim chamaria isso de dar uma conclusão aos seus sentimentos.

— Estou morrendo de fome — disse Kevin.

— Vá comer e traga um pouco para mim, pode ser? O refeitório fecha em dez minutos.

Kevin saiu cambaleando e George pôde pensar um pouco mais sobre seu plano de ir à Flórida no dia seguinte. Ele não contou nada ao colega, porque ele pediria para ir junto, e aquilo era algo que George precisava fazer sozinho.

CAPÍTULO 6

No domingo, às quatro da tarde, George dirigiu seu Saab para fora da cidade pela segunda vez naquele fim de semana. A casa de Gerald MacLean ficava em Newton, um subúrbio endinheirado a oeste de Boston. George pegou a Avenida Commonwealth, passando por baixo da placa da Citgo e dos paredões do Fenway Park. Ele lembrou que haveria um jogo naquela tarde contra os Rays. Se não tivesse encontrado Liana na sexta-feira e concordado com essa missão idiota, muito provavelmente estaria sentado no bar de seu amigo Teddy naquele momento, tomando uma cerveja gelada e assistindo ao jogo. Estaria ouvindo Teddy falar sobre as principais razões de o Red Sox estar uma porcaria naquele ano, e, quem sabe, mais tarde, ligaria para Irene para ver o que ela faria para o jantar, ou talvez não ligasse e continuasse tomando cerveja, podendo até comer a famosa lula de Teddy, no estilo de Rhode Island. Mas, em vez disso, George estava levando quase meio milhão de dólares em dinheiro em uma bolsa de academia até a casa de um estranho.

Depois de George concordar em ajudar Liana no dia anterior, ela ligou para MacLean do apartamento de George e combinou a transferência do dinheiro. Ele tentou não ouvir explicitamente a conversa, quando Liana disse a MacLean que enviaria um mensageiro, além do dinheiro, para a casa dele, mas era difícil não escutar tudo num apartamento que cabia na metade de uma quadra de tênis. Ela disse algo sobre *a maior parte* do dinheiro em vez de *todo* o dinheiro, e George a ouviu dizer a palavra "desculpe" pelo menos duas vezes. Um acordo foi feito para a tarde seguinte. O tom do diálogo não parecia muito amigável.

Liana também ligou para sua amiga enfermeira, que lhe disse que havia poucas chances de George ter sofrido uma ruptura no rim, mas que precisava ficar de olho no sangue na urina e se certificar de que estava melhorando, não piorando. George não se sentiu muito reconfortado.

Após realizar seus dois telefonemas, Liana disse a ele que precisava buscar o dinheiro e o traria ao seu apartamento na manhã seguinte.

— Onde vai dormir esta noite? — perguntou George, imediatamente se odiando por ter levantado a questão, por parecer que estava dando em cima dela.

— Em New Essex é que não. Não com Donnie solto por aí. Vou ficar em um hotel. Eu dou um jeito.

— Pode ficar aqui. Pode dormir no sofá.

— Não acho que seja uma boa ideia. Donnie sabe seu nome agora, o que significa que sabe onde você mora. Na verdade, ele já deve estar de tocaia em algum lugar por perto.

— Talvez não devesse sair daqui, então.

— Não, estou bem. Sei lidar com Donnie. Ele só está tentando me forçar a cometer um erro, a acabar mostrando para ele onde está o dinheiro. É provável que sua recompensa seja boa parte do dinheiro, e ele não vai me machucar até conseguir o que quer. Quando eu sair daqui, posso despistá-lo de novo, buscar o dinheiro e depois me manter fora do radar até amanhã. Há algum lugar público onde eu possa encontrar você amanhã para entregar o dinheiro?

George sugeriu um mercado na Avenida Commonwealth, e eles combinaram um horário.

— Tem alguma forma de eu conseguir contatar você se precisar? — perguntou George.

— Não. Vamos ter que confiar um no outro. Estarei no mercado.

— Também estarei lá.

— Se eu não estiver, então presuma que, por algum motivo, eu achei que seria perigoso demais. E, se você não estiver lá, vou interpretar da mesma forma. Sei que estou pedindo muito.

Mas George, após outra noite inquieta e uma manhã nervosa e sem perspectiva, tomou um banho longo, barbeou-se e vestiu alguma coisa que o fizesse parecer um executivo mediano em uma sexta-feira qualquer. Ele sabia que não era preciso se vestir de forma diferente para esse breve papel de entregador de dinheiro roubado, mas, se estava ali para defender os interesses de Liana, achou que deveria estar mais apresentável. Chegou cedo ao mercado caro e luxuoso, caminhando pelos corredores de produtos orgânicos e sem glúten à espera de Liana. Os dois esqueceram de combinar um local específico, então, quando deu a hora, ele foi até a frente do estabelecimento, onde várias pequenas cabines ficavam de frente para as imensas vitrines que davam vista para o pequeno estacionamento. Assim que ele se sentou, encontrou Liana, vestida com a mesma saia, mas uma camisa diferente, caminhando por entre os Prius estacionados na entrada. George a encontrou nas portas automáticas.

— Entre comigo — disse ela. Carregava uma pequena bolsa, além da bolsa preta de academia.

— Está tudo bem? — perguntou George.

— Tudo. Eu acho. Se alguém me seguiu até aqui, não percebi, e olha que eu estava bastante atenta. Vamos nos sentar um pouco.

Eles se sentaram numa das cabines, e Liana apoiou a bolsa na mesa de madeira que os separava. George sentiu como se cada movimento estivesse sendo observado por todos ao redor.

— Tem exatamente quatrocentos e sessenta e três mil dólares aí dentro. Dez mil estão em cima de tudo, embrulhados em um jornal. São para você. Gerry sabe que só vai ficar com quatrocentos e cinquenta e três, então não o deixe convencer você do contrário. Sabe como chegar lá?

— Sei. Achei que esperaria para me dar o dinheiro quando nos encontrássemos depois.

— Por mim tanto faz, mas eu confio em você.

Com uma mão na bolsa, George hesitou. Era bem menor do que ele tinha imaginado, mas parecia sólida, como se estivesse cheia de tocos de madeira em vez de dinheiro em espécie.

— Por que você não fica com ele? Prefiro não estar com isso no carro quando for à casa do cara. Tecnicamente, o dinheiro é dele.

— Tudo bem — disse Liana, puxando a bolsa, abrindo metade do zíper e puxando uma cópia enrolada do *Herald*. George viu de soslaio as notas verdes empilhadas e olhou rapidamente em volta para ver se alguém os estava observando. Liana fechou a bolsa logo em seguida e a empurrou na direção de George.

— Obrigada mais uma vez — disse ela. — É um grande alívio que esteja fazendo isso por mim. Acho que não suportaria vê-lo de novo.

— E você não acha que ele estará com a polícia a postos para me interrogar? — Esse pensamento preocupava George desde cedo.

— De jeito nenhum. E, se houver policiais no local, apenas conte tudo a eles. Não preciso que me proteja ou me ajude mais do que já está fazendo. Nada vai dar errado. Conte somente a verdade e devolva o dinheiro. E, se sentir que há uma abertura, então, por favor, diga a Gerry que peço desculpas. Ele não vai acreditar em você, mas quero que ele ouça. Pensando bem no que fiz, eu acabei exagerando na dose.

Ela sorriu e George sorriu também. Um pouco da tranquilidade dela passava para George, que estava todo tenso desde aquela manhã.

— Não acho que tenha exagerado. Sem dúvida, você vale meio milhão de dólares.

— Pois é, não é?

Ao voltar ao carro, George ligou o ar-condicionado e desabotoou um botão da camisa. Ficou se perguntando se tinha sido ingênuo ao deixar os dez mil dólares com Liana. Seria muito fácil para ela fugir com aquele dinheiro e escapar ilesa daquele plano mirabolante. Mas George, por algum motivo, não acreditava nisso; na verdade, ele pensava o contrário, que guardar o dinheiro daria um incentivo para Liana encontrá-lo mais tarde. Tinha a sensação de que dar aquele dinheiro a ele era importante para ela, que não queria ficar em dívida com ele.

Os prédios de tijolos aparentes com quatro andares, típicos de Boston, foram se transformando lentamente nos subúrbios arborizados e elegantes condomínios familiares de Newton. MacLean morava depois da colina de Nonantum, uma das treze vilas da cidade. George virou à direita na Rua Chestnut e passou pelos extensos gramados das mansões em falso estilo Tudor, até encontrar Twitchell. A casa de MacLean era a primeira propriedade com portões que ele avistou. Encostando próximo ao interfone, pôde avistar uma mansão suntuosa em um gramado inclinado. George baixou o vidro da janela. Em algum lugar fora do alcance de sua vista, havia o som de um cortador de grama, e ele sentiu o cheiro ácido típico de grama cortada no ar denso.

Uma voz frágil de mulher perguntou ao interfone:

— Nome, por favor?

— George Foss.

Ele esperou um momento, e os portões ornamentais metálicos começaram a se abrir. George respirou fundo, enchendo bem o peito, fazendo com que a dor nos rins se intensificasse. A imagem de Donnie Jenks surgiu em sua mente como uma barbatana de tubarão despontando na superfície do mar. Será que Donnie estaria na casa? Era bem possível.

Parando ao lado de uma van estacionada na entrada principal, ele avistou o cortador fazendo um círculo em torno de um bordo junto à ala leste da casa. A presença do jardineiro o fez se sentir melhor. Se MacLean ou Donnie estivessem planejando enterrá-lo no jardim, não o fariam na frente de testemunhas, não é?

A mansão era coberta de tijolos e pintada de branco, com as persianas e a porta da frente na cor preta. Antes de George ter a chance de tocar a campainha, a porta se abriu para dentro sem fazer nenhum som. Uma jovem o recepcionou. Provavelmente, tinha seus vinte anos, usava uma saia de algodão cor de canela e uma camisa polo azul-escura, e os cabelos loiros com luzes estavam bem presos atrás da cabeça em um rabo de cavalo. George, a princípio, pensou que ela pudesse ser a filha de MacLean, mas sua forma de recebê-lo, até mesmo a maneira como abrira a porta, era a de uma assistente pessoal criteriosamente treinada.

— Sr. Foss — disse ela.

— Sou eu.

— Queira me acompanhar. Ele o aguarda.

George entrou na residência. A casa de MacLean parecia luxuosa do lado de fora, mas nada que se comparasse à opulência do interior. A entrada era, facilmente, duas vezes o tamanho de uma piscina olímpica, uma forma oblonga de mármore branco cuidadosamente instalado. Uma escada de madeira em espiral levava ao segundo andar. Acima da entrada, ficava uma escultura de Chihuly, com tubos multicoloridos retorcidos que se espalhavam como uma anêmona marinha. George vira uma igual em um cassino de Las Vegas. As paredes brancas eram ornadas com outras extravagantes obras de arte, abstrações em luzes de néon.

— Chihuly — disse George para a assistente, e elevou os olhos para a escultura. Ela olhou para cima, mas não pareceu impressionada com seu conhecimento do mundo da arte.

— O sr. MacLean virá em instantes. Aguarde aqui. — Ela o levou até um portal branco, após caminhar por cerca de cem metros de mármore. — Gostaria de alguma coisa enquanto o espera?

— Não, obrigado — disse ele, e ela saiu silenciosamente com suas alpargatas.

George adentrou a sala. Parecia uma biblioteca, mas não tinha livros. Não havia janelas e era revestida de madeira, com móveis de couro e muitos globos, alguns dos quais pareciam genuinamente antigos. A sala era em um estilo completamente diferente da entrada, para a qual George chegou a voltar para ter certeza de que não havia imaginado. Era inquietante, como se tivesse entrado na casa de um chefão das drogas de Miami e se visse no escritório secreto de um detetive inglês. Mapas emoldurados ocupavam a parede, inclusive um antigo e amarelado o bastante para ter um daqueles monstros marinhos desenhados no oceano. George o estava analisando quando dois homens entraram no cômodo.

O primeiro homem era mais velho e parecia ser MacLean. Uma postura alinhada, por volta dos sessenta anos, com cabelos grisalhos recentemente aparados. Usava uma camisa de xadrez vermelha por dentro da calça preta. Tinha baixa estatura, e estava claro que passara a vida se exercitando para compensar isso e conquistar uma boa forma. Mesmo com a idade avançada, os ombros pareciam fortes e o abdome era definido. Não havia nada chamativo na forma como ele se vestia, exceto pela fivela do cinto, que era impossível não notar — um grande vidro oval, com o que parecia ser um escorpião preto de verdade incrustado em um feltro amarelo e emoldurado em prata.

O outro homem era mais alto, mais ou menos da altura de George, mas com o dobro de sua compleição física. Era um daqueles homens que, da cintura para cima, só aparentava estar acima do peso, mas cujos quadris abrangiam quase o dobro do tamanho dos de George. Ele usava uma calça cáqui larga e uma camisa do Red Sox também por dentro da calça com cintura de elástico. Sua cabeça espelhava o corpo — forte na região do queixo e bochechas, depois afunilava para cima. O homem tinha cabelos pretos repartidos de lado e usava um bigode perfeitamente aparado.

— O dinheiro está na sacola? — disse o mais velho, apontando a cabeça na direção de George.

George acenou com a cabeça, estendendo-lhe a bolsa. O homem grande deu um passo à frente, movendo-se de um jeito estranho, meio gingado, e a tomou de suas mãos, entregando-a ao homem mais velho.

— Reviste-o, DJ — disse MacLean.

O homem chamado DJ virou-se para George e indicou que ele esticasse os braços.

— Importa-se? — perguntou.

George disse que não, então estendeu os braços. DJ rapidamente o revistou nas laterais, dos tornozelos aos braços. Em vez de se curvar na altura da cintura para chegar aos tornozelos de George, ele baixou lentamente por um joelho, depois subiu da mesma forma. Um dos joelhos fez um som alto, o que assustou George. Ele se perguntou se o homem estava procurando alguma arma ou uma escuta. Provavelmente os dois.

Enquanto George era revistado, MacLean colocou a bolsa em uma mesa lateral, abriu o zíper e rapidamente conferiu as pilhas de dinheiro. Ele voltou a fechar a sacola. George achou ter ouvido o homem suspirar.

— Ele está limpo — disse DJ a MacLean.

— Muito bem. Obrigado. Pode nos deixar a sós por um instante.

— Quer que eu leve o dinheiro?

— Não se preocupe. Eu cuido disso.

DJ saiu da sala e puxou as portas para fechá-las.

MacLean deu alguns passos na direção de George, mas ficou claro que ele não se aproximaria a ponto de apertar sua mão.

— Você é amigo da Jane — disse ele.

— Sou sim.

— É uma posição bem delicada para estar — disse ele, e um dos cantos de seus lábios finos deu um leve sorriso. George sentiu-se como uma criança encabulada diante de um adulto. MacLean suspirou outra vez.

— Pois bem, sente-se — disse ele, finalmente.

George sentou-se em uma das cadeiras de couro. Fez um pequeno estalo ao acomodar-se, liberando um aroma floral de produto de limpeza. MacLean sentou-se em um dos lados de um sofá, bem na beirada, como se não tivesse nenhuma intenção de ficar mais tempo que o necessário. Colocou as mãos sobre os joelhos, com as palmas para baixo. Seu rosto era avermelhado em contraste com o denso cabelo branco, os olhos eram estreitos e a boca praticamente sem lábios. Lá fora, George ouviu o cortador de grama ser desligado, depois religado com um som ainda mais alto.

— Sinto muito, mas qual é mesmo o seu nome? — perguntou MacLean.

— É George Foss. Cursei a faculdade durante pouco tempo com Jane, muitos anos atrás.

— Muito bem, George Foss. Vou presumir que esse não seja seu nome verdadeiro, mas não vou ficar me atendo a detalhes. Também imagino que ela deva estar transando com você até não poder mais, caso contrário não estaria aqui.

— Pode pensar o que quiser, mas ela é apenas uma antiga colega de faculdade.

MacLean fungou, coçando o nariz em seguida.

— Claro. Então, se é um mero colega de faculdade, o que você está ganhando com isso?

— Só estou fazendo um favor. Imaginei que estivesse fazendo um favor a você também. Trouxe seu dinheiro de volta.

— *Parte* da porra do meu dinheiro de volta.

— Isso. Agora pode falar para o Donnie parar a perseguição.

Os lábios de MacLean se levantaram novamente em um sorriso involuntário de espanto.

— Falar para o Donnie parar a perseguição? Falar para o Donnie parar a perseguição a quem? Você?

— Não. A Jane. Ele a está ameaçando.

MacLean baixou a sobrancelha, confuso.

— De quem está falando? Está falando de Donnie Jenks? DJ? George, de repente, não estava entendendo mais nada.

— O cara que você contratou para pegar o dinheiro de Jane. Eu o conheci ontem.

— Bem, você também o conheceu hoje. Ele acabou de revistá-lo. Donald Jenks. DJ. Ele é um investigador da minha confiança. Não tenho ideia sobre quem esteja falando.

CAPÍTULO 7

Depois de um momento, George disse:

— Tem alguém fingindo ser Donnie Jenks. Eu o conheci ontem.

— Como ele era?

George o descreveu.

— Não parece com ninguém que eu conheça. Deve ser algum outro amigo de Jane tentando assustar você para que fizesse esse favor a ela.

— Mas isso não faz sentido. Foi por causa dele que ela decidiu devolver o dinheiro.

MacLean pressionou os lábios e coçou o nariz de novo.

— Foi isso que ela lhe disse?

George disse a ele o que sabia, sobre as ameaças do homem a Liana, o jeito como ele a vinha seguindo desde que ela saíra de Atlanta.

— Claramente, ele conhece o bastante sobre você para saber que contratou um homem chamado Donnie Jenks para recuperar o dinheiro e está usando esse nome.

MacLean fez um gesto de pouco-caso com os dedos.

— Seja lá o que for, não é da minha conta. Se alguém foi contratado para ir atrás de Jane, não vou perder meu sono por conta disso. Algo me faz crer que a própria Jane esteja por trás disso. Não sei por que, mas eu não poria minha mão no fogo por ela.

— Você recebeu seu dinheiro — disse George, movendo-se no assento. Estava pronto para ir embora, quando lhe ocorreu que o assassino se passando por Donnie Jenks, muito provavelmente, era um empregado de MacLean, um empregado que MacLean nunca confessaria ter. Alguém pago às escondidas. MacLean era o pior tipo de crápula, aquele que finge não ser.

MacLean, como se lesse a mente de George, ergueu uma mão e disse:

— Olha só, vou lhe fazer um favor sem motivo algum. Vou contar a você minha história com Jane. Provavelmente, não vai fazer você mudar de ideia com relação a ela, mas vou me sentir melhor.

Ele olhou para seu relógio, um grande pedaço de metal que pendia livremente no magro punho.

George deu de ombros.

MacLean deslizou um pouco mais para trás no sofá.

— Como já deve saber, eu consegui ganhar um bom dinheiro. Não sou nenhum dono do Walmart, mas dá para me virar. Tive duas esposas. A primeira morreu de eclampsia dando à luz minha única filha. Isso foi trinta e sete anos atrás. O nome da minha primeira mulher era Rebecca, e ela tinha cabelos negros e olhos azuis. Um cabelo tão negro quanto um corvo e olhos do azul mais claro que se pode imaginar. Ela era como um poema, a mais linda mulher que já vi. Eu a conheci em um campo de golfe, em um sábado à tarde, na Geórgia. Ela era uma golfista e tanto. Hoje, ela teria se profissionalizado e seria uma das melhores golfistas no país, mas, naquela época, ser minha esposa bastava para ela ser feliz.

"Após sua morte, achei que nunca mais fosse me recuperar, mas consegui. Conheci Teresa há quinze anos, em um evento de caridade aqui em Boston. Como minha primeira esposa, ela tem cabelos bem negros e olhos muito azuis. E, como minha primeira esposa, ela vai morrer antes de mim. Ela está morrendo agora mesmo, nesta mesma casa. É perfeitamente possível que ela morra em questão de dias, não semanas. Quais as probabilidades de que eu teria duas esposas, tão parecidas entre si, e que teriam destinos igualmente cruéis? Não responda. É uma pergunta retórica.

"A resposta é que o fato de as duas morrerem tão cedo mostra a merda de azar que tenho, mas qualquer psicólogo que se preze diria que elas se parecem, porque me sinto atraído por mulheres com cabelos negros e olhos azuis."

Com outra pausa, olhando para George, ele o desafiou a interromper a história. George nada disse.

— O que nos traz a Jane Byrne — continuou ele, tossindo duas vezes após dizer o nome dela. — A moça na qual *você* está interessado. É claro que Jane não é o nome verdadeiro dela, mas é só o que sei sobre ela. Eu a conheci no Cockle Bay Resort, em Barbados. Eu, a negócios, e ela, trabalhando na recepção. Ela fez o *check-in* para o meu quarto, e, como Rebecca e Teresa, tinha cabelos bem escuros, quase negros, e olhos muito azuis. Não só isso, mas ela tinha o mesmo corte de cabelo da minha primeira esposa. Pela altura do ombro e levemente curvado no fim.

MacLean demonstrou a curva do cabelo com a própria mão. Foi um gesto curiosamente feminino vindo de um homem tão másculo.

— Eu sei que tudo o que é velho voltou a ser novo e os estilos antiquados estão na moda, mas aquilo me fez lembrar da minha primeira esposa. Não que eu tivesse qualquer suspeita na época. É claro que não tinha... por que teria? Mas lembro de pensar que vi a cópia perfeita da minha primeira esposa, sem ofensas a Teresa — MacLean olhou para o teto ao mencionar o nome dela —, mas eu tinha conhecido a segunda mulher mais bonita da minha vida.

— Naquela noite, eu estava tomando um drinque com um empregado meu em um dos bares do resort, então Jane sentou-se perto de mim no bar e pediu uma taça de vinho. Imaginei que fosse o fim do turno dela e que não iria para casa tão cedo. Ela não chegou a olhar na minha direção, mas (e eu me culpo por isso) fui até ela e me apresentei. Disse a mim mesmo que só queria que ela soubesse que ela me lembrava muito minha falecida esposa e que a mera visão dela havia despertado o coração de um velho. Eu ia tirar isso do peito e voltar para minha mesa, deixando-a em paz. Mas ela continuou puxando papo, fazendo perguntas sobre minha vida, meu trabalho. Ela estava em Barbados fazia um ano e não aguentava mais, porém amava o clima e o povo. Conversamos até por volta de duas ou três da manhã. Ela morava em um prédio a cerca de quatrocentos metros da praia, então eu a acompanhei até lá. Ela não estava exatamente flertando, mas ficou claro que tinha algum interesse em mim. Para falar a verdade, achei que ela queria um emprego na minha empresa, que ela via em mim uma chance de sair de Barbados.

"Fiquei no resort por mais uns três dias e, todas as noites, tomei um drinque com Jane. Na última noite, eu a acompanhei à casa dela, dei-lhe um cartão de visita e disse que, se ela estivesse interessada, talvez houvesse algum emprego para ela na matriz da minha empresa. Lembro que ela riu e disse: "Você acha que eu tenho saído com você porque estou querendo um emprego?". Eu respondi que aquilo tinha passado pela minha cabeça e perguntei, então, por que ela estava de fato interessada em mim. Bem, ela me beijou e, Deus que me perdoe, eu a beijei também. Você pode não acreditar, mas tive duas esposas, além de uma namorada séria no colegial e uma namorada séria na faculdade, e jamais traí *nenhuma* delas. Essa é a verdade."

Ele olhou para George como se o desafiasse a dizer o contrário. George apenas coçou o cotovelo.

— Bem, você não precisa ouvir detalhes sobre o que veio a seguir, mas comecei a ir para Barbados sob qualquer pretexto e não demorei muito para dizer a Jane que eu precisava dela muito mais perto de mim do que a quatro horas de voo de distância, e ela concordou em vir para Atlanta e trabalhar como minha assistente pessoal. Isso foi há cerca de dois anos. Teresa via um especialista diferente a cada semana, e cada um nos dizia algo diferente, e, enquanto todo esse turbilhão estava acontecendo na minha vida, montei um apartamento para Jane em Atlanta. Eu me sentia muito sórdido na época, mas não tão ruim quanto me sinto agora. Não vou dizer que Jane usou algum tipo de bruxaria em mim, mas era algo muito próximo. Eu não me cansava dela. Nunca havia me sentido daquele jeito.

MacLean esfregou a nuca, e por um segundo George achou que ele se levantaria e sairia da sala, mas ele prosseguiu:

— Estava bem claro que Teresa ia morrer, e sem dúvida, na minha mente, após um período aceitável, eu pediria Jane em casamento. Parecia ser a ordem natural das coisas. Então, duas situações aconteceram. — MacLean levantou dois dedos, como se estivesse dando uma palestra. — Primeiro, um dos diretores da minha empresa veio até mim e disse que estivera trabalhando até tarde certa noite e que, quando veio ao meu encontro, pensando que eu ainda estava no escritório, ele encontrou Jane vasculhando as gavetas do meu arquivo. Ele disse que não teria desconfiado, mas que ela tinha puxado uma das gavetas completamente e estava apalpando o interior do armário, como se estivesse procurando algo escondido, talvez um envelope ou algo enfiado no arquivo. Aí é que está. Eu realmente tinha deixado a combinação do meu cofre dentro de um dos arquivos. Geralmente, não a uso, pois tenho os números bem aqui — MacLean deu um tapinha na têmpora direita —, mas, só para garantir, eu a escrevi e pus em um envelope dentro de um dos arquivos. Não me lembro de jamais ter contado a Jane sobre qualquer segredo desse tipo, mas devo ter comentado. Não sabia o que fazer com relação àquilo. A questão é que, se Jane realmente quisesse a combinação do cofre, eu teria dito para ela com o maior prazer.

"Então, veio a segunda coisa. Certa noite, eu estava no apartamento de Jane e ela teve que sair para resolver algumas coisas.

Não vou fingir que não estava fuçando, mas me sentei diante da escrivaninha dela, olhando para seu computador, e comecei a dar uma olhada na gaveta da mesa. Não havia muita coisa lá, mas tinha algumas fotos de Barbados. Eu sabia que eram de lá, pois ela estava bem na frente do Cockle Bay. Achei que eram fotografias bem antigas, porque (A) eram fotografias de verdade, não imagens digitais, e (B) nelas Jane estava com um cabelo longo, mas louro com mechas. Mudava totalmente a aparência dela. Virei a imagem, e tinha um daqueles selos com a data informando quando a fotografia tinha sido tirada. A foto era de apenas um mês antes de eu ter chegado a Barbados, só um mês antes de eu a conhecer."

"Foi quando, de repente, tudo fez sentido. Jane sabia que eu tinha muito dinheiro e que eu havia feito uma reserva no Cockle Bay; ela devia ter feito alguma pesquisa no Google sobre mim e descobriu que eu fui casado duas vezes. Tenho certeza de que ela viu as fotos de minhas esposas e mudou o cabelo para parecer com a minha primeira mulher. Claro que não eram provas suficientes para eu entrar na Justiça contra ela, e eu nem queria isso. Mas me senti um idiota. Não disse nada a Jane logo de cara, mas pedi que a investigassem. Contratei... um cara para vasculhar seu passado, e ele não encontrou absolutamente nada. E não nada no sentido de nada de ruim, mas nada no sentido de nada mesmo. *Não havia* nenhuma Jane Byrne. É óbvio que existiam outras pessoas com esse nome, mas nenhuma delas era a mulher que eu conhecia. Não tinha nenhum histórico, nada que fizesse parecer que ela já tivesse existido."

Após outra pausa, George perguntou:

— O que você fez?

— Não a confrontei com tudo o que eu suspeitava, porque... porque, sei lá... Mas eu disse a ela que ia passar um tempo com Teresa... com Teresa morrendo... tinha mudado minha ideia sobre meu relacionamento com ela e que eu precisava que aquilo acabasse. Mas ela sabia que eu sabia, e vi algo surgindo em seu olhar, como se ela não precisasse mais fingir. Ela me disse que sairia da minha vida, e eu, tolo, decidi que ela não precisava ser escoltada para fora do escritório naquele minuto. Disse que ela podia ficar por ali até resolver o que fazer da vida.

"Bem, o resto você já sabe. Ela roubou meio milhão de dólares de mim e desapareceu. Quase a perdoei e deixei para lá, pois não era tanto dinheiro assim, mas não parei de me lembrar daquele cabelo negro e dos olhos azuis, e do quanto ela se pareceu com a minha primeira mulher assim que pus os olhos nela."

MacLean inspirou fundo, com a respiração entrecortada.

— Em resumo, aquela vadia me enganou desde o início. — Uma gotícula de saliva voou de sua boca quando ele xingou.

— E foi por isso que contratou Jenks.

MacLean levantou a cabeça, com os olhos semicerrados brilhando.

— Sim, pedi a DJ para investigar, mas não, não mandei aquele bandidinho atrás dela. Sei o que deve estar pensando.

— Não sei o que pensar — disse George. — Vamos apenas concordar que eu devolver o dinheiro encerra o caso. Você fala para quem quer que esteja atrás dela parar de segui-la e deixa Jane seguir sua vida.

MacLean fez aquele mesmo som ao inspirar, como se quisesse que seu nariz parasse de escorrer. George, de repente, perguntou-se se esse homem, aparentemente confiante, estava mostrando suas fragilidades diante dele. A estrutura esbelta e os olhos cortantes, subitamente, pareciam ser devido ao sofrimento, não à saúde.

— Vou pedir a DJ para parar de procurá-la, mas quero me encontrar com Jane, só uma vez, cara a cara. Ela levou meu dinheiro e agora envia *você* para devolver *parte* dele, e isso não é bom o bastante. Não quero machucá-la, mas quero vê-la. Pode pedir isso a ela?

— Posso pedir, mas não sei se ela vai concordar. Não posso fazer promessas por ela. Ela pediu que eu dissesse a você que pedia desculpas. Não sei se isso ajuda.

— Apenas diga a ela que quero vê-la e quero ouvir esse pedido de desculpas cara a cara. Ela não pode se esconder para sempre. Tenho recursos para descobrir quem ela realmente é. Ela sabe disso. Agora preciso que vá embora. Já passei muito tempo longe da minha mulher por hoje. — MacLean ficou de pé.

George também se levantou e olhou para MacLean. De pé, ele parecia menor e, de alguma forma, diminuído. George teve que se controlar para não dizer ou fazer as coisas naturais que são feitas com um recém-conhecido. Ele não foi até ele para oferecer-lhe a mão, nem disse que se sentia mal pela esposa de MacLean. Foi uma omissão na qual George pensaria mais tarde, mas só pelo que aconteceu a MacLean pouco depois de ele ir embora.

— Eu sei o caminho da saída — disse George, e saiu pela porta, passando novamente pelo deslumbrante vestíbulo branco. Donald Jenks, ou DJ, estava encostado numa parede, olhando para seu telefone. Ele só olhou de relance na direção de George, e este acenou com a cabeça, porém continuou andando, com o som dos sapatos ecoando conforme caminhava até a porta, e saiu para o fim de tarde. Sua cabeça virou um pouco com os fortes raios de luz solar, e pontinhos azuis flutuaram em sua vista. Parecia que tinha acabado de acordar de uma soneca profunda.

George ficou ali parado por um instante antes de entrar no carro, notando que a van não estava mais estacionada na frente da casa. Eles deviam ter terminado o serviço, juntado as coisas e partido. Com os jardineiros não mais presentes, o mundo do lado de fora da casa de MacLean parecia misteriosamente silencioso. Não havia outras propriedades visíveis por entre as grandes árvores. O único som era o dos grilos naquela sufocante tarde de agosto.

CAPÍTULO 8

George e Liana combinaram de se encontrar no Kowloon, um gigantesco restaurante chinês numa região cheia de restaurantes cafonas, em Saugus. George pegou a estrada 95 Norte na direção da Rota 1 e parou o carro no estacionamento um pouco depois das seis. O asfalto parecia macio sob seus pés, e ele sentiu o cheiro de fritadeiras e glutamato monossódico conforme caminhava até o restaurante de dois andares. A porta de entrada ficava entre duas estátuas brancas da Ilha de Páscoa e, abaixo, uma estátua ainda maior esculpida em madeira. O nome do restaurante brilhava em vermelho na noite nublada, as letras enormes em uma fonte de falsa aparência polinésia.

George passou pela fonte dos desejos no lobby, por uma senhora chinesa que estava tentando forçá-lo a entrar em uma das salas menores na frente e, finalmente, entrou no refeitório principal, um espaço do tamanho de um campo de futebol e cheio de ornamentos no estilo Tiki kitsch. Era o início de uma noite de domingo, mas o lugar já estava lotado, e o falatório estimulado pelo excesso de rum competia com a música no maior volume. George foi direto para o bar e sentou-se em um dos bancos baixos que lhe permitiam uma boa visão da entrada principal. Liana dissera que chegaria ao restaurante entre cinco e meia e seis e meia, e os dois combinaram de se encontrar no bar. Ele escolhera o Kowloon porque era fácil de localizar e porque sempre estava cheio. Outro motivo era o camarão agridoce deles.

George pediu um *Zombie* para o garçom e esperou por Liana. O bar estava começando a ser tomado. Dois casais ocupavam uma ponta e dividiam entre si uma tigela de uma espécie de ponche. Os dois homens tinham barriga enorme e usavam bonés do Red Sox, e as duas mulheres usavam roupas de couro muito justas com cabelos volumosos que tinham sido moda em 1985.

O drinque dele chegou, e a jovem garçonete, que estava num nível um pouco mais baixo na área do bar, disse:

— Vai querer comer também?

George disse a ela que estava aguardando uma pessoa e deu um gole em sua bebida. Não estava muito boa, mas tinha bastante rum. Ele tomou metade do copo com o segundo gole. Ficou assistindo aos melhores momentos de beisebol que estavam passando na televisão suspensa — os Red Sox tinham conseguido uma boa vantagem, mas perderam nos acréscimos —, mas não tirava os olhos da porta da frente e se perguntou se Liana apareceria, e o que ele diria para ela quando chegasse.

Pretendia contar a ela sobre os dois Donnie Jenks e como o homenzinho de sorriso sarcástico não era empregado de Gerald MacLean, ou, pelo menos, não de acordo com MacLean. Passara pela cabeça de George durante o trajeto entre Newton e Saugus que tanto Liana quanto MacLean poderiam estar inventando histórias e que ele não tinha real motivo para confiar em nenhum deles. Será que Liana precisava dele para outra coisa além de devolver o dinheiro? Ele se viu mascando o interior da bochecha e parou imediatamente. Já tinha feito o que prometera. O dinheiro havia sido entregue e agora ele tinha que transmitir a mensagem de MacLean a Liana, se é que ela apareceria.

O que George não sabia era se deveria contar a ela a história toda como MacLean lhe relatara. Não estava muito no clima de ouvi-la refutar a versão de MacLean. Liana era capaz de coisas ruins. Sabia disso não por algum tipo de intuição, mas pelos fatos. Ele sabia o que ela havia feito vinte anos antes e sempre ficaria na dúvida sobre quão premeditadas haviam sido suas ações. Mas, se MacLean estivesse dizendo a verdade — e não havia motivos para desacreditá-lo —, o que Liana fizera a MacLean *fora* completamente premeditado. Ela fora atrás de um homem com dinheiro e uma esposa adoecida. E ele se apaixonara por ela. Ficou claro, pela história de MacLean, que parte de sua ruína viera de pura obsessão sexual. George entendia isso. Desde que vira Liana de novo, dois dias antes, ele se sentia tomado pelas memórias do breve relacionamento deles. Ela tinha sido sua primeira parceira sexual e também a melhor. Os dois aprenderam tudo juntos. Era como se fossem dois exploradores que encontraram ruínas desconhecidas no meio de uma floresta; seus olhos, os primeiros a ver uma cidade oculta. Com o passar dos anos, ele voltara lá com outras exploradoras, com turistas, mas nunca mais fora a mesma coisa. Nada se comparava à sensação da descoberta e da compatibilidade que sentira com Liana.

George terminou seu drinque e pediu um *Fog Cutter*. Observou a garçonete fazê-lo. Exceto pelo fato de ser um tipo diferente de copo e alguma outra fruta, parecia muito com o drinque anterior. Ele checou o relógio, e, ao fazê-lo, viu Liana entrar no restaurante, localizá-lo no bar e caminhar até ele. Usava um vestido verde sem mangas e ostentava uma pequena bolsa como se fosse um chicote de hipismo.

— Como foi? — perguntou ela, tomando um assento ao lado dele e chamando a atenção da garçonete.

— Primeiro peça uma bebida, depois contarei tudo.

Ela pediu uma vodca com gelo. Suas bochechas estavam coradas, como se tivesse corrido para encontrá-lo. A testa brilhava.

— Quer primeiro a boa ou a má notícia?

— A boa, é claro.

— A boa notícia é que encontrei Donnie Jenks outra vez, e ele não vai machucar você. Ele não mataria uma mosca. A notícia ruim é que ele não é o mesmo cara que me ameaçou em New Essex.

— Como assim? — Liana tirou a fatia de limão da borda do copo, jogou-a no guardanapo do coquetel e deu um longo gole de seu drinque.

— Quando cheguei à casa dele, MacLean pediu que eu fosse revistado por um homem muito gordo com um bigodinho. Seu nome era Donnie Jenks. Quem quer que seja que a ameaçou em Connecticut e a seguiu não é o mesmo cara.

George analisou a reação de Liana. Ela mexeu sua bebida, observando os cubos de gelo girando. Havia um ar genuíno de confusão em sua expressão.

— Você acha que Donnie Jenks, o pequeno Donnie Jenks, não está trabalhando para MacLean?

— Não sei o que pensar. Ele poderia ser alguém trabalhando por conta própria? Ele descobriu sobre o dinheiro, fingiu ser esse Jenks para tentar arrancar a grana de você. Obviamente, você acabou com o plano dele devolvendo o dinheiro diretamente a MacLean.

— É possível, mas acho que é mais provável que ele esteja mesmo trabalhando para MacLean. Parece algo que ele faria.

— O que quer dizer? — perguntou George.

— Quero dizer que ele nunca confessaria que contratou alguém como o bandido que nos ameaçou. Ele pode ter contratado um profissional particular para parecer que estava agindo dentro da lei e depois contratou um cobrador genuíno por fora. É assim que ele age. Ele gosta de parecer o mocinho.

— Ainda assim, não faz muito sentido. Por que esse cara usaria o mesmo nome?

— Sei lá. — Ela deu um gole na bebida. — Meu Deus, estou cansada disso. Ele, ao menos, concordou em me deixar em paz?

— Essa é outra má notícia. MacLean disse que vai pedir para Donald Jenks continuar investigando você, que ele vai descobrir quem você é de verdade. Palavras dele: a menos que aceite encontrá-lo cara a cara.

— Tudo bem. Por quê?

— Não faço ideia. Ele não deu mais detalhes, mas, como você mesma disse, você pisou no calo dele. Ele não quer perder o controle sobre você.

— Mas ele já recebeu o dinheiro de volta.

— Recebeu, sim.

Liana suspirou.

— O que mais MacLean disse? Conte tudo.

George contou a história desde o início. Descreveu a casa e a jovem que o recebeu na porta e mais detalhes sobre DJ, o detetive particular, e como MacLean o fez esperar na sala revestida de madeira, que parecia um lugar saído das histórias de Sherlock Holmes. Então, George recontou a história sobre as esposas de MacLean, até a parte do outro empregado pegando-a no flagra com as mãos em seus arquivos.

— Philip Chung — disse ela. — Nenhuma surpresa até aí. A questão era que eu estava *mesmo* procurando a combinação do cofre, mas só porque eu queria colocar alguns arquivos lá dentro. Gerry teria me dado a combinação se eu tivesse pedido.

— Ele disse a mesma coisa.

George contou todo o resto, praticamente como tudo aconteceu, mas deixou de lado a parte sobre o cabelo tingido e como MacLean começara a acreditar que fora enganado desde o início. Ele sabia que Liana negaria tudo e não queria ouvi-la se defender. Ficou preocupado em não acreditar nela.

— O que achou dele? — perguntou ela.

— Ele parece normal. Claramente um homem com quem não se deve mexer, mas não alguém que faria algum mal a outra pessoa de propósito. Acho que você deveria confiar nele. Vá vê-lo e peça perdão. Então, com sorte, ele vai deixá-la tocar sua vida adiante.

— E que vida é essa?

— Você poderia voltar para Barbados?

— Poderia, mas não sei se quero.

— Deve haver algum outro lugar para onde possa voltar, outros lugares onde você se estabeleceu desde... desde a última vez que a vi.

Ela estava com a cabeça baixa, observando os restos de sua bebida, mas levantou o olhar para encará-lo. Naquele momento, ele viu um quê de raiva que, rapidamente, mudou para alguma outra coisa. Tristeza ou, quem sabe, arrependimento.

— Estou cansada de recomeçar minha vida a cada três anos. Não preciso de pena, porque sei que tudo o que aconteceu comigo foi por minha culpa, mas nem sei mais como eu era quando conheci você. Armaram para mim, e fiz coisas horríveis para me livrar dessa armadilha; agora tenho que ser punida por isso pelo resto da vida. — Ela riu um pouco, os olhos contraindo-se nas pontas. — Tudo bem, é *claro* que quero um pouco de compaixão. Buá, buá. Pobrezinha de mim. Você está vendo o máximo de sentimentalismo que consigo demonstrar, prometo. Só estou cansada para caramba de ficar fugindo. Ultimamente, tenho me perguntado o tempo todo como teria sido minha vida se eu tivesse me entregado e ido para a prisão. Talvez já tivesse saído agora, e meu nome seria meu.

— Você poderia se entregar agora — disse George.

— Pensei nisso. Só não consigo suportar a ideia de voltar para a Flórida, e seria lá o julgamento. Nunca mais voltei para lá, sabe?

— Não imaginei que tivesse voltado mesmo.

Os dois ficaram calados por um momento. George queria fazer perguntas, queria saber exatamente quanto do que tinha acontecido na Flórida fora intencional e quanto fora um terrível acidente. Mas não tinha estômago para isso. Observou Liana pegar o copo na mão de novo e deslizar um cubo de gelo na boca.

— O que quer fazer agora? — perguntou ele. — Digo, esta noite, agora mesmo. Quer pedir algo para comer?

— Estou estranhamente faminta — disse ela. — Podemos só ficar aqui por um tempo, tomar alguma coisa, pedir um monte de petiscos e conversar sobre outra coisa que não Gerry MacLean?

— Claro.

— Talvez possa me contar sobre sua vida.

— Não tem nada de mais.

— Pode me contar sobre aquela moça linda que estava com você no bar, ontem à noite. Ela parecia interessante.

— Irene.

— Ela é sua namorada?

— Sim e não. É complicado. — George olhou para a garçonete e pediu mais um drinque, além de um combinado de petiscos engordurados. Enquanto ele fazia o pedido, Liana empurrou o copo para o outro canto do balcão, endireitou as costas e puxou o cabelo para trás das orelhas. Ela se virou e sorriu.

Eles ficaram lá por várias horas, mudando para cerveja chinesa e pedindo apenas pratos que vinham pegando fogo. George lhe contou sobre os anos desde a faculdade, o trabalho que realizava na revista, os encontros e desencontros de sua vida amorosa. Também contou sobre os últimos três anos que passara na Mather. Ela se lembrou de todos. Ele contou a ela sobre o que sabia de Emily e o que acontecera com os caras que moravam no mesmo andar dele. Ficou surpreso com quanto conseguia se lembrar das minúcias da vida na faculdade e duplamente surpreso com quanto Liana parecia interessada em tudo aquilo. Imaginou que, para ela, aquilo fosse a história de como sua vida poderia ter sido se as coisas tivessem seguido diferentes.

Quando eles, finalmente, saíram do restaurante claustrofóbico, estava escuro, e uma chuva torrencial de verão caía no mundo externo. Trovões reluziam ao longe.

— Onde está o seu carro? — perguntou George.

— A uns dois quilômetros. Naquela direção.

Os dois atravessaram o estacionamento, então quase vazio, e Liana achou seu Volkswagen. George ficou parado enquanto ela destrancava a porta, mas, antes de abri-la, ela se virou e se jogou nos braços dele, e suas bocas se encontraram. George esvaziou a mente de todas as dúvidas e apenas se concentrou em senti-la, a umidade de seus beijos, a chuva caindo sobre a cabeça, enquanto seu rosto, pressionado contra o de Liana, permanecia quente e seco. Ele colocou uma mão no rosto dela, e ela pressionou ainda mais o corpo contra o dele, beijou-lhe o pescoço e disse:

— Podemos ir para o seu apartamento?

— Está bem — respondeu ele, porque não havia nada mais que pudesse dizer.

— Não estou começando nada.

— Eu sei — respondeu George.

Ela se afastou e sentou-se no banco do motorista.

— Estou ensopada — comentou ela, tirando do rosto mechas de cabelo molhadas.

— Precisa seguir o meu carro?

— Acho que consigo lembrar o caminho. Quanto tempo até lá?

— Meia hora — disse ele. — Vejo você lá.

George voltou para o seu carro. A chuva engrossou, fazendo as luzes se refletirem nas gotas que caíam sobre os carros, e o estacionamento acabou se transformando em um lago turvo. Mulheres estavam paradas sob o toldo do Kowloon esperando que os maridos as buscassem.

George procurou não pensar muito no caminho de volta ao apartamento. A chuva continuava intensa, e os motoristas de Boston, em respeito à sua grandeza, atinham-se aos limites de velocidade. Ele ligou o rádio e sintonizou uma estação no canto esquerdo que estava tocando Solomon Burke. George, todo ensopado, moveu-se no assento e sentiu uma dor aguda no lado direito, onde havia sido socado no rim — quando fora mesmo? Parecia meses antes. Carros passavam pelo Saab, pintando túneis de luz em meio àquele dilúvio, e um deles podia ser o de Liana, a caminho do apartamento dele. Não estava muito convencido de que ela apareceria, mas também não estava convencido do contrário. Não estava convencido de nada. Talvez MacLean a tivesse interpretado de forma errada, talvez só o que ela quisesse fosse uma mudança na vida, e o cabelo tingido fosse uma mera coincidência. Ela havia roubado o dinheiro dele, mas só depois de ele a trair, só depois de ele parar de acreditar nela. E, afinal de contas, ela devolvera o dinheiro. George, de repente, lembrou-se do dinheiro, os dez mil dólares que Liana havia tentado lhe dar mais cedo naquele dia. Será que ainda estavam com ela? Era muito dinheiro e seria de grande ajuda na vida de George, mas os pensamentos sobre o dinheiro rapidamente se transformaram em pensamentos sobre Liana, o jeito como tinham acabado de se beijar e o fato de que ela estava a caminho do apartamento dele.

Porém, uma coisa o corroía por dentro, e ele estava se esforçando muito para não pensar naquilo. No Kowloon, Liana havia perguntado a ele sobre Irene, sobre a moça linda com quem ele estava na sexta-feira à noite no bar. Liana dissera que ela parecia interessante, e, até onde ele sabia, George não se lembrava de quando Liana poderia ter visto Irene. Será que Liana os observara a noite toda? E, se assim fosse, por que ela não o havia abordado? Já havia dito que sua ida ao bar tinha sido na esperança de encontrá-lo. Será que ela queria que ele a visse primeiro? Teria tudo sido calculado? E, se fosse assim, por que era tão importante que George devolvesse o dinheiro?

Todos esses pensamentos desapareceram após estacionar o carro e caminhar pela rua, encontrando Liana à sua espera sob o toldo. Sem dizer nada, os dois começaram a se beijar novamente. Ela o abraçou na altura da lombar, causando-lhe um espasmo de dor, o qual ele ignorou, para depois pressionar o corpo contra o dela.

— Vamos subir — disse ele, com a voz rouca.

No pequeno vestíbulo, com Nora se esfregando em seus tornozelos, George tirou toda a roupa de Liana. Apesar do calor da noite, sua pele molhada estava fria e trêmula. Eles foram para o sofá. Liana se esticou, enquanto ele tentava rapidamente tirar as próprias roupas, a umidade esfregando sua pele. Nora os seguiu e começou a miar dengosamente. George a pegou no colo, colocou-a no quarto e fechou a porta. Ele sofreria com a raiva dela mais tarde, mas existem coisas que gatas possessivas não deveriam presenciar.

George voltou para o sofá. Liana estava praticamente como ele se lembrava dela — os seios arredondados encimados por grandes mamilos róseos, a leve depressão do umbigo, as curvas acentuadas dos quadris, uma marca de nascença quase imperceptível na coxa direita —, e ele foi transportado para a mente do virgem de dezoito anos que a vira nua pela primeira vez. Nervoso, ficou ao lado dela por um instante, nu e tremendo. Ela olhou para ele e, com a mão esquerda, o alcançou e o masturbou, enquanto a outra mão desceu por entre as próprias pernas. Os pelos pubianos estavam mais curtos do que ele lembrava. Ela o puxou para cima e, gentilmente, mordeu sua orelha. Um arrepio percorreu o pescoço de George. Ele a penetrou em um deslizar tão profundo que tirou o fôlego dos dois, fazendo com que os corpos se contraíssem.

CAPÍTULO 9

Da segunda vez que a campainha tocou, George rolou pela cama vazia e se sentou, sonolento e confuso. Não havia sinal de Liana. A única prova de que ela tinha passado a noite lá eram os lençóis desarrumados e o cheiro úmido de sexo que permeava o quarto. O relógio de George apontava para as nove da manhã, e uma breve pontada de ansiedade o atingiu. Era segunda-feira e ele precisava estar no trabalho. Seria alguém do escritório ligando para ele? Mas não era o telefone que estava tocando. Era a campainha.

George levantou-se. Talvez Liana tivesse se levantado antes e preparado o café da manhã. Ela não devia ter levado uma chave.

Colocando seu roupão, ele percebeu uma pilha de notas no centro do escritório. Instintivamente, ele as tocou com o dedo indicador — a nota de cima era uma de cinquenta —, mas as deixou onde estavam. O assunto do pagamento dos dez mil dólares não tinha vindo à tona na noite anterior, e George não havia pensado nisso desde que Liana e ele chegaram ao apartamento e tiraram as roupas. A campainha tocou de novo, e o estômago de George contorceu-se um pouco com medo. O dinheiro no escritório significava que Liana havia partido. Quem estaria na porta? Ele atravessou a sala de estar, pôs a mão na maçaneta e perguntou quem era.

— Polícia — respondeu uma voz abafada de mulher.

George abriu a porta para um homem e uma mulher. Esta rapidamente mostrou um distintivo preso ao seu cinto. Parecia um gesto redundante, já que os dois, vestidos com seus uniformes e insígnias, só poderiam ser policiais.

— George Foss? — perguntou a mulher.

— A-hã.

— Eu sou a sargento-detetive Roberta James, e esse é o meu parceiro, detetive John O'Clair. Podemos falar com o senhor por um instante? Tudo bem se nós entrarmos?

A detetive James era da altura de George, tinha por volta de quarenta anos, com pele castanho-clara e cabelo curto e enrolado. Seu rosto era alongado, com bochechas salientes. O parceiro dela, O'Clair, era mais jovem, mas já tinha o cabelo grisalho. O rosto dele era um retângulo bem barbeado, o pescoço destacava-se pelo pomo de Adão. Parecia um pouco inquieto com a situação.

— Perdão. Posso perguntar do que se trata?

— Tenho algumas perguntas sobre sua visita ao sr. Gerald MacLean ontem à tarde. O senhor visitou o sr. MacLean ontem à tarde, não foi?

George hesitou meio segundo, considerando a possibilidade de fazer-se de desentendido, mas parecia desnecessário e possivelmente tolo da parte dele.

— Fui, mas não...

— Só gostaríamos de lhe fazer algumas perguntas.

— Estou confuso. Mal conheço Gerry MacLean. Eu o conheci ontem... Ele pediu para conversarem comigo?

— Por que ele teria pedido que conversássemos com você? — perguntou a detetive James, com um olhar de expectativa, como uma criança pedindo para abrir um presente.

— Desculpe. Por motivo algum. Acho que só estou um pouco confuso sobre o porquê de vocês estarem aqui — disse George, sabendo que deveria apenas calar a boca e convidar os policiais a entrar.

— Estamos aqui porque Gerald MacLean foi assassinado ontem à noite.

Ela não disse mais nada, e George sabia, por conta dos inúmeros episódios de *Law & Order* aos quais já havia assistido, que os dois detetives estavam esperando por uma reação imediata àquela informação. Ele se sentiu como um ator que tinha acabado de esquecer a fala no palco. Deu um meio sorriso, sentindo fluir por ele uma onda inexplicável de culpa.

— Onde? — perguntou.

— Importa-se se entrarmos na sua casa, sr. Foss? Ou, se achar mais confortável, podemos ir até a delegacia.

— Não, podem entrar — disse ele, dando um passo para trás e ajustando melhor o roupão sobre o corpo desnudo. Subitamente, sentiu-se exposto e desorientado. Conforme os dois detetives entraram na sala de estar, ele olhou para a porta entreaberta do banheiro, em busca de algum sinal de Liana.

A detetive chamada Roberta James observou-o olhar em volta.

— Há mais alguém aqui com você?

— Não — respondeu George, percebendo, de repente, que essa era a verdade. Liana havia partido. Novamente.

CAPÍTULO 10

O terminal rodoviário cheirava a gordura de bacon e urina velha. Quando chegou à bilheteria, George foi informado de que haveria um ônibus partindo em uma hora para levá-lo a Washington, e de lá ele poderia pegar outro ônibus que fosse direto para Tampa. Audrey morava em Sweetgum, Flórida, por volta de uma hora ao sul de Tampa.

Ele se sentou nos fundos, o que acabou sendo um equívoco, pois a porta do banheiro estava parcialmente quebrada e ficava abrindo e fechando sem parar.

A cabeça dele pulsava em virtude de uma tarde e uma noite bebendo cerveja. Ele havia acordado cedo e arrumado as malas em silêncio, embora quase não houvesse chances de acordar Kevin, que estava roncando como um urso atingido por um dardo tranquilizante. Deixara um bilhete dizendo:

Fui embora. Não se preocupe.
Vou ligar para os meus pais hoje à tarde.

George tirou um suéter da mala e dobrou-o várias vezes para utilizá-lo como travesseiro. Então passou o caminho dormindo e acordando, incomodado, até chegar a Washington. Havia uma espera de vinte minutos antes de tomar o ônibus que iria para a Flórida. Ele comeu metade de um lanche do McDonald's e, em seguida, entrou na fila de um orelhão para ligar para os pais, usando o cartão telefônico que eles lhe deram em setembro. O pai estaria no trabalho, e ele esperava que a mãe estivesse almoçando com uma de suas amigas. Mas não foi desta vez: ela atendeu.

— George, o que houve? Do que você precisa?

Na família dele as pessoas não eram do tipo que se preocupavam muito com a vida umas das outras.

— Mãe, lembra que eu contei sobre uma garota chamada Audrey Beck?

— Não, mas acredito em você.

Ele explicou tudo o que acontecera, extraindo uma série de suspiros da mãe.

— Que desperdício — disse ela, como se tivesse conhecido Audrey e seus atributos. — Mas estou mais preocupada com você, meu querido. Não quero que isso afete seus estudos. Esta deveria ser uma época de alegria para você.

— Não se preocupe, mãe — disse ele. Não podia contar a ela que estava prestes a tomar um ônibus para Tampa. Se a faculdade percebesse sua ausência, eles notificariam seus pais, mas ele lidaria com isso se fosse preciso.

— Mãe, ligo para você em uma semana. Vou ficar bem.

— Sei que vai, George.

Na segunda parte da jornada, ele sentou-se no meio do ônibus, comendo durante o percurso um saco de maçãs e observando as estradas escuras do Sul ficando para trás. Vasculhou a memória para recordar qualquer sinal que indicasse que Audrey era suicida, mas não se lembrou de nada. Tivera a impressão de que ela não era muito feliz em sua vida no lar, que era uma parte de sua vida sobre a qual ela escolhera não conversar, mas George não sentia que ela era profundamente infeliz. O que poderia ter acontecido com uma caloura bem enturmada para entrar em tamanho desespero a ponto de tirar a própria vida?

Ele procurou se lembrar de cada detalhe de seus momentos finais juntos. Os dois fizeram as últimas provas em uma manhã gélida de quinta-feira, quando metade da faculdade já tinha ido para a casa dos pais. O refeitório naquela noite não chegava nem a um quarto de sua capacidade.

George e Audrey comeram juntos, sozinhos em uma mesa para dez. Sobre o que falaram? George lembrava que falaram sobre o estrogonofe de carne em seus pratos, imaginando se ele era feito apenas das sobras, já que a cozinha não funcionaria por um mês. Também se lembrava de ter irritado um pouco Audrey por não parar de se preocupar com o fato de que ela estava planejando fazer a viagem de New England até a Flórida em dois dias dirigindo, doze horas em cada um deles. Ele estava certo de que aquela era uma ideia perigosa, mas Audrey insistira que já tinha feito isso na vinda e podia fazer isso na volta. Além do mais, ela não tinha dinheiro o suficiente para passar duas noites em um hotel. George ofereceu-se para pagar e para ajudá-la com a direção até a Flórida, sabendo que ela recusaria. No fim, depois de discutirem por um tempo, Audrey encerrara a conversa do jeito que sempre fazia, dizendo:

— Você pode se preocupar quanto quiser, mas eu vou mesmo assim. — Então George deixara para lá.

Os dois fizeram as malas naquela noite, cada um em seu quarto, depois passaram a noite no dormitório de Audrey, antes de acordarem e seguirem seus rumos, pouco depois do amanhecer. George se lembrava do ar frio e úmido da manhã, o gelo negro na calçada ao acompanhar Audrey até seu Ford Escort prateado, com um para-choque colado com fita adesiva. Ela havia ligado o carro e o aquecedor não muito confiável no máximo, então saíra para lhe dar um abraço final de despedida.

— Vá com cuidado — dissera ele para ela, então, falando por falar, acrescentara: — Amo você. — A primeira vez que ele dizia aquelas palavras.

— Eu amo você, George — respondera ela, sem hesitar. — Nós nos vemos em breve.

Ela parecera — George recordou — cheia de esperança. Animada, quase como se sua vida tivesse melhorado e houvesse ainda muito que viver. Ou seria apenas o que George estava sentindo e estava projetando seus sentimentos nos de Audrey? Ele continuou consultando as memórias até perceber que não podia mais confiar nelas.

O ônibus continuou sua jornada monótona ao Sul. O céu azul e as frias temperaturas de New England transformaram-se em nuvens baixas com pancadas de gélida chuva. A noite chegou. George acendeu sua luz de leitura e abriu o Washington Square, *mas só o fato de olhar, só senti-lo nas mãos provocou-lhe um enjoo. Aquele sempre seria o livro que ele estava lendo quando soubera que Audrey estava morta. Ele o enfiou na redinha do banco da frente e nunca mais o tirou de lá.*

De alguma forma, apesar de não ter conseguido ler nem dormir, a manhã chegou, a motorista do ônibus anunciou que eles ainda estavam na Rota 95 e tinham chegado à Geórgia. Os campos nebulosos que margeavam a estrada estavam sem neve, e folhas verdes, mas murchas, adornavam as árvores. George encostou a palma da mão na janela do ônibus: estava fresca ao toque, mas não gelada, e as teias de aranha de gelo que se formaram na janela na noite anterior transformaram-se em gotículas de condensação.

Em uma parada para descanso, ele comprou um café grande num copo de isopor e duas rosquinhas com glacê. Pela primeira vez desde que soubera de Audrey, ele estava sentindo fome. Recostado no ônibus e comendo suas rosquinhas, observando o sol pálido espalhar seu calor pelo asfalto quase sem carros, ele começou a pensar o que faria quando chegasse a Tampa. Não tinha idade suficiente para alugar um carro, mas tinha retirado um maço de dinheiro do caixa eletrônico da faculdade, o bastante para chamar um táxi e pagar o hotel mais barato de Sweetgum. De lá, pensaria no que fazer em seguida. Poderia ligar para os pais de Audrey, pedir para encontrá-los. Descobrir se haveria um funeral. Encontrar os amigos dela e falar com eles. O que teria havido com Audrey, desde que ela deixara a faculdade, que a teria feito se matar? Será que ela deixara um bilhete? Haveria um motivo?

A motorista do ônibus jogou seu cigarro na sarjeta e anunciou que a parada havia acabado. George a seguiu para dentro do veículo.

Tampa estava mais quente, por volta dos vinte graus, e com céu nublado. O ar cheirava a alcatrão e água do mar. Um táxi todo enferrujado estava estacionado perto da rodoviária. O motorista, um latino baixinho, estava com o cotovelo para fora da janela e a cabeça apoiada no braço. Parecia quase adormecido.

— Quanto sai para ir a Sweetgum? — perguntou George.

— Por que quer ir para lá?

— Quanto sairia?

— Não sei. Oitenta pratas.

— Posso pagar sessenta se me levar a um hotel em Sweetgum.

O motorista olhou para seu relógio.

— Tudo bem — disse ele, e George entrou no banco traseiro com sua mala. Uma gota lenta de suor começara a escorrer pelas costas, desde entre as escápulas. O táxi atravessou uma ponte amedrontadora que se estendia até a Baía de Tampa. Havia nuvens ao longe, e o sol pintava a água acinzentada com alguns raios de luz. Assim que saiu de Tampa, o oceano desapareceu, e a estrada tinha apenas placas de hotéis acima das palmeiras, uma porção de redes de restaurantes, postos de gasolina e clubes de strip-tease*.*

Audrey raramente falava sobre sua vida antes da faculdade, mas falara sobre a cidade onde havia crescido.

— Gostaria de conhecer — dissera George, certa vez.

— Não há nada para ver — rira ela. — Temos só uma Casa de Waffles e uma loja de penhores.

— O que você gostaria de fazer?

— Gostaria de deixá-la para trás. A vida de cidade pequena e eu somos assim... — Ela ergueu os dois dedos indicadores a dez centímetros de distância.

O taxista pegou a primeira saída para Sweetgum e entrou num hotel que anunciava quartos a $ 29,99 por noite. Ficava entre um restaurante chamado Shoney's e uma loja de carros usados. Acima reluzia um letreiro de um lugar chamado Billy's, que vendia fogos de artifício e laranjas, quatrocentos metros à frente.

— Pode esperar aqui enquanto confiro se eles têm quartos disponíveis?

O motorista olhou pela janela do passageiro a fileira de vagas de carro vazias na frente do hotel.

— Acho que eles devem ter quartos, sim — disse ele.

George pagou os sessenta dólares e atravessou o estacionamento até a recepção. Era fim de tarde, mas ainda estava quente, e ele percebeu que havia esquecido de trazer uma bermuda.

O hotel exigia duas diárias adiantadas em dinheiro. Ele preencheu a ficha, deixando a informação sobre carro em branco.

— Não tem carro? — perguntou a atendente, uma senhora de pele amarelada com um dente preto.

— Não — disse George. — Qual é a melhor maneira de conhecer Sweetgum?

— Com um carro.

— Acha que consigo alugar um? Não tenho vinte e cinco anos ainda.

— É essa idade que precisa ter para alugar um carro? — Ela riu. — Tente o Dan aqui do lado. Ele deve conseguir uma lata velha para você por dinheiro. Quantos anos você tem, afinal?

— Tenho dezoito — respondeu ele.

— Bem, é mais ou menos o que você aparenta mesmo.

O quarto tinha carpete bege, uma colcha floral brilhante e papéis de parede descascados. A janela frontal, que dava vista para o estacionamento e para a rampa de saída, era escurecida por uma veneziana sombria; a janela de trás estava preenchida por um ar-condicionado, que estava desligado naquele momento. George jogou a mala na cama, tirou a roupa e foi tomar banho.

Estou na cidade de Audrey, pensou ele, conforme a água caía em sua nuca. Talvez tenha sido tudo um mal-entendido e ela esteja aqui, ainda viva, recuperando-se em algum hospital.

Aquele pensamento estava se escondendo lá no fundo de sua mente, uma esperança secreta. Após se enxugar, com o vapor se dissipando do espelho, ele olhou para si mesmo, para os cabelos castanhos que se curvavam e pareciam asas quando ficavam muito compridos, um rosto nada excepcional, um nariz talvez grande demais, uma covinha no queixo que compensava um pouco. Os olhos eram castanho-claros, da cor dos sacos de pão. Era o rosto que Audrey havia olhado recentemente, há questão de semanas. Em que ela teria pensado? E onde estavam esses pensamentos agora? Ele tentou sentir a presença dela, mas não pôde.

Ele vestiu uma calça jeans e uma camisa polo verde-escura com listras amarelas horizontais. A gaveta superior da mesa de cabeceira continha uma Bíblia e uma lista telefônica. Havia duas famílias Beck listadas em Sweetgum: um ou uma C. Beck, e um par de Sam e Patricia Beck. Ele chutou Sam e Patricia, acendeu um cigarro e discou o número. Um homem atendeu.

— Sr. Beck?

— Quem está falando?

— Olá, meu nome é George Foss. Eu era muito amigo da sua filha. Na Mather. Não sei se ela mencionou...?

— Talvez para minha esposa... Não sei dizer.

— Sinto muito pelo que houve.

— É.

— Estava pensando... Eu vim até a Flórida... Estava pensando se eu poderia ir até aí e conversar com o senhor e com a sua esposa?

— Meu Deus. Espere um momento.

Ele ouviu o pai de Audrey gritando:

— É algum namorado. Ele quer vir até aqui.

George respirou fundo pelas narinas, então bocejou de nervoso.

— Meu bem, quem está falando? — Era a voz de uma mulher, que apareceu após um clique.

— George Foss. Conheci sua filha na Mather.

Ele ouviu outro clique, provavelmente após o sr. Beck ter desligado o outro telefone. Ele imaginou a sra. Beck em seu quarto, com uma foto de Audrey no colo.

— George, meu bem, você veio até aqui de Connecticut? Que coisa linda. — Ela parecia bêbada, tropeçando um pouco nas palavras.

— Fiquei me perguntando se haveria algum tipo de funeral ou ritual fúnebre? A menos que eu tenha chegado muito tarde...

Ele ouviu um suspiro do outro lado da linha, ou era o som da fumaça de um cigarro sendo exalada.

— Vai ter um funeral, sim. Vai ter. Mas queremos enterrar nossa garotinha, e andam dizendo que não podemos fazer isso... Ai, meu Deus.

A voz dela começou a tremer um pouco na palavra "funeral" e desabou quando falou "minha garotinha".

— Sinto muito — disse George. — Eu provavelmente não deveria ter ligado.

Não houve uma resposta imediata, e ele estava quase desligando o telefone, quando a voz do sr. Beck voltou:

— Quem está aí?

— Ainda eu. George Foss.

— Mas que merda. O que é que você quer?

— Sinto muito, senhor, eu não sei bem. Tinha a esperança de ir ao funeral dela, talvez conhecer alguém que pudesse ter ideia do que aconteceu, tentar entender... — As palavras saíam, mas ele não ouvia nenhuma reação, então mudou a tática. — Eu trouxe flores. Pensei se eu poderia deixá-las aí?

— Talvez amanhã — disse o sr. Beck, após outra pausa.

— Obrigado, senhor. Eu vou amanhã.

George finalizou a ligação e se recostou na cama, exausto, com as têmporas pulsando, os ombros tensos e curvados. Ele também estava com fome, já que só havia comido duas maçãs na hora do almoço. Pensou em ir ao Shoney's, logo ali do lado, comer um hambúrguer, tomar um copo de leite. Mas, quanto mais pensava no esforço que seria necessário, mais cansado ficava. A exaustão superava a fome, então ele se enfiou embaixo dos lençóis que pinicavam, puxou o outro travesseiro contra o peito e caiu num longo sono sem sonhos.

Na manhã seguinte, depois de um café da manhã com ovos mexidos e mingau no Shoney's, George caminhou até o asfalto já brilhante do Empório de Carros Usados do Dan.

— O que posso fazer por você esta manhã? — Disse um homem corpulento, com bochechas rosadas e um terno castanho.

Tendo ensaiado sua abordagem no café da manhã, George pigarreou e disse:

— Estou em um dilema e pensei que o senhor pudesse me ajudar.

Um pequeno sorriso contraído se formou nos lábios do homem, tirando todo o sangue deles.

— Tudo bem, filho, sou todo ouvidos.

O homem tinha uma gravata roxa brilhante que combinava exatamente com o lenço que pendia de sua lapela.

— Tenho apenas dezoito anos, mas preciso de um carro por alguns dias. Aceito qualquer carro que tiver e deixarei o cartão de crédito dos meus pais. Sou um ótimo motorista. E posso pagá-lo em dinheiro.

O homem riu.

— Já é um começo. — Ele inclinou a cabeça para trás e expirou fortemente pelas narinas, que eram cheias de pelos pretos. — Vou lhe dizer o seguinte. Acho que tenho uma proposta melhor: meu empregado faltou seu décimo primeiro dia do ano hoje, dizendo que estava doente, então estou numa enrascada. — Ele cuspiu a palavra "empregado" como se estivesse cuspindo um pedaço de bife engordurado. — Preciso entregar alguns papéis e pegar duas assinaturas, e preciso disso até o meio-dia. Se fizer isso por mim, deixo que use um dos meus carros de graça, contanto que não saia do Condado de Manatee.

— Tudo bem — disse George. — Mas não conheço nada por aqui.

— Sabe ler mapas, filho?

O carro era um Buick LeSabre com uma direção que puxava para a esquerda. Com um mapa e algumas instruções escritas por Dan Thompson, George passou pelos pastos de vacas e pela área rural de Sweetgum, então chegou ao Rio Dahoon em Chinkapin, uma cidade que, pelo menos, parecia ter um centro — vários prédios de concreto de cinco andares, uns ao lado dos outros. Ele levou documentos a um agente de seguros, cujo escritório ficava entre uma loja de penhores e uma loja de $1,99, *depois para um casal da Seavue Trailer Court para Moradores de 55 ou Mais, que estava comprando um Dodge de $ 575 para seu neto. De volta a Sweetgum, ele avistou uma floricultura em um pequeno centro comercial e comprou um buquê de flores por dez dólares, o qual lhe disseram que seria apropriado para um funeral.*

No caminho de volta à loja de carros, com assinaturas recolhidas em duplicatas e mexendo em um ar-condicionado que fazia muito barulho, mas não expelia nenhum ar frio, George imaginou que Thompson ofereceria a ele um emprego integral. Ele o aceitaria e se tornaria um vendedor de carros, o melhor da região. Moraria no hotel e comeria todas as refeições do Shoney's, e todos os dias levaria flores ao túmulo de Audrey. Sua casa em Massachusetts e seu semestre na Mather desapareceriam da memória conforme passassem os dias e anos. George sorriu e acendeu um cigarro com o acendedor do carro, com uma crosta preta de resíduos de milhares de cigarros acesos.

Thompson estava com um cliente, então George colocou a papelada na mesa dele e, em seguida, dirigiu os cem metros até o hotel para trocar a camisa suada pelo último item de vestuário limpo que tinha, uma camisa listrada de manga curta.

Ele pegou as flores, já murchando por causa do calor, e voltou ao Buick. George havia estudado o mapa e sabia exatamente como chegar à casa dos pais de Audrey. Dirigiu cerca de três quilômetros e logo avistou o par de colunas que davam as boas-vindas aos visitantes da Estrada Deep Creek, um trecho de asfalto recentemente assentado com linhas tortas ainda mais escuras. As casas da Estrada Deep Creek eram, na maioria, residências de dois andares com jardins floridos; parecia que pequenas casas haviam sido empilhadas, depois pintadas com alguma cor tropical: rosa, azul-esverdeado ou um verde néon.

A casa de número 352 da Deep Creek era azul-esverdeada; o jardim de arbustos e as palmeiras da altura do telhado eram iguais a todos os outros. Mas no 352 uma viatura policial estava estacionada na calçada.

George parou atrás da viatura e desligou o carro. Caminhando até a porta com as flores nas mãos, ele se esforçou ao máximo para não olhar para a garagem de dois carros onde Audrey havia passado seus minutos finais, inalando monóxido de carbono.

A porta foi atendida por um policial uniformizado.

— Você é o garoto da Mather? — perguntou ele.

— Sou, sim.

O policial, com pele manchada, bigode ralo e, no máximo, cinco anos a mais que George, inclinou a cabeça de lado.

— Vamos entrando.

George o seguiu até uma sala que ficava na parte de trás da casa. Um sofá em L e duas poltronas de couro reclináveis cercavam um home theater *com uma televisão do tamanho de uma grande cômoda. A poltrona reclinável mais próxima estava ocupada por um homem alto e magro, usando uma camisa de brim por dentro da calça jeans. Ele tinha a pele inflamada e o tipo de cabelo loiro quase branco. Era o sr. Beck. Sua esposa, a mãe de Audrey, estava no sofá. Ela também estava com uma calça jeans e uma blusa de seda preta. Uma saliência de gordura, espremida pelo jeans muito justo, era visível sob a blusa. O cabelo dela também era loiro, mas parecia uma cor quase artificial. Ela estava tomando uma taça de vinho rosé.*

Próximo dela estava um senhor mais velho com um belo terno cinza. Tinha cabelo curto e grisalho sobre um couro cabeludo vermelho. O rosto parecia ter sido achatado, depois espremido para voltar às proporções normais. George achou que deveria ser o avô de Audrey.

Ao adentrar a sala, passando pelo jovem policial magricela, George estendeu as flores na direção da sra. Beck, que o recebeu com olhos inchados.

— Sra. Beck, eu sinto muito. Estas flores são para a senhora.

O homem de terno ficou de pé, empurrando-se para cima para ficar com as costas eretas, apoiando a mão direita no braço do sofá. Ele segurava uma caneca de café com a esquerda.

— É esse, Robbie? — Ele estava falando com o policial uniformizado.

— É.

— Você é o namorado da Mather College?

Com todos os olhos da sala voltados para ele, George sentiu que era necessário fazer um gesto: um discurso sobre o amor que ele sentia por Audrey, ou uma crise emocional. Em vez disso, ele acenou com a cabeça. Por que a polícia estava na casa?

— Qual é o seu nome?

— George Foss.

— Sei. Eu sou o detetive Chalfant. Esse é o policial Wilson. Queira sentar-se. Temos algumas perguntas.

George sentou na beirada da poltrona desocupada.

— Estou um pouco... — começou ele.

— Não se preocupe — disse o detetive aprumado. — Vou explicar tudo em um minuto. Como chegou aqui, filho?

— Peguei um ônibus.

— Você não veio de ônibus de Connecticut direto para Sweetgum.

— Peguei um ônibus para Tampa, então tomei um táxi até aqui, e, depois, peguei emprestado um carro. Foi assim que eu cheguei aqui hoje.

— Então você conhece algumas pessoas da cidade? Já esteve aqui antes?

— Não. Nunca — disse George. — Emprestei o carro do sr. Thompson, do Empório do Dan. Fiz alguns favores para ele, e ele me deixou pegar o carro. Estou encrencado?

— De forma alguma, George. Só estamos tentando compreender todo o possível sobre o que houve com Audrey.

George olhou de relance na direção da televisão gigante, o topo da qual estava cheio de fotografias em porta-retratos. De frente, no meio, estava uma foto de Audrey, no que parecia ser uma formatura. Deu-se conta, então, de que nunca tinha visto uma foto de Audrey antes, e, sem perguntar, ele ficou de pé e caminhou até a televisão. Ao se aproximar da foto, notou que não era Audrey, só uma garota que se parecia um pouco com ela, com cabelo loiro escuro preso em um coque. Provavelmente, tinha seus dezoito anos e devia ter sido bonita, depois de tirar aquela sombra verde dos olhos. Ela tinha lábios carnudos e sobrancelhas escuras.

George olhou para as outras fotos em cima da televisão. Havia vários retratos de colégio da mesma garota, mas nenhuma de Audrey.

— Pode olhar, George — disse a mãe de Audrey.

George virou-se, confuso. O detetive Chalfant veio por trás e disse baixinho:

— Sabe identificar a garota na foto?

— Não. Sinto muito. Eu deveria?

— Tem certeza? — O detetive virou-se e olhou para a família. A cabeça de George começou a girar. Será que ele tinha vindo à casa errada?

A sra. Beck disse:

— Ai, meu Deus...

Então ela começou a balançar um pouco e a falar sozinha, dizendo algo indiscernível. O sr. Beck ficou de pé e atravessou a sala com três grandes passadas, então parou e se virou.

— Puta merda — disse ele.

— Desculpe — disse George. — Estou confuso. De quem é essa foto?

— Essa é Audrey Beck — disse o detetive.

CAPÍTULO 11

— E qual era o nome dela? — perguntou a detetive Roberta James, com uma caneta esferográfica apoiada sobre o caderno aberto.

Ela tinha aceitado a oferta para sentar-se e se acomodou no sofá de George. O parceiro dela, O'Clair, preferiu ficar de pé. Ele estava ainda oscilando, quase imperceptivelmente, sobre o calcanhar, analisando o apartamento de George como se estivesse procurando roedores.

George ganhou um pouco de tempo após convidá-los para entrar, indo ao seu quarto para pegar uma calça jeans e uma camiseta. Enquanto estava lá, pegou a pilha de dinheiro que Liana havia deixado para trás e a escondeu na parte de trás da gaveta de meias. Sua mente ainda estava embaralhada por causa da falta de sono, pelo súbito desaparecimento de Liana e pela notícia de que MacLean havia sido assassinado. Estava tudo interligado; disso ele sabia. Ou ele fora enganado ou MacLean fora enganado, e Liana partira bem cedo, pois sabia que a polícia chegaria em breve, ou pelo menos suspeitava. Ainda assim, ao vestir lentamente a camiseta,. ele ficou se perguntando se, quando o interrogatório começasse, haveria algum jeito de protegê-la ao mesmo tempo que se protegia. Sabia que estava sendo tolo, que a única coisa lógica a fazer seria encarar os dois detetives e contar tudo que sabia, mas não conseguia tirar da cabeça a imagem de Liana, que há poucas horas, a alguns centímetros de distância, sob a luz da madrugada, com os olhos lacrimejantes, dissera-lhe que o maior arrependimento de sua vida havia sido deixá-lo para trás, ter abandonado aquele semestre de normalidades, e George, apesar de ter consciência de tudo, havia acreditado nela.

Então, após ter contado à detetive James que tinha visitado MacLean para entregar um dinheiro como um favor para uma amiga, quando ela perguntou pelo nome da amiga, ele a olhou bem nos olhos e disse:

— Audrey Beck. Eu a conheci no meu primeiro ano de faculdade, mas nunca mais a tinha visto.

Era uma mentira com um fundo de verdade. Eles poderiam verificar. Provavelmente fariam isso. E descobririam que Audrey Beck era uma garota morta de Sweetgum, Flórida. Mas, se George fosse questionado outra vez, ele poderia alegar que aquele era o nome do qual ele lembrava. Ele a conhecera por três meses. O nome dela era Audrey. Acontecera muito tempo atrás.

— Então me ajude a entender isso direito — disse a detetive James. — Essa Audrey Beck, com quem você não tinha contato fazia cerca de vinte anos, abordou você num bar e pediu que lhe fizesse um favor?

— Eu a reconheci no bar e a abordei. Fizemos planos de nos encontrarmos no dia seguinte. Ela veio ao meu apartamento, aqui — George preferiu deixar de lado a situação com os dois Donnie Jenks e a cena na cabana em New Essex —, e foi quando ela me pediu esse favor. Ela tinha trabalhado para Gerry MacLean e pegado um dinheiro dele...

— Ela roubou dinheiro dele?

— Foi o que ela disse. Era uma história muito complicada, mas ela havia trabalhado para ele, e eles se envolveram num romance, e acho que ela levou um fora. Por isso ela pegou o dinheiro. Mas ficou arrependida e queria devolver a grana. Por isso ela estava em Boston.

— Quanto dinheiro ela roubou?

— Por volta de quinhentos mil dólares.

O detetive O'Clair virou-se na direção de George e fungou alto. A detetive James levantou uma única sobrancelha.

— Essa é uma quantia e tanto — disse ela. — Você chegou a ver?

— Como eu disse, eu levei o dinheiro numa bolsa de academia para MacLean. Olhei rapidamente, mas não contei. MacLean que contou.

— E essa... Audrey Beck... surgiu de *onde* para entregar esse dinheiro?

— Acho que ela veio de Atlanta. É lá que fica a empresa de MacLean. Não extraí muitas informações pessoais dela.

— Bem, para mim parece que você extraiu, *sim*, muita informação pessoal.

A detetive sorriu, mudando o contorno de seu rosto. Sem o sorriso, o rosto parecia uma máscara triste do teatro, como se fosse feita de madeira. O sorriso aberto iluminava seus olhos castanho-dourados, o que gerou imediatamente em George um sentimento de culpa por estar mentindo para ela. Então a detetive continuou:

— Ela lhe contou sobre o caso com um homem casado, que ficou revoltada e que roubou dinheiro dele. Por que ela, simplesmente, não pegou o carro e foi à casa de MacLean, em Newton, para deixar o dinheiro? Por que ela precisava de você?

— Ela disse que estava com medo. Disse que ele tinha contratado alguém para recuperar o dinheiro.

— E ela disse quem era esse alguém?

— Não, mas parecia bastante assustada. Acho também que ela não queria encarar MacLean de novo.

— Pelo que está dizendo, você não achou tão estranho assim que alguém que você não via fazia vinte anos aparecesse do nada e pedisse que devolvesse um dinheiro roubado por ela? — Ela sorriu de novo. Parecia ser sua arma secreta. O'Clair parou de se mover por um instante e esperou a resposta de George.

— Claro que achei estranho. Não é o tipo de coisa que acontece comigo todos os dias.

— Mas você concordou.

— Tem sido um verão bastante entediante.

A detetive James fez um som com a garganta que poderia ter sido uma tosse e uma risada.

— Muito bem. Você chegou a se envolver romanticamente com Audrey Beck quando se conheceram?

— Sim — respondeu George.

— O.k. Então, posso imaginar que parte de sua boa vontade em realizar essa tarefa para alguém que mal conhecia foi na esperança de reatar alguma relação amorosa? Ou estou sendo muito pudica com relação a isso? Foi uma troca de favores?

— Como assim? — Indagou George.

— Audrey Beck passou a noite de ontem com você, não foi?

George hesitou por muito tempo, então não faria sentido negar.

— Passou, sim.

— Imaginei. Você está com a aparência de um homem que não dormiu muito. Acho que eu e meu parceiro vimos a srta. Beck. — Ela olhou para O'Clair, que deu de ombros e franziu a testa. — Tivemos que circular algumas vezes para encontrar seu apartamento esta manhã, e passamos por uma mulher caminhando pela Charles Street. Ela estava com um vestido verde e tinha cabelos escuros na altura dos ombros?

— Parece ela mesma.

— Foi o que pensei. Não parecia o tipo de vestido que se veste numa manhã de domingo. Então acabamos de perdê-la. — Ela fez um estalo de frustração com a língua. — Ela disse para onde ia?

— Ela foi embora antes de eu acordar. Fiquei surpreso por ela não estar aqui.

— E quanto à minha pergunta anterior? Foi um acordo? Você devolvia o dinheiro e ela lhe faria um favor? Ou ela lhe deu parte do dinheiro? Imagino que nem todo o dinheiro foi devolvido.

— Não, não foi nada assim. Não houve menção a sexo. É óbvio que o fato de ela ser uma ex-namorada e de eu ainda me sentir atraído por ela... isso passou pela minha cabeça. Ou melhor, era o que eu esperava que acontecesse.

— Você esperava que, ao devolver o dinheiro, ela concordaria em dormir com você.

— Não, esperava transar com ela, ponto. Devolvi o dinheiro como um favor.

— A-hã. — Ela olhou para o caderno, sem acreditar muito nele. Até onde George conseguia ver, as únicas palavras que estavam escritas ali eram "Audrey Beck". — Então gostaria que me contasse um pouco mais sobre sua visita a MacLean. A srta. Boyd disse que você chegou à casa às quinze para as quatro da tarde.

— Srta. Boyd é a assistente que atendeu a porta para mim?

— Sim. Karin Boyd também é a sobrinha de MacLean. Foi ela que encontrou o corpo.

— Onde ele foi morto? O que aconteceu?

— Estamos tentando descobrir o que aconteceu. Por isso estamos aqui lhe fazendo essas perguntas. Então você chegou às quinze para as quatro?

— Mais ou menos isso.

— E por quanto tempo você ficou na casa dele?

— Não tenho certeza, mas imagino que uns quarenta e cinco minutos.

A detetive James olhou para o parceiro, depois novamente para George.

— É bem próximo ao que a srta. Boyd disse. Por que ficou lá tanto tempo? Achei que só ia deixar o dinheiro.

George contou aos dois como MacLean o convidou para entrar, como foi revistado, como foi deixado a sós com MacLean e este lhe contou seu lado da história. Ele deixou de mencionar a parte na qual suspeitava que Liana tivesse aplicado um golpe nele desde o início, que ela havia tingido o cabelo para se parecer com sua falecida esposa e que ela o perseguira desde Barbados. Mas George lhes disse que ele parecia ter guardado muito rancor de Liana.

— E ele ficou com o dinheiro? — perguntou a detetive.

— Sim. Em seguida ele me pediu para ir embora. Disse que queria voltar a ficar ao lado da esposa. Ela está doente.

— Acham que ela morrerá esta tarde. Parece que não contaram a ela o que aconteceu com o marido.

— Ah...

— Qual foi sua impressão de MacLean? Ele parecia com medo?

— Com medo? Não. Ele parecia irritado de estar na posição de aceitar o próprio dinheiro de volta, e parecia sofrer com a situação da esposa. Também achei que ele precisava de alguém com quem conversar. Fiquei surpreso com a forma como ele se abriu para mim. Posso perguntar como ele foi morto? Foi logo depois que saí?

— Você notou alguém perto da casa? Foi a srta. Boyd que o convidou para entrar, certo?

— Havia a srta. Boyd. E o homem que me revistou. MacLean o chamava de DJ, eu acho.

— Donald Jenks. Ele trabalha para MacLean. Tem certeza que essas foram as únicas pessoas que viu na casa?

George pensou por um momento, pressionou os dedos contra os olhos fechados. Uma ressaca atrasada por todo o rum e cerveja da noite anterior estava começando a bater, e ele estava bastante consciente de quanto estava mentindo para os policiais. Inicialmente, havia planejado contar a verdade, exceto o nome verdadeiro de Liana, e de repente se viu omitindo grandes detalhes, como o falso Donnie Jenks.

— Havia jardineiros — disse ele, finalmente.

— Já sabemos deles.

— Mas eles terminaram o serviço e saíram antes de mim.

A detetive James voltou algumas folhas de seu caderno.

— Tem certeza disso?

— Tenho, lembro de sair da casa e a van não estar mais lá.

— A van dos jardineiros?

— Isso.

A detetive James escreveu algo no caderninho. George olhou para o parceiro dela, que ainda estava de pé, e se perguntou por um instante se ele era surdo-mudo. Não ouvira nenhuma palavra dele.

— Vocês se importam se eu pegar um copo de água? — perguntou ele, passando por entre os dois policiais.

A detetive James disse-lhe que podia.

— Posso servir alguma coisa a vocês? Água? Suco de laranja?

Os dois recusaram, a detetive James em palavras e o detetive O'Clair com sua aprimorada técnica zen do silêncio.

George foi cambaleante até a cozinha e encheu um copo grande com água. Ele tomou tudo e encheu novamente. Antes que se sentasse outra vez, a detetive James disse:

— Só tenho mais algumas perguntas. Pode nos dizer como era a bolsa de dinheiro e quanto *exatamente* tinha lá?

— Eu não contei, mas Audrey disse que havia quatrocentos e cinquenta e três mil. Como eu disse, MacLean contou. Estava numa bolsa de academia preta.

— Quando você estava sozinho no carro com o dinheiro, dirigindo para a casa de MacLean, você não pensou em dar uma olhada?

— Eu sei como é dinheiro.

— Ou pegar um pouco para você?

— Eu estava tentando fazer um favor a uma amiga, não colocá-la numa encrenca ainda maior.

A detetive James inclinou a cabeça para o lado por uma fração de segundo, como se quisesse endireitar uma tensão no pescoço.

— Onde você trabalha, George?

Ele mencionou o título da revista literária e notou, por sua expressão, que ela reconheceu o nome, como se tivesse ouvido falar sobre ela em um passado distante.

— Imagino que não tenha informações de contato de Audrey Beck, certo? Um endereço? Um número de celular?

— Não, não tenho.

A detetive James não falou imediatamente, e George tomou sua água, tentando não dar goladas barulhentas. Nora tinha se acomodado em um parapeito, perto de um vaso de plantas jogado no canto.

— Só mais uma coisa: você conhece alguém que se chama Jane Byrne?

George quase negou, mas se segurou a tempo. É claro que ele sabia que Jane Byrne era o nome que Liana usava. Era o único nome que MacLean conhecia e era o nome que a assistente/sobrinha tinha dado à polícia.

— Esse era o nome pelo qual MacLean a conhecia. Acho que ela estava usando um nome diferente quando ele trabalhou com ela.

A detetive James sorriu e olhou de relance para o parceiro.

— Você não achou importante mencionar isso para nós?

— Desculpe. Eu a conheci como Audrey Beck, e é com esse nome que penso nela.

— E você tem muitos amigos que mudam de nome sempre que querem?

— Não, não tenho. Só Audrey. Olha, para falar a verdade, Audrey nem deve ser o nome verdadeiro dela. Ela só frequentou a Mather College por meio ano e nunca mais voltou. Lembro de ouvir dizer que ela se envolveu em alguma confusão na Flórida, que talvez ela tivesse entrado com uma identidade falsa na faculdade.

George não sabia até onde os detetives investigariam a história de Audrey Beck/Liana Decter, se é que o fariam, mas imaginou que precisava se proteger, pelo menos um pouco. Obviamente, se decidissem ir atrás dos relatórios do caso original, o nome dela apareceria, e eles saberiam que ele estivera mentindo todo esse tempo. Lidaria com isso depois se fosse o caso.

— Você pode nos informar se a vir de novo, ou se lembrar de qualquer coisa que possa ser útil?

— É claro — disse ele.

Antes de se levantar, a detetive James tirou um cartão de seu caderno e o colocou na mesa de centro. George acompanhou os dois detetives até a porta. James tinha virado as costas para ele e estava saindo, quando seu parceiro disse:

— Só mais uma coisa, Foss. Não saia da cidade.

A voz dele era aguda e anasalada, e ouvi-lo pela primeira vez quase fez George dar um pulo.

— Ah... — disse ele. — Eu sou suspeito?

— É, você é a porra de um suspeito — respondeu o detetive O'Clair, sorrindo com o canto da boca.

CAPÍTULO 12

George ligou para sua supervisora no escritório e disse que chegaria atrasado, então tomou uma ducha e se barbeou. Parecia surreal que aquele fosse um dia de trabalho, uma segunda-feira, em que era para ele estar em sua mesa, apesar do súbito status de suspeito de assassinato.

Foi ainda mais surreal para ele quando chegou ao seu escritório no terceiro andar de uma fábrica reformada, entre a Back Bay e a North End. Darlene, da recepção, recebeu-o com um prolongado "Puuutz, né?". Demorou alguns segundos de perplexidade para George entender que ela estava se referindo ao Red Sox, que tinha perdido três partidas seguidas desde sexta-feira.

— Ainda bem que é uma temporada longa — disse ele, ao dirigir-se à sua sala.

— Graças a Deus — respondeu ela, voltando aos seus afazeres.

A revista estava reduzindo o quadro de empregados há anos, mas ainda não tinha se mudado para um escritório menor, provavelmente porque o locatário, com medo do mercado em baixa, continuava a abaixar os aluguéis e oferecia incentivos para que a revista continuasse lá. Por esse motivo, o longo trajeto de George até sua sala nos fundos, passando por mesas e salas de reunião vazias, vinha se tornando cada vez mais sombrio. Ele havia começado a trabalhar na revista menos de um ano depois de se formar na Mather College. Era seu segundo trabalho depois da formatura;

ele tinha trabalhado em uma cadeia de livrarias durante a passagem por São Francisco, quando morava com Rachel, sua namorada do último ano de faculdade. Aquele acordo só durou seis meses, terminando quando George voltou mais cedo do trabalho e deu de cara com Rachel na cama com um dos garçons de seu boteco predileto.

Ele voltou para a casa dos pais. Sua mãe nunca fora uma mulher particularmente feliz, mas, com o passar dos anos, ela havia começado a falar cada vez mais sobre as decepções de sua vida; achava que tinha desistido de uma carreira nas artes por uma vida de esposa e mãe, e depois não lhe havia restado nada além de uma casa vazia e um marido *workaholic* quase mudo. Ela entrara para um grupo de cerâmica, e George ficou se perguntando se ela estaria tendo um caso com um dos alunos. O pai de George, ao contrário da mãe, tornara-se perceptivelmente mais calado nos últimos anos. Ele ainda trabalhava muito, chegando em casa exausto e com o rosto vermelho todas as noites, realizando sua rotina noturna de tomar um grande drinque, jantar e ler no escritório. Apesar da natureza calada e distante de seu pai, George sentia-se mais à vontade com ele do que com a mãe. O pai era um homem que parecia contente com sua situação.

Durante a estada de dois meses de George, o pai lhe disse, depois de um raro segundo uísque com água, que ele acreditava que a chave para a felicidade era encontrar um trabalho e fazê-lo da melhor maneira possível. Contou que o pai dele dissera a mesma coisa: "Seja um pedreiro e aprenda a acertar um prego em cheio, assim nunca lhe faltará felicidade". O pai de George também confessou que temia demais seus anos de aposentadoria. Foi a conversa mais reveladora que George teve com o pai, e foi uma conversa na qual pensou muitas outras vezes, principalmente após o pai ter sofrido um infarto e morrido aos sessenta e cinco anos, só alguns anos depois.

Enquanto estava em casa, George procurava por empregos nos jornais, então candidatou-se e aceitou um cargo como assistente administrativo no departamento de contabilidade em uma das revistas mais prestigiadas de Boston.

— Você sempre foi excelente com números — opinou o pai. A mãe ficou impressionada com o status da revista no mundo literário.

George mudou-se para a cidade e encontrou um apartamento, um andar inteiro de um prédio barato de três andares em Charlestown, para dividir com alguns conhecidos da Mather College. Ele se destacou no emprego e foi acolhido sob as asas do gerente de negócios da revista, Arthur Skoot, um homem que nunca tinha se casado e que era, na época em que George chegou lá, o membro mais antigo da equipe. Arthur mostrou a George como fazer tudo, promoveu-o rapidamente e o levava para longos almoços regados a um pouco de álcool. George achava o emprego tanto satisfatório — fazer uma revista funcionar dentro da agenda e do orçamento era como acertar aquele prego em cheio — quanto estimulante; ele gostava da ideia de fazer parte de uma grande tradição literária e intelectual, mesmo que seu trabalho fosse apenas controlar o livro fiscal.

A revista pagou a George um curso noturno, e em alguns anos ele recebeu um diploma em Ciências Contábeis. O aumento que recebeu permitiu que ele se mudasse de Charleston e fosse para o apartamento no sótão que ainda ocupava. Era a primeira vez que morava sozinho, e descobriu que adorava aquilo. Mantinha o apartamento exatamente como queria, com os livros alinhados e sem poeira. Começou a namorar Irene, uma editora assistente que não parecia ter pressa nem em morar junto nem em noivar com George. E, dessa forma, ele saiu alegremente dos vinte para os trinta. Embora pensasse cada vez menos em Liana, ainda buscava nas multidões seu rosto e seu andar, e ainda tinha sonhos eróticos intensos e perturbadores, no qual ela aparecia poderosa e inescapável.

Cerca de um ano após a aposentadoria forçada de Arthur, George foi promovido a gerente de negócios. Foi durante uma época tumultuada na revista: a internet estava bombando, e a estrutura da empresa havia mudado recentemente. A equipe foi reduzida, e o enfoque da revista mudara drasticamente, de literatura para política. Contos foram rejeitados das publicações mensais e limitados a uma edição de verão. A poesia foi eliminada. Um sentimento de fim dos tempos tomou conta do escritório. Irene conseguiu um emprego muito bom na divisão do site do *Boston Globe*, mas George continuou firme, sabendo que, contanto que a revista continuasse atuando, ele teria um emprego. Ele sempre batia certo no prego. Além do mais, sabia que o novo grupo que detinha a propriedade da revista, supervisionando muitas empresas lucrativas, ficava feliz que a revista aceitasse perdas mensais, o que vinha acontecendo de maneira assombrosa.

Sentado à mesa, George procurou em sua caixa de entrada alguma emergência, e, quando não encontrou nenhuma, foi caçar informações na internet sobre a morte de Gerald MacLean. Não havia muita coisa, só algumas matérias relatando que MacLean havia sido encontrado morto em sua casa, em Newton, e que a causa da morte não tinha sido divulgada. Qualquer um lendo aquilo imaginaria que o pobre MacLean havia sucumbido a um infarto. Uma das histórias era acompanhada por uma fotografia, um retrato corporativo de MacLean em um terno azul-claro. A foto tinha pelo menos quinze anos. A descrição mais comum de MacLean era praticamente idêntica nas duas histórias: "Gerald MacLean, fundador e presidente da Móveis MacLean, uma atacadista com base em Atlanta, recentemente se associou com Paul Hull para formar a Fundação Hull, uma organização filantrópica destinada à pesquisa do câncer. O sr. MacLean deixa uma esposa, Teresa Rivera MacLean".

Nenhuma menção ao assassinato. Nenhuma menção aos fundos de investimento e aos esquemas Ponzi. Nem às contas em paraísos fiscais. Muito menos a bolsas de academia cheias de dinheiro.

George tentou trabalhar. A revista estava organizando uma conferência de verão — que, na verdade, era mais um evento de arrecadação no qual os clientes pagantes poderiam se enturmar com alguns dos escritores mais famosos da revista — em uma faculdade no Oeste de Massachusetts. A faculdade exigia que um certificado de garantia fosse anexado ao seguro da revista pela duração da conferência, e George tornou-se o intermediário entre um administrador de faculdade bastante volúvel e um corretor de seguros muito preguiçoso. Ele começou um e-mail para o corretor, explicando as palavras exatas a serem colocadas no certificado, mas não conseguia terminar. Sua mente não parava de revisitar os eventos do fim de semana e como ele se encaixava em tudo aquilo. Só podia presumir que MacLean fora assassinado pelo dinheiro que havia sido devolvido. E, se esse fosse o caso, então Liana não estaria envolvida no assassinato. Ela estivera com o dinheiro no começo, mas depois o devolvera. Era um pensamento moderadamente reconfortante.

No meio da manhã, o telefone da mesa de George tocou. Era Irene.

— Você se esqueceu? — perguntou ela.

— Parece que sim.

— Nós combinamos almoçar.

— Certo — disse ele. George lembrou-se vagamente de ter planejado almoçar com Irene na segunda-feira. — Onde mesmo?

— Aquele lugar novo na Stuart Street. Tem um nome tipo mexicano.

George aguardou Irene do lado de fora do restaurante. A temperatura tinha voltado a subir para a casa dos trinta graus, e não havia sinal algum daquele dilúvio bíblico que acometera Boston na noite anterior. Ele leu o cardápio emoldurado do lado de fora. Era a típica culinária Tex-Mex, com entradas como tacos com torresmo e margaritas com coentro. De repente, ele se sentiu faminto; a ressaca da noite anterior de cervejas e comida chinesa de péssima qualidade ainda o incomodava naquela manhã. Ele decidiu pelo burrito de carne moída e uma Coca Diet, talvez com um pouco de rum.

George avistou Irene a três quarteirões de distância. Ela caminhava lentamente e com a cabeça baixa, os braços colados nas laterais. Ele brincava com ela dizendo que vinte anos de invernos em Boston alteraram sua constituição física permanentemente, e ela sempre parecia estar andando sob temperaturas abaixo de zero. Ela alegava que *sempre* estava com frio, mesmo nos verões úmidos de Boston, que os terríveis invernos penetraram até seus ossos e permaneceram lá o ano todo. Observá-la caminhando na direção dele fez os acontecimentos bizarros dos dois dias e meio anteriores parecerem ainda mais irreais.

Ela é minha vida real, pensou George, *goste ou não*, e ela se aproximava em toda a sua glória mediana.

Irene era apenas Irene. Gostava de livros, era sarcástica, trabalhadora e tão leal que não desistia nem de uma relação desanimadora de vai e vem com um namorado. Com Irene ainda a um quarteirão, George decidiu que não contaria a história de seu fim de semana. Pelo menos, não hoje. Ele queria uma hora de sua vida anterior, beber e comer com Irene e se sentir normal de novo.

Mas, quando ela chegou mais perto de George e levantou o rosto, ele viu uma bandagem branca na parte externa da sobrancelha esquerda que descia uns cinco centímetros. A pele em volta do olho esquerdo estava com um branco azulado, e do olho em si só dava para ver uma parte por entre as pálpebras completamente vermelhas.

— Que porra é essa? — Disse George.

— Já conto sobre isso lá dentro. Não é tão ruim quanto parece.

— Não, conte agora. O que aconteceu?

Ela deu de ombros e disse:

— Eu meio que fui assaltada.

— Como "meio que"?

— Bem, o cara não levou nada. Resumindo, eu estava chegando em casa, ontem à noite por volta das onze, e um homem me pediu as horas na frente do meu prédio. Olhei para o relógio e, quando levantei a cabeça, ele me deu um soco no rosto.

— Meu Deus — disse George.

— Eu sei. Foi o que pensei. Atingi a calçada e pensei que ia morrer, mas, logo em seguida, ele saiu correndo. Ele nem levou minha bolsa.

— Você chamou a polícia?

— Quase deixei para lá. É que não parecia real, mas achei melhor mesmo, e, já que ele tinha me dito seu nome...

— Como assim, ele disse o nome dele?

— Não sei se era um nome verdadeiro, mas, depois do soco no rosto e antes de ir embora, ele, muito educadamente, se apresentou. — Irene sorriu, então piscou um pouco quando sua bandagem se mexeu.

— Como assim, ele se apresentou?

— Eu estava no chão, esperando ser estuprada ou tomar um tiro na cabeça, então ele baixou até mim e disse: “Prazer em conhecê-la. Meu nome é Donnie Jenks”. E, depois, saiu andando.

CAPÍTULO 13

Nos dez minutos seguintes, o detetive Chalfant mostrou muitas outras fotografias a George. Ele as analisou. A Audrey Beck que lhe estava sendo apresentada não era a Audrey Beck que ele havia conhecido na Mather College. As duas garotas tinham cabelo louro escuro, olhos azuis e pele clara. Se fosse analisar pelo senso comum, elas eram muito parecidas, mas, indubitavelmente, eram duas garotas diferentes. O nariz da moça na foto — a verdadeira Audrey? — tinha uma pequena saliência, o tipo de coisa que uma garota rica poderia ter erradicado com uma cirurgia plástica. Além disso, a boca carnuda não era igual e os olhos eram muito juntos.

— Imagino que não tenha uma foto de sua namorada? Não com você, eu sei, mas em seu hotel ou na faculdade? — perguntou Chalfant.

— Não tenho nenhuma foto dela mesmo. Cheguei a pensar nisso depois que soube que ela tinha morrido.

— E tem certeza de que esta não é ela?

— Certeza total. — Ainda com a cabeça desorientada com o transcorrido em questão de quinze minutos, George não parava de passar por pequenos surtos de compreensão e esperança. Se a namorada dele não era Audrey Beck, então ela ainda estava viva. Queria perguntar isso ao detetive, para confirmar o que parecia estar acontecendo, mas estava consciente da dor da família da verdadeira Audrey Beck ali em volta. O pai continuava a se mexer, balançando a cabeça e sussurrando consigo mesmo.

— O que está havendo? — A voz, uma nova voz, veio da porta da frente. Todas as cabeças da sala se viraram. Um garoto tinha entrado na

sala de estar, um rapaz mais ou menos alto com aparelhos nos dentes, usando uma camiseta do Florida Gators e bermudas de basquete.

— Nada, Billy — disse o sr. Beck.

George pensou consigo mesmo:

Este é o irmão, mas ela nunca o mencionou. Ela disse que era filha única.

Ele se virou para olhar o detetive Chalfant, que disse para a sala em geral:

— Vamos embora daqui. George, se você não se importar, gostaria que viesse até a delegacia para podermos recolher de você um depoimento oficial. Não há por que incomodar mais os Beck. Você pode nos seguir em seu carro, a menos que prefira dar uma volta comigo e com o policial Wilson.

George ficou parado.

— Para mim tanto faz...

— Então quer dizer que Audrey nunca foi para a faculdade? — disse a sra. Beck, com a voz trêmula e o vinho derramando um pouco por sobre a taça que ainda segurava. Ela dirigiu-se para o meio da sala, a algum lugar entre George e os dois policiais.

Chalfant levantou uma mão:

— Calma, Pat. Não vamos tirar conclusões precipitadas...

— Conclusões precipitadas?

— ... mas, sim, parece que houve alguma confusão sobre quem estava indo para a faculdade com o nome da sua filha. Vamos esclarecer isso tudo e descobrir o que quer que tenha acontecido aqui. Eu dou notícias a vocês assim que descobrir alguma coisa. Prometo.

— Onde ela poderia estar, se não estava frequentando a faculdade?

— Isso é algo que também vamos tentar descobrir.

George seguiu a viatura até uma delegacia com estuque de cor bege. Ele fumou um cigarro no caminho e tentou se concentrar na direção. As palmas das mãos dele estavam úmidas de suor.

O detetive o acompanhou até sua sala, uma das muitas ao longo do corredor sem detalhes, o qual lembrava George do consultório de seu alergista, que visitara frequentemente durante a infância.

A sala de Chalfant era acolhedora, com prateleiras de adornos desarrumados e uma parede lotada de fotos tortas, a maioria de crianças. George tomou assento em uma cadeira giratória de encosto alto, enquanto Chalfant deu a volta em sua mesa e se sentou em um banquinho de madeira.

— Isso evita que eu pegue no sono durante o trabalho — disse ele, piscando para George. — O banquinho — acrescentou, então pegou o telefone da mesa.

— Você sabia sobre isso? — perguntou George. — Você sabia que Audrey não era Audrey? Não quero ser desrespeitoso, mas...

Chalfant ergueu um dedo e disse ao telefone:

— Denise, minha querida, pode me fazer um favor? Vou precisar de todos os álbuns escolares da Escola Secundária de Sweetgum dos últimos três anos... Sim... Não, começando pelo ano passado e indo para trás... Nós os temos aqui, certo?... Então pode ser de quatro anos para trás. Traga-os até aqui, por favor. O mais rápido possível... Obrigado, querida.

Chalfant desligou o telefone e apoiou os calcanhares dos sapatos na parte inferior do banquinho. Ele parecia menos um detetive e mais um treinador de beisebol no meio de uma temporada de derrotas.

— Vou lhe dizer o que já sabemos. Sempre acho mais fácil começar com os fatos relevantes. Sabemos que a verdadeira Audrey Beck, a filha de Sam e Patricia Beck, os quais você acabou de conhecer, passou parte do, se não todo, último semestre em West Palm Beach. Ela disse para os pais e para a maioria dos amigos que iria para a faculdade, na Mather College. A moça encheu o carro de suéteres e calças jeans, então partiu para o Norte, mas parece que em algum momento ela deu a volta e foi para o Leste. De acordo com Ian King... Ouviu falar dele? Não, imaginei que não mesmo. De acordo com Ian King, ela passou a maior parte do outono com ele e outros membros de sua banda em uma casa alugada. Ele faz parte de um grupo chamado Gator Bait, não imagino que conheça...

George balançou a cabeça.

— Não, é claro que não conhece. Sei disso tudo porque Ian King esteve aqui ontem. Ele veio até mim porque achou que Audrey Beck havia

sido assassinada por um traficante chamado Sam Paris. Aparentemente, Gator Bait e Audrey Beck deviam dinheiro por causa de drogas. Não ficamos surpresos em saber que Audrey Beck era uma usuária de drogas, pois isso pareceu bem evidente no relatório do médico-legista. Ficamos, sim, surpresos em ouvir que ela não passou o semestre na faculdade. Estávamos nos preparando para ligar para a Mather... Ah, olá, Denise, aqui na mesa, por favor.

Uma mulher mais velha, em forma de pera, de pelo menos cinquenta anos, colocou uma pilha de anuários escolares sobre a mesa.

— Estávamos nos preparando para ligar para a Mather quando os Beck souberam de você, um namorado da faculdade. Pode imaginar que ficamos muito interessados em ouvir sua história.

— Você acha que outra pessoa foi no lugar dela?

— É isso que parece, filho, a menos que pense que ela estava em dois lugares ao mesmo tempo.

— As fotos que vi mais cedo, definitivamente, não eram da Audrey Beck que eu conheci.

— Certo, então o que gostaria que fizesse por mim é dar uma olhada nessas pilhas de anuários. Se alguém foi no lugar de Audrey, fingindo ser ela, faz sentido que talvez seja uma pessoa conhecida dela na escola.

— Tudo bem. — George colocou uma mão na capa de couro falso do primeiro anuário. — Farei de tudo para ajudar você, mas precisa me ajudar a encontrar a garota que estou procurando. Ela ainda deve estar viva, não acha?

— Não quero especular, filho, mas é uma via de mão dupla essa ajuda. Você nos ajuda e nós ajudaremos você. Tenho algumas coisas para fazer aqui no escritório por enquanto. Aqui está bom ou prefere ir para outra sala?

— Aqui está ótimo.

George folheou página após página dos anuários da Escola Secundária de Sweetgum para encontrar a garota sem nome. Ele olhou um retrato após o outro: garotas com cabelos ouriçados e lábios brilhantes, garotas em perfil de três quartos, olhando por cima do ombro, garotas com espinhas cobertas por uma camada grossa de maquiagem, garotas com cruzes penduradas no pescoço e sobre a blusa, garotas que ouviram a sugestão do fotógrafo para levantarem só um pouco o queixo, garotas que pareciam estar indo a algum lugar e garotas com um aspecto de que os anos dourados já tivessem passado. Todas essas garotas eram entremeadas por garotos meio atordoados, alguns bonitos, a maioria não, quase todos com cabelos bem curtos e olhos inexpressivos. George também analisou as outras fotos, as fotos em preto e branco dos clubes, das equipes, das sociedades, do baile, todas as fotos de grupos que pudessem lhe dar alguma ideia de onde estava a sua Audrey. Ele folheou página após página até a ponta do dedo estar seca e quebradiça. Encontrou vários elementos dela — o corte de cabelo dela em uma garota chamada Mary Stephanopolis, o perfil dela em uma morena fazendo o layout para o jornal da escola, os quadris arredondados e as pernas afiladas em uma integrante da equipe de natação —, mas nenhuma delas era ela.

— Há mais algum para eu procurar? — perguntou George para o detetive Chalfant, que agora estava de pé e olhava com seus óculos dentro de um envelope pardo em uma das mãos.

— Não. Acabou. Estou preocupado com os seus olhos. — Ele veio por trás de George e, inesperadamente, colocou uma mão grande sobre o ombro esquerdo dele e o apertou. George, descendente de uma longa linhagem de homens que não gostavam de contato, achou aquele gesto desconcertante e quase insuportavelmente desconfortável. — Conte-me sobre essa garota que você conheceu. Como ela era?

George contou sua história e, conforme falava, deu-se conta de quão comum e desinteressante sua relação havia sido. Eles se conheceram em uma festa. Ele gostou dela. Ela gostou dele. Era uma dança ritualística realizada por milhões de alunos matriculados em faculdades no mundo todo.

— Nunca imaginei que ela não fosse quem dizia que era — disse ele. — Ela era um pouco reservada quanto ao seu passado, mas achei que simplesmente não queria tocar no assunto. Nem todos gostam.

— Sobre o que ela gostava de conversar?

— Ela perguntava coisas sobre mim, minha cidade, meus pais. Conversávamos sobre filmes e livros. Fazíamos análise de amigos em comum. Ela não gostava da Flórida. Dizia que era feia e provinciana.

— E a sua cidade não era?

— Aparentemente, não. Eu venho de um lugar pequeno e bastante rico. Nunca pensei muito nisso, mas ela gostava de ouvir minhas histórias.

— Em que mais ela se interessava?

— Ela era inteligente. Dizia que queria se formar em Ciências Políticas com especialização em Literatura Inglesa. Ela planejava fazer Direito depois.

— Ela tirava notas boas?

— Só notas máximas.

O detetive Chalfant, que havia voltado para trás de sua mesa, colocou um pé no banco e apertou os cadarços.

— Por quanto tempo pretende ficar aqui? Em Sweetgum?

— Por algum tempo, eu acho. Até descobrir o que aconteceu.

— O.k. — Chalfant deu um cartão de visita a George. — Você está no hotel no limite da cidade, certo? Nós manteremos contato.

Do lado de fora, o céu azul parecia um tabuleiro de xadrez com os padrões das nuvens, bolas de algodão levemente separadas. Havia um bilhete sob o limpador de para-brisa de George — um pedaço de papel arrancado de um caderno. Estava escrito apenas um número de telefone, sete dígitos, rabiscados em tinta roxa.

Ele cuidadosamente dobrou o bilhete e o colocou no bolso. Não parecia a caligrafia de Audrey, mas não podia ter certeza.

No trajeto de volta ao hotel, com o trânsito parado por conta do horário, pois era a saída dos empregados de uma fábrica de processamento de tomates, ele sentiu uma espécie de euforia, não só porque a garota que ele tinha conhecido ainda devia estar viva, mas também porque ela tinha se envolvido em algo muito mais misterioso do que ele imaginava. As reali-

dades entediantes da Mather College e de seu lar nos subúrbios estavam ficando num passado nebuloso e fútil.

Ele deixou o Buick no estacionamento da loja de carros com Dan Thompson, que, por sua vez, lhe ofereceu uma cerveja gelada e um acordo semelhante no dia seguinte. George disse a Thompson que, muito provavelmente, estaria lá de manhã e recusou a cerveja, não porque não quisesse, mas porque não queria ficar mais tempo que o necessário naquele escritório cheirando a cigarro e desinfetante. Ele tinha que fazer uma ligação.

George teve dificuldades com a fechadura da porta de seu quarto no hotel. Estava um pouco emperrada, e ele murmurou algum palavrão consigo mesmo, alto o bastante para que não notasse de imediato o som do abrir e fechar de uma porta de carro atrás dele. Notou, sim, alguma coisa, um senso de ameaça, mas só por um quarto de segundo antes de ser violentamente empurrado para o chão do quarto.

CAPÍTULO 14

O almoço com Irene parecia interminável.

No tempo que ele demorou para entrar no restaurante, dar seu nome à atendente e se sentar em uma mesa próximo à janela, de onde vinha uma luz desorientadora, George decidiu que não tinha como contar a Irene que o homem que a havia socado no rosto estava, na verdade, querendo mandar uma mensagem para ele. Serviria apenas para alarmá-la, e ele seria forçado a contar a história toda, o que só a colocaria em um perigo ainda maior. O plano era sobreviver a uma refeição agradável e insignificante, tirar o resto do dia de folga do trabalho... e depois o quê? Se ele pudesse, de algum jeito, encontrar Liana ou o cara que fingia ser Donnie Jenks, talvez voltar à cabana em New Essex, então poderia se certificar de que Irene seria deixada fora disso, o que quer que fosse *isso*.

Apesar da súbita perda de apetite, George pediu o tal burrito de carne moída, como pretendia. Além de uma Coca com rum. Tratou de comer metade do prato, mesmo com o estômago contraído ao tamanho de um limão murcho. Ele fez algumas perguntas, querendo confirmar se o agressor que tinha se identificado como Donnie Jenks era o homem pequeno com dentes acinzentados e não o brutamontes do empregado de Gerald MacLean. A descrição dela não deixou dúvidas. Tinha sido agredida pelo mesmo homem que George encontrara em New Essex. Irene parecia estranhamente calma, como se finalmente tivesse deparado com o lado ruim da vida na cidade, e ele não era tão ruim assim. Estava claro que o incidente já tinha se tornado uma história bem-humorada que ela contaria em festas e na cozinha do escritório. Quanto mais ela falava, mais George sentia gotículas de suor brotando em seu couro cabeludo.

— Você não parece nada bem — disse ela.

— Eu só estou preocupado com você.

— De verdade, acho que não o verei mais. Meu palpite é que ele fez exatamente o que queria. Dar um soco em mim e se apresentar. Eu estava lá, jogada na calçada, e meu primeiro pensamento foi a esperança de que ele apenas me matasse, e não me estuprasse antes, para depois me matar. Isso é muito ruim? E não foi um pensamento assustado; pareceu o senso comum. *Tomara que seja um simples assassinato, pois acho que não conseguiria lidar com um estupro*. Pensei em você também. Primeiro na minha mãe, é claro, depois em você. Fiquei me perguntando o que você faria quando soubesse que eu estava morta. Não é estranho? Tive todos esses pensamentos em questão de cinco segundos, depois ele apenas se endireitou e saiu andando. Sinto como se tivesse sido agraciada com mais tempo na Terra. O que é isso que está tomando? Coca com rum? Acho que vou pedir uma margarita.

George olhou para a garçonete distraída.

— Sério, você não parece muito bem. Quando foi a última vez que foi a um médico?

— Por causa de uma ressaca? Nunca — respondeu George.

— Ressaca em uma segunda-feira. Nem perguntei nada sobre o seu fim de semana.

— Foi tudo um borrão. Olha, não estou me sentindo muito bem mesmo. Acho que comi alguma coisa estragada no Teddy ontem à noite. Importa-se se a gente encurtar este almoço?

De volta à calçada, George foi capaz de dissuadir Irene de acompanhá-lo até o escritório. Eles deram um abraço de despedida e

George a segurou por um tempo um pouco maior que o normal. Irene afastou-se e olhou para ele sem entender direito. Ele deu um beijo nela no lado da cabeça, um pouco acima de sua sobrancelha loira escura.

— Você é linda — disse ele. — Mesmo com um só olho.

— Agora tenho certeza de que você não está bem.

— Não, é sério. Foi uma coisa horrível que aconteceu com você.

— Ligue mais tarde para mim, se estiver se sentindo melhor, está bem? E me ligue mesmo que esteja mal. Ligue de qualquer maneira.

Ele a observou se afastando e sentiu um surto complicado de amor e proteção. Sabia que, se visse Donnie Jenks naquele momento, não teria medo dele, sentiria apenas raiva. Quando só ele estivera em perigo, fora aterrorizante, mas, agora que Irene fora trazida para o meio dessa história, um vestígio de heroísmo estava correndo em suas veias.

George dirigiu até New Essex. Ele não sabia mais o que fazer. Não tinha outra maneira de entrar em contato com Liana, nem de rastrear Donnie Jenks. A única informação real que ele tinha dos dois era que estavam, de alguma forma, ligados àquela cabana no litoral. Donnie Jenks estivera lá, e Liana tinha, ao menos, dito que estava hospedada naquele lugar, embora George considerasse tudo o que ela havia dito até então como uma mentira deslavada.

Ele ligou para o escritório e disse que estava se sentindo mal e tinha ido para casa. Colocou o ar-condicionado no máximo e a rádio de esportes bem baixo. Era bom dirigir, viver aquele momento irracional que lhe permitia pensar. Estava na cara que o dinheiro que George havia devolvido a MacLean estava ligado direta ou indiretamente ao assassinato dele. Mas nada disso fazia muito sentido. Era possível que o pequeno Donnie Jenks, de alguma forma, tivesse descoberto que George estava devolvendo o dinheiro e que ele fora até a casa de MacLean para matá-lo e pegar o dinheiro.

Mas tivera outras oportunidades de pegar esse dinheiro. De Liana. De acordo com ela, ele fora ao encontro dela em Mohegan Sun. Ali ele já podia ter pego. George considerou a possibilidade de que Liana e Donnie estivessem trabalhando juntos, mas aquilo fazia ainda menos sentido. Se estivessem, então podiam apenas ter dividido o dinheiro. Por que se dar ao trabalho de devolver a grana a MacLean e depois matá-lo por ela? Poderia haver um terceiro envolvido, alguém que ele nem sequer conhecia, talvez alguém que estivesse trabalhando na casa, viu a mala cheia de dinheiro e decidiu ficar com ela. O verdadeiro Donnie Jenks? Uma enfermeira assassina a cargo da esposa moribunda? A sobrinha que o deixara entrar na casa?

Ele percorreu lentamente o centro de New Essex. Os turistas estavam com força total, a maioria aposentados andando de uma loja de presentes para uma sorveteria e para outra loja de presentes. George viu vários homens desfalecidos nos bancos das calçadas, esperando que suas mulheres terminassem as compras. Tinham aquela aparência imóvel e envergada de homens que esperam que nada muito emocionante aconteça com eles.

A estrada da praia estava pouco movimentada até chegar à antiga igreja de pedra, onde carros estavam estacionados dos dois lados ao longo da já estreita via. Ele diminuiu a velocidade, viu de relance um carro funerário brilhante e homens com terno preto de pé na entrada da igreja.

George encontrou a Captain Sawyer Lane e virou nela. Os buracos na estrada de terra pareciam mais profundos e alguns ainda estavam pela metade com a chuva da noite anterior. Raios de luz penetravam a copa dos pinheiros, e neles George podia ver nuvens serpeantes de pequenos insetos que poluíam os pântanos de New England no verão. Não havia carros na frente da cabana quando ele estacionou, mas todo o resto parecia igual. Ele parou o carro, subiu os degraus frontais e bateu na porta apodrecida, com a pintura há muito tempo desgastada. Olhou através de uma janela lateral encardida, sendo que o interior dela estava totalmente coberto por uma teia de aranha. Levou um momento para conseguir focar a vista, mas, quando o fez, viu que era, essencialmente, uma propriedade abandonada. As paredes estavam escurecidas por bolor, e a única mobília era um sofá acolchoado com pedaços de espuma amarela saindo pela costura. Ele ouviu um som por trás de si e virou-se rapidamente, mas era apenas o estalo do motor de seu carro resfriando.

George deu a volta até os fundos da cabana, onde o píer apodrecido entrava na água pantanosa. Amarrado ao tronco mais grosso do píer estava um barco de fibra com um motor de popa. O barco, com não mais de doze ou catorze pés de comprimento, não parecia nada novo ou caro, mas ainda assim se destacava naquela redondeza negligenciada. Ele tentou lembrar se o havia visto na primeira vez em que estivera na casa. Lembrou que tinha olhado para o píer, mas não se lembrava do barco.

Voltou para a casa. Já tinha existido ali uma varanda com telas, mas metade delas havia sido arrancada, e um lado da varanda tinha afundado. Cogumelos brancos inflados brotavam nas ripas de madeira.

A porta da varanda estava fechada com trinco, mas a fechadura cedeu por causa da madeira podre quando ele a empurrou. A porta da varanda para o interior da cabana estava aberta, mas mais difícil de mexer. Tinha caído da dobradiça mais alta, e o canto inferior havia penetrado o chão. Ele deu um chute e ela se escancarou para dentro, arrancando a madeira do batente. O cheiro de poeira ácida veio direto ao rosto de George. Ele deu um passo para dentro, mas decidiu não ir além. O chão estava coberto com telhas de isopor que, com o passar do tempo, tinham embolorado e caído sobre o chão rachado e cheio de bolhas. O sofá que ele tinha visto da outra janela parecia ainda pior deste novo ângulo. Estava na cara que havia sido destruído por animais selvagens. Espumas amarelas estavam espalhadas por todos os lados.

George deu meia-volta e voltou para o carro. Ele podia não conhecer muito sobre Liana Decter, mas sabia que ela jamais passaria uma noite nessa cabana.

Dirigiu até o fim da estrada, passando a única outra propriedade, uma casa marrom com um deque que era quase invisível pela escuridão dos pinheiros. Estava prestes a voltar para a estrada da praia quando engatou a marcha à ré em seu Saab e voltou para a frente da casa com o deque. Uma caixa de correio recém-pintada tinha o número 22, e acima da caixa de correio estava uma caixa plástica para o *Boston Herald*, as letras apagadas a ponto de quase estarem ilegíveis. Ele cobriu a curta distância da entrada, com pequenos arbustos arranhando o fundo do carro, e estacionou na frente de uma garagem. A casa era maior do que parecia da estrada. Tinha uma fundação de pedras, um telhado de telhas de barro com pouca inclinação e janelas do chão até o teto que eram tão escuras quanto as laterais imundas. Era impossível dizer se havia alguém dentro da casa, mas as cercas vivas em volta dos degraus da frente tinham sido aparadas recentemente, e assim que George saiu do carro achou ter percebido um movimento em uma das janelas estreitas que acompanhavam a extensão da porta da frente.

Ele tocou a campainha e ouviu um gongo profundo vindo de dentro da casa. Cerca de dez segundos se passaram antes de ouvir o som de um trinco deslizando na porta. A porta se abriu cerca de dez centímetros. Acima da corrente esticada, apareceram os maiores e mais assustadores olhos que George já tinha visto, de um azul tão pálido que eram quase da cor do leite.

— Desculpe incomodar — disse ele. — Estava procurando uma pessoa lá na estrada, na cabana perto da água, e pensei se você teria alguma informação sobre haver alguém morando lá.

A mulher deu meio passo para trás, e George pôde vê-la melhor. Ela podia ter vinte e cinco ou quarenta e cinco anos, ou algo entre isso. Tinha um cabelo longo e escorrido, dividido no meio. Usava um vestido simples, estampado, do tipo que tem o zíper na frente, mas era grande demais para ela, então escorregava de um dos ombros. Sua pele era tão branca que era quase transparente. Dava para ver que ela já tinha sido muito bonita; tinha traços delicadíssimos e bochechas proeminentes. Os lábios eram grandes e equilibrados, mas estavam muito ressecados, com pequenas rachaduras e fissuras, e num lado da boca havia uma crosta branca.

Ela segurou os dois lados do vestido com uma mão e os juntou na frente do peito.

— Na verdade, não moro aqui — disse ela. — É uma casa de família — acrescentou.

— Não se preocupe. Eu só queria saber quanto àquela cabana. Minha amiga me disse que esteve aqui, mas acabei de ir lá e dar uma olhada, parecia abandonada demais. Você não sabe nada sobre ela?

A moça curvou a cabeça para a frente e olhou na direção da cabana, como se fosse possível ver algo dentro da casa. A cabeça dela ficou tão próxima de George que ele pôde sentir seu hálito, azedo como cereais molhados.

— Ninguém mora lá. Pelo menos, ninguém que eu conheça.

— Sabe de quem é?

— Não.

— Quem é o dono desta casa? — perguntou ele, e observou a mulher pouco a pouco recuar pela porta, baixando as pálpebras inchadas. George sabia que tinha passado dos limites.

— Você tem um cigarro? — perguntou ela.

— Não, sinto muito, não tenho.

— O.k. Bem, tenho que ir. — Ela fechou a porta.

Uma nuvem estava sob o sol e, de repente, começou a anoitecer por entre as árvores. Naquela calmaria, George ouviu duas gaivotas guinchando uma com a outra sobre o pântano. Parecia um som estranho vindo das sombras dos pinheiros. Ele caminhou até o carro e voltou para Boston.

Depois de estacionar o carro na garagem, George caminhou lentamente de volta ao seu apartamento. Ele planejava dormir. Ignorar campainhas e batidas na porta. Ignorar telefonemas. Não sabia o que fazer quando acordasse, mas poderia se preocupar com isso depois. A viagem a New Essex tinha sido esquisita e surreal, o cansaço tomou conta dele.

George morava há tempo suficiente naquela vizinhança para reconhecer na mesma hora um carro estranho. Na frente do prédio estava um Suzuki Samurai branco, ainda com o topo removível. Tinha faixas de corrida nas laterais quadradas nas cores preta e vermelha, além da palavra SAMURAI estampada em branco na parte de cima do para-brisa. Havia dois ocupantes, um grande e um pequeno, atrás do protetor solar do para-brisa frontal. George diminuiu o passo, sabendo, com toda a certeza, que eles estavam ali por causa dele, e, assim que começou a caminhar mais devagar, as duas portas se abriram. Do lado do motorista, surgiu a grande figura do homem que George conhecera na casa de MacLean em Newton. O outro Donald Jenks, ou DJ, como MacLean se referia a ele. Ele olhou para George e ergueu uma mão no que parecia um gesto amistoso, e juntando-se a ele vinha uma mulher que havia saído do lado do passageiro. Ela também era familiar para George. Ele a reconheceu como a jovem que o recebera na casa de MacLean. Os detetives mencionaram o nome dela, mas ele havia esquecido.

— George Foss — disse ela, com um tom arredio.

George acenou com a cabeça e foi na direção deles. Ela deu a volta no Suzuki e ficou ao lado do homem.

— Desculpe... seu nome? — disse George.

— Sou Karin Boyd. Nós nos conhecemos ontem, em Newton. Eu o recebi na casa de Gerry MacLean.

— Sim, claro.

Ela parecia menos formal do que antes. Usava uma calça cápri preta e uma regata branca, com um decote profundo. O cabelo loiro dela estava solto e um pouco atiçado pela umidade. Os olhos pareciam manchados e vermelhos, como se tivesse chorado, então George lembrou que os detetives lhe disseram que ela era a sobrinha de MacLean.

— Importa-se se conversarmos com você por um instante?

O motorista do veículo deu um passo à frente.

— Nós também nos conhecemos. Sou Donald Jenks. DJ.

Ele mostrou sua carteira e nela havia um documento que o identificava como detetive particular. De perto, era um homem bonito, com o rosto bronzeado e liso, e um bigode escuro sobre o lábio superior.

— Sou o detetive particular que trabalhava para o falecido. Você sabe que Gerald MacLean morreu, correto?

George disse que sim.

— Gostaríamos de conversar com você.

George, hesitante em convidá-los para seu apartamento, sugeriu um café ali perto. Foram até uma mesa de canto nos fundos, o mais longe possível do balcão. Ele pediu um café gelado grande, mas nem Karin Boyd nem DJ pediram nada. Quando George se sentou à mesa, a caneca de café já estava úmida da condensação.

— Vamos deixar a investigação do assassinato para a polícia, sr. Foss — disse DJ —, mas gostaríamos de sua ajuda para, possivelmente, recuperar o que foi roubado. Há muito dinheiro envolvido.

Enquanto comprava o café, George havia decidido contar a eles o mesmo que contara à polícia. Deixaria de lado a parte em que alguém se fazia passar por Jenks. Ele sabia que, uma hora ou outra, teria que contar tudo, mas por ora ainda achava que devia omitir algumas coisas, até que pudesse compreendê-las melhor. Uma parte dele estava preocupada com Liana, e uma grande parte, agora, estava preocupada com Irene.

— A polícia não me disse nada — explicou George. — O que houve?

DJ e Karin se entreolharam.

— Apenas nos diga como você se envolveu nisso tudo — disse Karin. — Por que você foi enviado por Jane Byrne para devolver o dinheiro roubado?

— Vou dizer o que disse à polícia. Jane foi uma pessoa que conheci na faculdade, embora eu a conhecesse por outro nome...

— Que nome era esse? — perguntou DJ, pegando um celular com teclado.

George disse a ele "Audrey Beck", o mesmo nome que tinha dado à polícia, e DJ digitou com os polegares com a rapidez e a agilidade de um adolescente.

— Não a via fazia vinte anos. Nós nos encontramos num bar... foi perto daqui... e ela me pediu esse favor. Pareceu estranho, mas ela explicou que queria devolver o dinheiro sem ter que ficar cara a cara com MacLean... com seu tio — disse ele para Karin. — Fez sentido para mim no momento.

— Aonde foi depois de sair da casa?

— Fui até Saugus e encontrei... Jane no Kowloon. Contei a ela como foi tudo. Ela pareceu aliviada. Nós jantamos. Um de vocês dois pode me dizer, por favor, como MacLean foi morto? Acho que isso me ajudaria a tentar ajudar vocês. Aconteceu logo depois de eu sair?

Novamente eles se entreolharam, e Karin quase imperceptivelmente acenou para DJ. Ficou claro que agora ele estava a serviço dela.

— Ele foi atingido na nuca com um martelo. — DJ deu um tapa na nuca com a mão, que era pequena para seu tamanho. Ele usava uma aliança, e suas unhas pareciam cuidadas por um profissional. — Foi no quarto dele, e foi, provavelmente, poucos instantes após o senhor sair da casa. Tem muita sorte porque Karin o viu sair da casa, sr. Foss, ou acho que a polícia o teria sob custódia agora.

— Você me viu sair? — perguntou ele a Karin. George não se lembrava de tê-la visto ao sair da casa de MacLean.

— Tenho um escritório no segundo andar. Meu tio apareceu lá depois do encontro com você, e antes de ir para o quarto, só para me dizer que tudo tinha dado certo. Saí da minha sala e vi você da varanda. Há janelas acima da porta da frente. Você estava entrando no seu carro e indo embora. Entenda que isso não significa que eu não pense que você pode estar envolvido com a morte do meu tio. — Os olhos dela eram firmes e impassíveis, como uma interrogadora treinada.

— Juro que tudo o que pensei estar fazendo foi devolver um dinheiro para uma amiga. Eu não sabia dessa história de assassinato até a polícia aparecer no meu apartamento hoje de manhã.

Karin olhou para ele com a expressão inalterada. Ela tinha uma pele pálida, com algumas sardas, e não usava maquiagem. Uma mancha rosada tinha se espalhado na base da garganta dela, causada pela umidade do dia ou pelo estresse da situação.

— Nós acreditamos no que diz, sr. Foss — disse DJ, com a calma de um advogado prestes a revelar sua testemunha-chave para ganhar o caso. — O que estamos buscando é algum tipo de pista para encontrar Jane Byrne, ou descobrir quem ela é.

— Então imagino que o dinheiro já era?

— O dinheiro que o senhor trouxe na mala?

— Isso.

— Bem, sim, esse dinheiro já era, mas não é esse o problema. O motivo pelo qual o sr. MacLean foi ao quarto dele após falar com o senhor foi para colocar o dinheiro no cofre. Presumimos que quem quer que o tenha matado estava esperando naquele quarto por ele. Uma janela do segundo andar estava aberta nos fundos da casa, e achamos que foi assim que eles entraram. Havia jardineiros no local, e eles geralmente trazem escadas para aparar a glicínia. Nada disso é uma desculpa. Deveríamos ter uma segurança melhor. De qualquer forma, o cofre foi aberto e tudo, menos seus documentos, foi levado. O sr. MacLean não confiava na moeda, não totalmente, pelo menos, e por vários anos ele vinha comprando diamantes brutos. Alguns bem caros, com cores raras. Tornou-se quase um hobby para ele, não é, Karin? Ele tinha ativos significativos naquele cofre. Valem muito dinheiro, *muito* mais dinheiro que os quinhentos mil dólares. Podemos apenas imaginar que o dinheiro foi devolvido com o intuito de fazê-lo abrir o cofre; então ele foi atacado, e o cofre foi saqueado. Tenho certeza que eles estavam atrás dos diamantes. Sua amiga, claramente, sabia sobre eles. Essa é uma situação muito delicada.

Assim que DJ mencionou o cofre, a cafeteria parecia ter começado a rodar diante dos olhos de George. Não porque estivesse confuso, ou muito cansado, ou perplexo com tanta informação, mas porque de repente tudo ficou muito claro para ele, a peça final entrando no lugar. Durante todo esse tempo ele vinha pensando que o que estava em jogo fosse uma mala cheia de dinheiro, mais dinheiro que ele já vira na vida, mas aquela era apenas a isca, um dispositivo usado para fazer MacLean abrir o cofre numa hora específica.

— Você está bem?

— Desculpe — disse George. — Eu não sabia sobre esse cofre. Quanto valiam esses diamantes?

DJ e Karin olharam-se mais uma vez, e DJ falou:

— Não tenho conhecimento para informar exatamente quanto, mas era significativo. Pelo menos, cinco milhões de dólares, eu acho. Não estamos acusando o senhor de pegar os diamantes, espero que compreenda...

— Não, não, eu compreendi tudo. Desculpe. Essa é uma informação nova para mim. Óbvio. — George olhou, ainda estarrecido, para seu café gelado pela metade. Um cubo de gelo boiava na caneca.

— Como eu disse — continuou DJ —, gostaríamos de saber se o senhor tem ideia de como entrar em contato com Jane Byrne, ou onde ela estava hospedada enquanto esteve aqui. Qualquer coisa ajudaria.

George mal ouviu as palavras. A mente dele estava acelerando para lidar com as novas informações que recebia. E eram todas notícias ruins. Involuntariamente ou não, ele sabia que tinha sido envolvido no assassinato de um homem. Deu um gole do café para ganhar tempo, mas seu estômago se contraiu e subiu um pouco de saliva na boca. Respirando profundamente pelo nariz, ele disse:

— Desculpem-me. Só estou tentando absorver tudo o que estão me contando, e isso é um pouco inquietante. Preciso ir ao banheiro.

Ele disse essas palavras já empurrando a cadeira para trás, levantando-se e caminhando para longe da mesa. Agora, estava convencido de que estava passando mal. A porta do banheiro masculino, nos fundos da cafeteria, abriu-se, então ele entrou e passou o trinco. A luz fluorescente tremulava em um padrão irregular. O chão estava molhado, como se tivesse sido esfregado há pouco, mas ainda parecia sujo, com alguns cabelos pela cerâmica do piso. George ajoelhou-se na frente da privada. O cheiro de canos antigos chegou às suas narinas, então ele se entregou, querendo vomitar apesar da dor em sua lateral. Nada mais aconteceu. A náusea forte desapareceu e foi substituída por tontura. Ele se levantou com esforço, apoiando as mãos nas beiradas da privada. Abriu a água gelada da torneira e lavou as mãos várias vezes, então jogou água no rosto e na nuca. Respirou profundamente pelo nariz, mais uma vez, e levantou as costas, debruçando-se sobre a pia.

Ele se olhou no espelho. A palidez de sua pele o chocou. O cabelo estava molhado de suor.

— *Eu fui feito de idiota* — pensou George, olhando para o reflexo por mais um minuto, esperando a tontura passar.

CAPÍTULO 15

George virou o corpo de barriga para cima. Dois homens entraram no quarto e fecharam a porta. Um deles, o menor e mais magricela, tentou pisar no joelho de George, mas errou. O outro, mais alto e gordo, disse:

— Levanta, filho da puta. Eu vou matar você.

George se arrastou para trás, em direção ao meio do quarto, com os olhos se ajustando à falta de luminosidade. Os homens tinham a idade dele, ou eram mais novos, menos de vinte anos. Pareciam dois jogadores de futebol americano juvenil vestidos para ir ao Burger King num domingo à noite. Os dois usavam jeans com as camisetas da Ocean Pacific por dentro da calça.

— Talvez eu fique aqui embaixo mais um pouco — disse George.

— Bichinha de merda — disse o que não tinha falado ainda. — Se nós dissermos para você levantar, então você levanta.

— Deixe-me pensar sobre isso por um instante.

O menorzinho, o pisador, abaixou-se e segurou o colarinho da última camisa limpa de George. Este tentou socá-lo no nariz, errou e acabou acertando o pomo de Adão dele. Ele fez um barulho de sufocamento e pulou para trás, levando a mão ao pescoço, com a boca aberta em um "O".

— Filho da puta — o garoto conseguiu coaxar.

George ficou de pé. Ele sabia que deveria estar com medo, mas seu instinto de sobrevivência o manteve calmo. Estendeu as duas mãos com as palmas para fora.

— Não sei o que vocês querem... — começou ele.

O garoto maior foi para cima dele. George tentou dar um soco nele, mas, antes que seu punho voltasse para a posição de origem, ele foi derrubado e jogado em cima da cama recém-feita. O agressor torceu os braços de George, prendendo-o com o rosto para baixo, a nuca comprimida pelo antebraço do garoto e a lombar travada por um joelho.

— Está gostando, filho da puta? Está gostando?

Presumindo ser uma pergunta retórica, George não respondeu. O garoto que tinha sido socado foi até a beirada da cama, caminhando para o feixe de luz que entrava pela cortina. Ele tinha um queixo estreito, vermelho de espinhas, e um cabelo raspado que mostrava o couro cabeludo cheio de pintas.

— Eu devia matar você, seu bosta — disse ele, com a voz rouca.

— Só me digam o que eu fiz — disse George.

— Você sabe o que fez — respondeu o grandalhão ao jogar todo o peso no joelho que pressionava as costas de George. Uma mola quebrou dentro da cama.

— De verdade, eu não sei. Isso tem alguma coisa com Audrey Beck?

— Não, idiota — disse o magrinho, que estava movendo a mandíbula circularmente, como um passageiro de avião tentando destampar os ouvidos.

— É sério, eu não sei nada além do que vocês sabem. Nem sei se a conheci de verdade.

— Você levou ela para as drogas?

— Acho que não estamos falando da mesma pessoa. Audrey Beck não foi para a faculdade. Alguém foi no lugar dela. Audrey foi para West Palm Beach com um cara chamado Ian King. Juro por Deus.

— Que merda você está falando?

— Deixe-me levantar um instante. Eu vou contar a vocês.

— É, com certeza — disse o magrinho, enquanto o grandão que segurava George dava outro golpe complicado nele, virando-o de costas para o colchão, pressionando agora o plexo solar dele. George pôde ver o agressor. Ele era largo e alto, com um queixo gordo e uma testa maior que o rosto. O cabelo loiro era curto em cima e nas laterais, e comprido atrás.

— *Dá para vocês me ouvirem por um momento? Eu não estou mentindo. Acho que nunca conheci Audrey Beck.*

O testudo balançou a cabeça, como um pai que ouve as mentiras do filho.

— *Se descobrirmos que você tem alguma coisa a ver com o que aconteceu com ela, eu vou caçar você como um veado e dar um tiro na sua cara. Entendeu?*

— *Sim, m...*

— *Você entendeu, idiota?*

— *Entendi.*

— *Scott, me deixa socar a garganta dele como ele fez comigo.*

— *Eu faço isso — disse Scott, levantando o braço para armar um soco. George contraiu os ombros para cima e baixou o queixo contra o peito, de forma que, quando o soco o atingiu, pegou parte no lábio superior e parte no nariz. O sangue espirrou pelos dois lugares e lágrimas escorreram por seus olhos.*

Os garotos saíram correndo o mais rápido possível.

George cambaleou até o banheiro e pôs o rosto numa toalha fina que cheirava a água sanitária. A dor pior era no nariz; em segundo lugar, era um empate entre as bochechas e os olhos. Ele segurou a toalha contra o rosto por cinco minutos, então percebeu que a porta não estava trancada. Atravessou o quarto, trancou a porta e, depois, sentou na cama para discar o número de telefone do bilhete encontrado em seu carro. O coração estava palpitando no peito, e ele pensou se teria problema em falar, quando chegasse a hora.

— *Alô? — Era a voz de uma garota, com tom de preocupação, e com um leve sotaque sulista, mas, a não ser por isso, não parecia a voz de Audrey.*

— *Você me deixou um bilhete com seu número de telefone — disse George como se estivesse muito gripado.*

— *É você que veio da Mather College?*

— *Sou. Quem é você?*

— *Eu era amiga da Audrey.*

George chacoalhou seu maço de cigarros até que um saísse.

— Eu também achava que era, mas acho que não.

— Ela não foi para a faculdade — disse a garota.

— Bem, alguém foi. Qual é o seu nome?

— É Cassie Zawinsky.

— Então você sabia que Audrey não foi para a Mather?

— Sim, sabia.

— Você sabe quem foi no lugar dela?

— Não sei o nome dela, mas sei que alguém sabia. Ela era da Chinkapin High, eu acho. Você a conheceu, você a viu, certo? Como ela era?

— Ela era minha namorada. Ela era legal. — George acendeu o cigarro. A primeira tragada desentupiu um pouco o nariz, e ele sentiu cheiro de sangue.

— Mas você não sabe nada sobre ela? — perguntou Cassie.

— Olha, eu tenho muitas perguntas também. Nem sei como você sabe que eu estou aqui ou o que você está tentando descobrir. Talvez possamos nos encontrar?

— Pode ser.

— Você conhece o Shoney's, na estrada?

— Claro.

Duas horas depois, com banho tomado, vestido, com um machucado no nariz e um lábio rachado, George esperou num reservado nos fundos, com uma Coca extragrande em sua frente.

O Shoney's estava lotado de casais, os mais velhos, que estavam sozinhos, e os jovens, com seus filhos barulhentos. Foi fácil identificar Cassie assim que ela entrou — sozinha, da idade de George, usando um colete masculino vintage sobre uma camiseta estampada e uma calça jeans rasgada e justa. George acenou em sua direção, e ela caminhou até a mesa, sentando-se na frente dele.

— O que houve com você? — perguntou ela.

— Dois caras foram até o meu hotel e queriam saber o que eu tinha feito a Audrey. Talvez você saiba algo sobre isso.

— Que tipo de caras? — Ela tinha o cabelo curto avermelhado, pequenos olhos azul-esverdeados, um nariz achatado com a ponta arrebitada e uma boca larga com grandes dentes brancos. Não ajudava sua aparência o fato de estar usando batom vermelho demais, e um pouco tinha pintado um de seus caninos.

— Sei lá. Esportistas. Um dos nomes era Scott.

— Ah, meu Deus. Scotty é meu irmão. O outro era magricela com orelhas de abano?

— Sim.

— É Kevin Lineback, o melhor amigo do meu irmão. Caramba, desculpe por isso. Eles não... Eles nem saberiam que você estava aqui se não fosse por mim.

— Ainda não entendo como você soube.

Uma garçonete apareceu e Cassie pediu um Dr. Pepper.

— Então, você foi à casa dos Beck hoje, certo? — disse ela. — Você viu Billy Beck, o irmão de Audrey? Pois é, foi ele quem me ligou e me contou, provavelmente, cerca de um minuto depois de você deixar a casa. A questão é, ele era a única pessoa, além de mim, que sabia que Audrey não planejava ir para a faculdade, e ele sabia que eu sabia, então ele me ligou na mesma hora. Meu irmão, o idiota, deve ter ouvido minha conversa com Billy. É o que eu acho, pelo menos. Scott saiu com Audrey por uns cinco minutos no último verão, e ele ainda está todo apaixonado por ela.

— Quando deixou o bilhete, como sabia que aquele era o meu carro?

— Billy me contou que você seguiu a viatura até a delegacia. E me contou como era o seu carro. Decidi deixar apenas um número de telefone. Assim, se outra pessoa visse, não significaria nada.

Mantendo as mãos para baixo ao lado do corpo, Cassie curvou-se à frente e deu um gole em seu Dr. Pepper pelo canudo. Ela pareceu ter gostado da bebida.

— Então como Scott e o amigo dele descobriram onde eu estava?

— Billy. Ele me contou pelo telefone, e eu devo ter repetido em voz alta ou algo assim, porque Scott ouviu. Ou ouviu pela extensão. Tenho

um aparelho no meu quarto, mas não é minha linha privada, então qualquer um da casa pode entrar na linha. De qualquer forma, foi assim que Scott descobriu onde você estava. Acho que ele chegou antes de mim.

— Mas o que eu não entendo é por que Audrey não queria ir para a faculdade. Ela deve ter feito a matrícula.

— Ela teve que fazer. Os pais dela a obrigaram. Ela era, tipo, uma das poucas garotas de Sweetgum que podiam, ao menos, pagar por uma faculdade de quatro anos, quanto mais entrar em uma. Em todo caso, os pais dela disseram que ela precisava ir. Ela escolheu a Mather, eu acho, porque era muito longe. Mas ela não queria ir. De jeito nenhum. Ela estava apaixonada por esse cara, Ian King...

— Da Gator Bait.

— Meu Deus, você já ouviu falar deles!

— Na verdade, não. O detetive me contou sobre eles hoje. Ele disse que Audrey fugiu com esse tal de Ian.

— Esse era o plano dela pelo menos, foi o que ela me contou. Ela falou para os pais que iria para a faculdade, depois mudaria a rota. Deve ter pensado o que os pais dela poderiam fazer se não soubessem onde encontrá-la?

— Foi quando ela encontrou alguém para ir no lugar dela?

— Isso. A questão é que Audrey não me contou muitos detalhes sobre isso. Éramos amigas, eu e Audrey, mas não do tipo melhores amigas. Nós todos meio que crescemos juntos. Meu pai conhece o dela. Minha mãe conhece a dela. É assim que eu conheço Billy e Scotty conhecia Audrey. É uma coisa familiar. Então, quando Audrey me contou que não iria para a faculdade, eu fiquei... sei lá. Foi aí que ela me contou que tinha conhecido uma garota da Chinkapin, que parecia mais ou menos com ela, e era muito inteligente, mas vinha de uma família com pouca grana, e ela queria muito ir para a faculdade.

— Como elas se conheceram?

— No Argumentação, eu acho.

— O que é isso?

— Competições para o clube de debates. Não sei muito sobre isso.

— Mas ela nunca lhe contou o nome dessa garota?

— Acho que ela ficou com medo de já ter me falado coisa demais. Como eu disse, não éramos muito amigas nem nada. Ela me disse que era melhor eu não dedurá-la, e eu prometi que não faria isso. Acho que agora eu me sinto um pouco culpada. Talvez eu devesse ter contado a alguém.

— Querem que complete as bebidas? — A garçonete havia se materializado.

Os dois concordaram com a cabeça.

— Vocês já decidiram o que vão querer comer?

— Na verdade, não estou com muita fome — respondeu George.

— Quer dividir uma porção de fritas? — perguntou Cassie. — As daqui são muito boas.

As batatas fritas, muito crocantes, chegaram em dez minutos em um grande prato oval. Cassie tinha muito mais a dizer, mas a informação principal já tinha sido dada. A garota que George estava procurando era da Chinkapin e era da equipe de debates. No dia seguinte, ele poderia buscar o nome dela nos anuários de novo. O que ainda não havia decidido era se procuraria por conta própria ou se pediria ajuda ao detetive Chalfant.

George acompanhou Cassie até o carro. Ela olhou para cima, para o céu estrelado.

— Olhe, é a constelação Ursa Maior — disse ela, apontando.

— Você não acha que essa outra garota tem algo a ver com o que houve com Audrey, acha? — perguntou George.

— Claro que pensei nisso. Mas Audrey estava muito envolvida com as drogas, então, vai saber...

— Você vai me ligar se souber de alguma outra coisa?

— Prometo. E não se preocupe: vou falar para Scott que você não tem nada a ver com isso, e ele não vai mais incomodar você.

— Estarei preparado para ele da próxima vez.

— Ele é um pouco mau.

— Eu percebi.

Pancadas de chuva esporádicas caíram durante a noite, enquanto George continuava acordado, com o rosto ainda doendo, sobre o colchão quebrado. As juntas do hotel desgastado estalavam e gemiam. Carros na estrada projetavam sombras que passavam na parede do quarto: grandes, pequenas e grandes de novo. George encheu o cinzeiro com guimbas de cigarro, ligou e desligou a televisão várias vezes. No fim do dia, quando o vento parou e o sol nascente banhou tudo com a mesma luz fraca, ele adormeceu, com os lábios ardendo, a boca pastosa com o gosto dos cigarros.

Ligou para Chalfant logo de manhã e disse ao detetive que achava que a garota que eles estavam procurando poderia ser de uma cidade vizinha; talvez ele pudesse ver outros anuários. George disse a Chalfant que Chinkapin era uma possibilidade. O detetive falou para ele ir à delegacia após o almoço.

Dan Thompson emprestou o carro a George novamente.

— Você fala mexicano?

— Infelizmente, não.

— Tudo bem, mas ajudaria. Preciso que me faça um favor. Tem um boteco mexicano, o Abelito, você conhece? — Ele estava com o mesmo terno castanho de novo, mas com um conjunto diferente de gravata e lenço. Hoje era de uma cor azul néon brilhante.

— Não, mas posso encontrar.

Thompson informou-lhe a avenida e a rua transversal, e a papelada que precisava de assinaturas.

George cronometrou seus afazeres para que coincidissem com o almoço, e comeu naquele lugar mexicano agitado. A comida era boa, mas ele estava com muito pouco apetite. Tinha quase certeza de que, em algumas horas, descobriria a verdadeira identidade da garota que conhecera como Audrey. Quanto tempo depois disso ele conseguiria encontrá-la outra vez? Pagou sua refeição e foi até a delegacia.

Chalfant tinha saído, mas Denise havia deixado no escritório dele uma pilha de anuários, inclusive os da Escola Secundária de Chinkapin. Sozinho com os livros, George começou pelo mais recente. Em vez de olhar primeiro para as fotografias individuais, ele pulou para a parte de trás, onde havia fotos de grupos, clubes e equipes. Encontrou "Discurso e Debate", uma foto de meia página em preto e branco de cerca de sete alunos em duas fileiras, e ansiosamente analisou os rostos.

Lá estava ela. O cabelo não era o mesmo na foto — era mais longo, mais cheio e, de certa forma, mais loiro —, mas o resto era o mesmo, o rosto, a postura, o meio sorriso.

Ele leu os nomes impressos na legenda. Ela estava na segunda fileira, a terceira da esquerda para a direita: L. Decter. Ele folheou as páginas para a seção anterior dos retratos e a encontrou: Liana Decter. Ela usava um vestido preto decotado e um colar de pérolas. Ele olhou para a foto por um bom tempo, os olhos dela pareciam encará-lo. Não lhe diziam nada de novo.

George fechou o livro, mas o manteve em seu colo. Desde que Denise o levara para o escritório, não tinha ouvido nenhuma atividade no corredor. Então, tomou uma decisão. Deixando o anuário para trás e saindo casualmente da sala de Chalfant, passou pela recepção quando Denise virou a cabeça para uma gaveta de arquivo aberta. Saiu discretamente pelas portas de vidro em direção ao dia quente e tempestuoso.

Havia seis Decter listados na região de Chinkapin. Ele começou pelo primeiro e discou o número, decidindo simplesmente perguntar por Liana, não importando quem atendesse. Dois dos números tocaram, tocaram, mas ninguém atendeu, nem uma secretária eletrônica, e um tinha uma mensagem nada promissora. Em dois deles disseram-lhe que era o número errado. Mas, na última tentativa, uma voz de homem, em resposta à pergunta, disse:

— Quem quer falar?

— Sou um amigo dela, senhor.

— Você vai me dizer seu nome ou vou ter que adivinhar? — A voz era velha e fraca, com um som de rouquidão.

— Meu nome é George Foss.

— Tudo bem, George. Direi a ela que você ligou. Não prometo que ela responderá, mas isso é problema seu.

— Obrigado, senhor. — George raramente se referia a alguém por "senhor", mas percebeu que tinha adquirido o hábito desde que chegara à Flórida. — Posso deixar meu número?

— O que, ela já não tem?

— Não, senhor.

— Então vá à merda, garoto. Você acha que sou o serviço de namoros da minha filha? — E desligou.

George olhou para a lista telefônica aberta sobre suas pernas. O dedo indicador dele, branco na ponta, estava pressionado contra o número que tinha acabado de ligar. Havia também um endereço.

K. Decter morava da Rua Oito, e, depois de dirigir por meia hora, George a encontrou. Era em uma das regiões mais simples que ele já tinha visitado. Casas quadradas com jardins pavimentados, a maioria com dois ou três carros detonados na frente. Em lugar de uma calçada, um cano de drenagem com água esverdeada seguia ao longo da rua. Atrás das casas passava uma cerca, e atrás da cerca estava um lago artificial com água parada. Até as palmeiras da rua pareciam velhas e cansadas, suas folhas amareladas jogadas ao chão.

George dirigiu lentamente, procurando o número 401. Ele teve que voltar uma vez, mas encontrou o lugar, não porque estava marcado, mas porque a casa ao lado era 397. A casa 401 era ladeada por vinil desbotado. Estacionada na frente da garagem coberta estava uma picape toda batida. Na pequena área de terra havia um carvalho, tomado pelos ramos cinzentos e escuros de uma bromélia barba-de-velho. George, imaginando que apenas o pai estivesse em casa, decidiu observar a propriedade. Ele parou o carro perto da calçada, sob o carvalho, na esperança de que a sombra mantivesse o carro mais fresco e menos visível.

Depois de meia hora, George percebeu que não adiantou nada. A parte interna do Buick aqueceu como um sótão no verão e os poucos carros que passaram por ele diminuíram a velocidade, com os passageiros esticando o pescoço para olhar melhor o intruso da vizinhança, o pervertido do carro com painéis. Ele percebeu que era só uma questão de tempo até que algum deles parasse ou alguém saísse de uma casa ali perto para perguntar que merda ele achava que estava fazendo parado.

Essas preocupações competiam com uma avalanche de pensamentos. A proximidade dele com a casa de Liana Decter — também conhecida como Audrey Beck — invocava toda uma reavaliação de seu caráter, sua criação. Ele se perguntou se ela havia aceitado a oportunidade de trocar de identidade com Audrey como uma forma de escapar de algum destino infeliz nessa mesma rua. E qual seria seu plano a longo prazo? Será que conseguiria ser Audrey Beck indefinidamente? Talvez ela se formasse na Mather College, a tantos quilômetros e realidades de distância, mas, em algum ponto, a verdade seria revelada. E, de fato, fora. A morte de Audrey garantira isso. George lutava contra tudo o que soubera nas últimas vinte e quatro horas, enquanto tentava entender a logística do que exatamente estava fazendo, de tocaia num carro. Ele esperava ver Liana saindo de sua casa ou chegando a ela. Queria alcançá-la primeiro, ouvir o lado dela da história, alertá-la sobre o que estava se aproximando, contar-lhe que a polícia já estava ciente de que Audrey Beck nunca fora à faculdade.

Um carro estacionou do outro lado da rua, algum tipo de veículo potente e não identificável liberando uma fumaça preta pelo escapamento. George escorregou em seu assento com um cigarro apagado entre os lábios.

A porta do carro se abriu, e um cara grandalhão vestindo jeans saiu de lá de dentro. Ele parecia estar na casa dos vinte anos, com longos cabelos negros amarrados em um rabo de cavalo e um rosto que, a distância, parecia pálido e com traços finos. Usava óculos Ray-Ban.

George o observou atravessar a rua com um gingado descontraído até a residência dos Decter. Em virtude da posição do Buick, embaixo e um pouco atrás do carvalho, não tinha uma visão clara da porta da frente, mas após dois minutos o homem reapareceu e caminhou descontraidamente até o carro de George. Antes de ele chegar, George rapidamente acendeu o cigarro, cujo filtro já havia ficado molhado entre os lábios.

O homem pôs uma mão no teto do carro, a outra na abertura da janela, então abaixou-se a uma distância razoável e colocou o rosto enorme quase dentro do carro. Os olhos dele, de um azul quase perfeito, analisaram o interior do veículo. George queria falar primeiro, mas não sabia o que dizer.

— Como vai? — disse o homem, com a voz amigável e casual, o suficiente para ser um radialista. George percebeu que ele tinha um bigode bem fino sobre os lábios pálidos. Para um homem, tinha bochechas bem altas.

— Nada mal.

— Não vou perguntou o que está fazendo aqui, porque eu sei. Liana me contou tudo sobre você. Ela disse que você era um garoto de boa família.

— Eu só quero vê-la.

— Ah, eu sei disso. É completamente compreensível. Acho que, sob diferentes circunstâncias, ela ia querer ver você também. Mas precisa entender que agora não é um bom momento. Ela pediu que eu falasse a você para ir embora da cidade e voltar para a faculdade.

No que ele achava ser um tom de voz razoável, George perguntou:

— E o que acontecerá comigo se eu não voltar para a faculdade?

Deve ter havido um tempo calculável para que o homem com o rabo de cavalo movesse a mão do teto do carro para a base da garganta de George, mas este não conseguiu medir. Num segundo ele estava terminando a pergunta, no outro, estava lutando para respirar, com a mão do homem, simultaneamente, contraindo sua garganta e empurrando-o contra o banco.

— Parece que alguém já bateu em você recentemente, então deve estar pensando que levar um soco não é tão ruim assim. Vejamos o que temos aqui... — O homem analisou o rosto de George com a outra mão, virando-o delicadamente de um lado para o outro, como um cirurgião plástico examinando as rugas de uma mulher. — Deve ter doído quando levou essa no nariz. — O homem pressionou o nariz de George com o dedão bem aberto, como se fosse uma colher de café. George, pelo reflexo, levantou um braço para se proteger.

— Não se mexa, seu idiota. — O homem apertou ainda mais em volta da garganta de George e pressionou com mais força seu nariz. O sangue começou a escorrer sobre o lábio superior de George, e ele conseguiu ouvir um som de cartilagens se movendo. — Se eu te acertasse no nariz, você não estaria muito bem no dia seguinte. Faria um dano permanente. Teria só um pedaço de pele murcha no meio da cara. Você entende o que estou dizendo?

O homem mexeu a cabeça de George para cima e para baixo, como se o fizesse de boneco de ventríloquo.

— Ótimo — disse ele. Um carro passou lentamente, mas não parou. O cara do rabo de cavalo nem se abalou.

— Muito bem, George, eu vou sair agora e sugiro que faça o mesmo. Se eu vir você de novo, significa que você sofrerá uma dor terrível, então espero que nunca mais nos vejamos.

O homem soltou o rosto de George e levantou as costas. George limpou as lágrimas do rosto e respirou fundo, uma inspiração dolorosa. Ele sabia que ia chorar em algum momento, não apenas lágrimas, mas soluços e muco, mas pensou que poderia segurar até o homem estar fora de alcance. Fora do carro, o homem arrumou a calça jeans apertada e preta, encimada por um cinto com uma fivela imensa com o símbolo do Jack Daniels. Então caminhou, descontraído como tinha chegado, de volta ao seu carro preto, entrou e saiu dirigindo.

De volta ao hotel, George chorou, mas não com tanta intensidade quanto achou que choraria. O pior tinha passado — o medo terrível de que o homem do rabo de cavalo fosse realmente machucá-lo. Dano permanente, ele havia dito, e a frase ficou gravada na cabeça de George.

Era hora de deixar a Flórida. Ele tomaria um ônibus de volta para a faculdade, de lá ligaria para o detetive Chalfant, contaria tudo o que sabia e o deixaria resolver o resto. Liana estava encrencada de tal maneira que era demais para ele conseguir lidar.

O telefone tocou e ele quase não atendeu.

— Oi, George — disse ela.

CAPÍTULO 16

George ficou parado no banheiro da cafeteria, a náusea melhorando, mas o pânico ainda lá. Ele precisava decidir o que contar a Donald Jenks e Karin Boyd. Era quase que sua obrigação contar tudo, mas ainda assim queria ser cuidadoso. Não para proteger Liana, mas para proteger a si mesmo. Em seu interrogatório com a polícia, ele não chegara a mencionar o outro Donnie Jenks, nem sua ida à casa em New Essex, ou mesmo o fato de conhecer o verdadeiro nome de Jane Byrne. Mas, até aquele momento, não sabia até que ponto tinha sido enganado e usado por Liana; jamais imaginara que sua participação havia facilitado um assassinato. Fora um plano simples e brilhante. Como fazer para que uma pessoa abra seu cofre? Dê-lhe algo que a fará abri-lo, depois, apenas espere o momento certo. George era o ator perfeito para a situação, porque não sabia que estava atuando. Só um cara legal tentando fazer a coisa certa. Devolver um dinheiro a seu dono. Evitar que uma mulher fosse aterrorizada. Restaurar a ordem no mundo. E, enquanto ele fazia sua parte, alguém — provavelmente o homem que fingia ser Donnie Jenks — estava de tocaia no andar de cima, perto do cofre, com um martelo na mão. Como ele chegara lá? Será que viera com os jardineiros?

Havia ainda alguma coisa em George que queria acreditar que Liana era inocente, que ela não estava por trás do roubo seguido de homicídio. Queria acreditar nisso, não por achar que ela não fosse capaz de tais crimes, mas por esperar que ela não fosse capaz de usá-lo com esses fins. Como George sempre fora um pouco apaixonado por Liana, ele esperava que ela continuasse um pouco apaixonada por ele também. Mas proteger Liana não era motivo o bastante para não ir à polícia com tudo o que sabia. Se ela fosse inocente, então, também estaria em perigo.

Não, o que realmente impedia George de contar tudo o que sabia para Karin Boyd e DJ, assim como para a polícia, era que Irene tinha sido abordada pelo falso Donnie Jenks na noite anterior. Tinha sido um aviso, especificamente para ele, que suas ações afetavam não só o bem-estar dele, como o dela também. Mas por quê? Claro que, depois de matar MacLean e levar os diamantes, tudo o que restava fazer era se encontrar com Liana e sair da cidade. Nenhum dos dois seria rastreado. Ele sabia o verdadeiro nome de Liana, mas ela não o usava fazia anos, e ele não tinha a menor ideia de quem era seu cúmplice. Então, por que ameaçaram Irene? E como sabiam quem era Irene e como encontrá-la? George, de repente, percebeu que o que quer que tivesse ocorrido no fim de semana havia sido planejado com muita antecedência.

Ele voltou para a mesa recomposto e com um plano do que contaria. Karin e DJ estavam conversando entre si em voz baixa, mas pararam assim que ele puxou a cadeira e se sentou novamente.

— Você está bem? — perguntou Karin.

— Já estive melhor. Até agora, eu acho que não tinha percebido exatamente quanto tudo isso tinha sido planejado. Foi um pouco chocante descobrir que eu ajudei involuntariamente num assassinato.

Os olhos de DJ brilharam, e seu bigode fino tremeu um pouco sob o nariz.

— Você quer nos contar tudo o que aconteceu?

— Eu vou — disse George. — Tudo. Mas não posso fazer isso agora. Preciso de algumas horas para endireitar umas coisas.

— Não estou gostando disso — disse DJ, parecendo um professor que acabava de ser abordado por um aluno pedindo mais prazo para um trabalho.

— É o melhor que posso fazer. Acredite em mim, quando eu contar tudo o que sei, você ficará desapontado. Não sei do paradeiro de Jane nem dos diamantes. Seu eu tivesse que supor, diria que eles já estão muito longe daqui. Mas terei que ligar para você mais tarde.

DJ subitamente parecia conformado, mas Karin estava ficando vermelha, o rubor de seu peito subiu pelo pescoço. Ela virou um anel no dedo.

— Se você sabe de alguma coisa, precisa nos contar — disse ela, olhando para a frente e para o lado, entre George e DJ. — Certo? Nós vamos ligar para a polícia. Você está retendo informação sobre uma investigação de homicídio.

— Karin, está tudo bem — disse DJ, estendendo a mão de aparência delicada. A voz de Karin tinha subido de volume, atraindo o olhar do garçom atrás do balcão.

— Vou contar à polícia tudo o que sei também — disse George. — Só preciso de algumas horas. Prometo.

— Não podemos deixar você ir embora — disse Karin.

— Está tudo bem. Não temos escolha. Sr. Foss, vai me ligar?

— Vou, sim.

— Entende que terei que contar aos investigadores que o senhor tem informações que está retendo?

— Eu entendo.

O telefone de Karin estava tocando em sua bolsa. Conforme George se levantou, ela falou rapidamente, informando a quem quer que fosse que ligaria logo em seguida.

— Você tem meu cartão — disse DJ, e George tocou o bolso da camisa, onde o havia colocado.

— Eu vou ligar para vocês — disse ele, então virou-se e foi embora.

George caminhou, fatigado e suado, pela viela que levava até a escada dos fundos de seu apartamento. Estava completamente preparado para encontrar alguém esperando na entrada. Liana com lágrimas dramaticamente escorrendo pelo rosto, ou o falso Donnie Jenks com um martelo nas mãos, ou uma equipe de detetives com mandados de busca e mais perguntas a fazer. Porém, não havia ninguém lá, e ninguém em seu apartamento também. Apenas Nora adormecida em cima de uma camisa que estava no chão. Ele a pegou e a embalou no colo. Ela ronronou, feliz com a presença de George novamente no apartamento. Ele concordou com ela, perguntando-se quanto, de repente, havia menosprezado sua vidinha pacata.

Colocou Nora no chão e ligou o ar-condicionado da janela do quarto no máximo. Uma vantagem daquele aparelho antiquado era que, de tanto barulho, ele nunca ouviria o telefone tocar ou alguém batendo na porta. Tirou as roupas e foi para baixo dos lençóis da cama, esperando ainda sentir o cheiro de Liana, mas não conseguiu. O cheiro dela já havia se dissipado. Ou talvez tudo não tenha passado de uma alucinação febril. Foi seu último pensamento racional antes de entrar em um sono vazio e profundo.

Ele acordou no início da noite, com aquela sensação confusa, típica de quem dorme durante a tarde. O ar-condicionado, berrando em um chiado sinfônico, havia refrescado o quarto a uma temperatura de meio de inverno. A pele dele estava grudenta onde o suor havia secado, a boca ainda tinha o sabor amargo do café e os dentes estavam ásperos. Ainda deitado, ele olhou para a pouca luz que entrava pelo teto e tentou adivinhar que horas eram, quando tudo o que tinha que fazer era virar a cabeça e olhar para o relógio na mesa de cabeceira.

Por trás do zunido do ar-condicionado, pôde ouvir o ritmo distante de um arranhar frenético, Nora protestando em sua porta fechada. Devia ser hora do jantar dela, por volta das seis.

Ele fechou os olhos outra vez e sentiu o peso do sono indo embora. Talvez tivesse dormido até a manhã seguinte. Que dia era hoje? Será que precisava trabalhar no dia seguinte? Assim que esses pensamentos entraram em sua consciência, outros os acompanharam. Ele lembrou de sua promessa a Karin Boyd e Donald Jenks de contar a eles o que sabia. Lembrou o que tinha decidido fazer quanto a Irene, uma vez que ela precisava saber de tudo o que estava acontecendo. Seus olhos se abriram novamente e desta vez voltaram-se para o relógio. Passava um pouco das sete.

George alimentou Nora e verificou a secretária eletrônica. Ele se lembrou de ouvir sons distantes de um telefone tocando em algum lugar em seu profundo sono da tarde, mas não havia mensagens. Talvez tivesse sonhado com isso. Tomou banho e se vestiu, então foi para a pequena cozinha e procurou algo para comer. Tostou um pão e o comeu sem nada, com um copo de leite. O banho e a comida, em vez de reanimá-lo, deixaram-no ainda mais cansado. Ele quis deitar no sofá, ver se estava passando algum jogo de beisebol na televisão ou um filme velho, mas tinha armado um plano e precisava ater-se a ele.

Irene morava pouco depois do rio, em Cambridge. Ela tinha uma residência tipo *loft* em um prédio de três andares que já fora uma fábrica de sapatos. Havia sido convertida em *lofts* arejados e sustentáveis na década de 1990, pouco antes do *boom* imobiliário na região de Boston. Na época, Irene pagara um preço que parecia proibitivo para seus cerca de cento e dez metros quadrados, mas agora parecia uma incrível pechincha. A compra do *loft* precipitou a primeira de muitas pequenas crises no começo do relacionamento de George e Irene. Os dois estavam juntos fazia pouco menos de dois anos, ambos morando em lamentáveis apartamentos para solteiros, quando ela mencionou a possibilidade de comprar um maior e perguntou se ele queria entrar nessa com ela. Visitaram o espaço vazio juntos, com uma corretora de imóveis de cabelo imenso que os tratou como jovens recém-casados enquanto destacava a madeira reciclada, o aço inoxidável, as claraboias embutidas. Tudo o que George via era uma hipoteca que não podia pagar na época e um espaço sem portas interiores, um apartamento onde ele e Irene passariam todos os minutos da vida na companhia um do outro. Depois de muitas cervejas em Allston naquela noite, ele disse a ela que era muita coisa, muito rápido. Ela ficou desapontada, mas continuou determinada a comprar o apartamento sozinha. Foi a primeira das muitas pequenas decepções naquele ano que detonaram a relação.

Ele estacionou a poucas quadras do prédio de Irene. Não havia por que ligar antes; era segunda-feira à noite, e ele sabia que ela estaria em casa. Ela acreditava em seguir rotinas, e uma dessas rotinas era nunca sair em noites de segunda-feira, que eram reservadas para jantares simples e dramas ingleses na televisão aberta. George caminhou pela vizinhança densa de Irene, as ruas estreitas cheias de prédios de três andares. A fábrica convertida em que ela morava ocupava quase meia quadra só dela; era como um iate atracado entre cem veleiros. A escadaria até a cobertura era alcançada ao atravessar um arco central a céu aberto, depois entrando por uma porta trancada. George apertou o botão ao lado de seu nome (I. DIMAS) no painel de metal polido, próximo à grande porta. Enquanto esperava, ele olhou para cima, através das saídas de emergência, para o céu escuro. Apesar do calor inesgotável, o verão estava chegando ao fim e os dias ficavam cada vez mais curtos.

— Alô? — Surgiu a voz distante dela pelo interfone.

Ela o recebeu na porta com um short de pijama e uma camisa velha do Red Sox; ele sabia, mesmo sem olhar, que tinha o nome e o número de Tim Wakefield nas costas. O cabelo estava preso com uma faixa e o rosto brilhava, como se tivesse sido lavado recentemente e recebido uma camada de creme hidratante para a noite. Irene havia trocado o curativo na lateral do rosto, no local em que

Donnie Jenks a havia socado, e, apesar de tê-la visto naquela manhã, a pele em volta do curativo tinha inchado e amarelado.

— Você está bem? — perguntou ela.

— Desculpe aparecer do nada, mas preciso conversar com você. Posso entrar?

O interior do *loft* estava mais escuro que o lado de fora, e, antes que se sentassem juntos no sofá, ela acendeu uma luminária alta. Projetou uma luz suave em um círculo irregular. Mesmo com a fria geometria do espaçoso *loft* de Irene, ela o havia decorado lindamente, de forma que havia criado pequenos ambientes extremamente acolhedores. George não passava muito tempo no apartamento de Irene — era um lembrete constante da falha deles como casal, uma amostra de museu que demonstrava sua incapacidade, sua impossibilidade de se comprometer. Ele não acreditava que Irene visse dessa forma o apartamento que a acolhia há mais de uma década, mas, quando ele entrava lá, era impossível não pensar que aquele poderia ter sido o seu lar também.

Ele entornou uma bebida, acomodando-se em uma ponta do enorme sofá de Irene. Ela se sentou do outro lado.

— Lembra da sexta à noite, quando falei sobre aquela mulher no Jack Crow? — começou ele.

Irene concordou.

— Ela *era* aquela garota da faculdade sobre a qual lhe contei. Liana Decter.

— Imaginei que fosse. Você ficou um pouco assustado demais ao vê-la. Você voltou para encontrá-la? Foi por isso que me disse que não estava se sentindo bem?

— Sim.

— Então imagino que você passou o fim de semana com ela.

— Sim, mas não é por isso que estou aqui. A história é bem maior que isso e tem a ver com o que aconteceu com você no sábado à noite.

Ele contou tudo a ela, exatamente como acontecera. Irene mal falou durante a epopeia que ele estava relatando, até chegar à parte sobre Gerry MacLean, e ela comentou que tinha acabado de ler sobre a suspeita de homicídio no *Globe* daquele dia.

Quando ele terminou, ela disse:

— Meu Deus, Georgie... — E secou um olho com o canto da camiseta.

— Você está irritada?

— Não, estou assustada. Por você. Que merda passou pela sua cabeça? Ela matou pessoas.

— Eu sei. Também estou assustado. Você não pode imaginar como me senti quando me contou aquela história sobre você ter sido agredida, sabendo o tempo todo que tinha sido culpa minha, e sem poder contar nada a você.

— Não sei por que achou que não podia me contar. Já sou grandinha. Eu daria conta disso e teria poupado você de vir até aqui.

— Eu sei. Eu sinto muito por tudo isso. Tem sido um dia confuso, e descobri agora o que preciso fazer.

— Então, o que você vai fazer?

— Vou contar tudo à polícia, ao investigador de MacLean e para quem mais quiser saber. Não vou proteger Liana ou sua identidade. Neste momento, sinto como se não devesse nada a ela. Foi por isso que vim primeiro aqui, falar com você. Precisava que ouvisse a história toda, e mais uma coisa... Acho que você deveria sair de Boston por um tempo.

— Como assim?

— Por algum motivo qualquer, na noite em que Donnie Jenks levou os diamantes do cofre de MacLean, ele foi fazer uma visita a você, mostrou que poderia machucá-la e deixou seu nome. Ele sabia que eu ficaria sabendo, portanto foi uma mensagem direta para mim. Para fazer o que, eu não sei, mas era provavelmente uma mensagem dizendo para eu ficar de boca fechada. Não consigo pensar em nada além disso. Então, agora que eu decidi não ficar de boca fechada, você precisa sair da cidade, visitar Alex em São Francisco ou qualquer coisa. Eu ficaria muito mais tranquilo.

— Eu tenho que trabalhar. Tenho uma reunião amanhã cedo.

— Isso não é negociável.

Ela riu.

— Você está falando sério? O que isso significa?

— Significa que minha estupidez a colocou em perigo e que você já foi ferida — ele gesticulou vagamente na direção de seu rosto machucado —, e agora preciso que faça esse pequeno favor para mim, assim não vou mais precisar ficar preocupado com você. Eu pago sua viagem.

— Não é questão de dinheiro...

— Eu sei disso. É que... Eu não conseguiria viver comigo mesmo se algo acontecesse com você. Se estou exagerando, então esse é o motivo.

Irene franziu a boca. Ele sabia que ela estava mordendo levemente o lado interno do lábio, pensando no que ele tinha lhe dito. As pálpebras dela, normalmente com sombra escura, sempre pareciam vulneráveis quando estavam sem maquiagem. Ela suspirou, mexeu-se no sofá, colocando a perna direita para cima da almofada. O short de algodão do pijama esticou-se levemente por sua coxa com celulites. George desviou o olhar, pois sabia que ela sentia vergonha do engrossamento das pernas. Ela puxou a outra perna para o sofá, pressionando as duas juntas. George, de repente, ruborizou com um desejo quase insuportável por ela, um sentimento que ele sabia estar mais ligado a conforto e segurança do que ao próprio sexo.

— Eu posso ir — disse ela. — Não me importaria em ver minhas sobrinhas. E tem algo de empolgante em deixar subitamente a sua cidade, porque sua vida corre perigo.

— Obrigado, obrigado, obrigado — respondeu George.

— Mas e quanto a você?

— Eu me viro — disse ele, imitando um barítono.

— Claro que não.

— Não, claro que não. Mas eu vou me colocar nas mãos da polícia. É a única coisa a ser feita, e é a coisa certa a fazer. Honestamente, não imagino que nem Liana nem Jenks ainda estejam em Boston. Não faz sentido algum. Eles conseguiram o que queriam.

— Como sabe que um não passou a perna no outro? Talvez Donnie Jenks tenha pegado os diamantes, ou talvez Liana, e por isso Donnie ainda está por aí.

— Pensei nisso. É uma possibilidade. Na verdade, existem muitas possibilidades. Por isso preciso que saia da cidade. Não tenho ideia do que está acontecendo.

— Concordo. Vou sair da cidade. Mas não consigo deixar de pensar que vou sentir um pouco de falta. De tudo isso que está acontecendo aqui. — Ela sorriu.

— Não tem graça. Tudo o que vejo é seu olho ferido.

Ela levou a mão ao curativo.

— Sempre esqueço dele, não sei por quê. Precisa prometer que vai me ligar todos os dias e me contar sobre tudo o que estiver acontecendo. Estou preocupada com você também.

— Pode deixar — garantiu George, mas permaneceu no sofá.

— Você não vai embora — disse Irene.

George inclinou-se para a frente no sofá e a beijou. Ele não sabia o que esperar, mas Irene retribuiu o beijo com uma intensidade aflita, forçando seu corpo contra o dele, ficando sobre ele. Ele desabotoou a camisa dela e tomou seus seios nas mãos, segurando os pequenos mamilos escuros já eriçados.

— Quarto? — perguntou George, com a voz rouca e baixa.

Ela fez que não com a cabeça ao abrir o zíper da bermuda dele. Ele deslizou os dedos por dentro da bermuda do pijama dela para tirá-lo. Ela o parou, puxou o tecido maleável para o lado e o guiou para dentro dela, ainda com o short. Ele mordeu o lábio para não gozar imediatamente, e ela se jogou contra ele, sacudindo os quadris para a frente e para trás com uma ferocidade única. Irene segurou a mão dele e a pressionou contra si mesma, esfregando-se em seus dedos. Os dois gozaram juntos em menos de um minuto.

Irene o acompanhou até a porta.

— Você deveria me colocar em perigo mais vezes — disse ela, ao darem um abraço de despedida.

— Não brinca.

Eles se afastaram. As bochechas de Irene estavam profundamente coradas e ela não olhava para os olhos dele.

— Eu sinto *muito* por essa confusão — disse George.

Irene estalou os dedos, dizendo:

— Psssh. Você não tinha a intenção de jogar um assassino para cima de mim.

— Não é só isso...

— Tudo bem, você está ficando sentimental. Está exausto. Pode ficar aqui se quiser, sabe...

— Preciso ir até a polícia.

— Tome cuidado por lá. Ligo para você quando souber dos meus planos de viagem.

George ficou parado um pouco depois de ela fechar a porta, confuso, mas firme em sua convicção.

CAPÍTULO 17

Do lado de fora do prédio de Irene, o céu estava de um azul elétrico, mas o arco estava em plena escuridão. Um sino dos ventos pendurado em uma das saídas de emergência soava desafinadamente. Duas luzes lançavam sombras entrecruzadas sobre o pátio de tijolos, e em uma das sombras George achou ter visto a silhueta de um homem. Ele ficou parado por um instante, ajustando a vista à noite. Um Prius passou silenciosamente pela rua, seus faróis rapidamente iluminando o pátio, o suficiente para George ver que estava sozinho.

Ele começou a andar rápido até o carro, dizendo a si mesmo tanto que estava sendo precavido demais quanto não precavido o bastante. Se o falso Donnie Jenks ainda estivesse por perto, então, por que ele não estaria aqui? Estivera aqui na noite anterior, quando derrubara Irene no chão. Se quisesse pegar George, ele saberia que aquele era um local onde ele provavelmente apareceria. George acelerou o passo, passando por uma casa com as janelas abertas, *Os Vídeos Mais Engraçados da América* passava em uma enorme TV de tela plana com o volume no máximo. Quando o som diminuiu, achou ter ouvido um eco de seus passos atrás de si. Acelerou mais um pouco, virou a cabeça e mais sentiu do que viu alguém seguindo-o. Seu coração parecia ter dobrado os batimentos. A rua onde ele estacionara era a próxima à direita; virando ali, teria uma chance de olhar para trás e ver se realmente havia alguém atrás dele. Acelerou ainda mais para fazer a curva, e, ao fazê-lo, olhou para trás o mais casualmente possível. Havia alguém, cerca de meio quarteirão atrás, que caminhava de forma indiferente e estava parcialmente escurecido pela fileira de árvores plantadas ao longo da calçada.

Ele considerou as opções. Seu carro estava a uns duzentos metros naquela rua. Poderia correr até lá, na esperança de que quem quer que o estivesse seguindo estivesse em piores condições de saúde do que ele, ou poderia continuar caminhando, querendo que tudo aquilo fosse só uma paranoia, que a pessoa atrás dele estava em um passeio dominical. Mas nada com relação às recentes vivências de George sugeria que ele estava sendo paranoico demais com nada. Logo à frente, do lado direito, estava uma minivan estacionada na frente de uma garagem de casa de família. Sem pensar, ele correu para trás dela e se agachou, esperando ter feito isso antes de seu perseguidor virar a esquina.

Forçando-se a respirar silenciosamente, George pôs-se a ouvir. Os passos, fortes e com um leve arrastado em um dos lados, ficaram mais altos. Ele achou ter ouvido uma hesitação, como se o perseguidor, de repente, estivesse confuso com seu paradeiro, mas os passos continuaram se aproximando. Estava escuro onde George se agachara, mas ele estava com uma blusa azul-escura e o veículo era cinza-escuro metálico. Ele se encostou na lateral da porta do motorista e, quando sua cabeça esbarrou na maçaneta da porta, começou a ouvir uma sirene estridente, com as luzes da frente e de trás do automóvel piscando.

Apesar do impulso, George nem gritou nem fez xixi nas calças. Em vez disso, deu um pulo para longe da van, como se de repente ela estivesse pegando fogo, e embrenhou-se em meio aos galhos de uma cerca viva que adornava a frente da casa. Rangendo os dentes, virou-se para o homem na calçada, que tinha vindo na direção dele. George reconheceu instantaneamente, por sua forma de pino de boliche, que não era o Donnie Jenks que ele temia. Era DJ, o detetive particular. Ele estava com uma mão pousada sobre o coração e parecia tão apavorado quanto George. DJ apoiou as mãos nos joelhos e respirou com dificuldade. Ainda parado parcialmente na sombra, George viu que ele parecia estar pálido e suado, como se estivesse morrendo.

— Você está bem? — perguntou George, indo para a calçada. A sirene berrava por toda a vizinhança. — Vamos sair de perto dessa van.

Eles caminharam juntos até o carro dele, DJ respirando como um jogador de futebol americano que tivesse acabado de marcar um *touchdown*.

— Você me seguiu até aqui? — perguntou George.

— Segui. Aquela sirene quase me provocou um infarto.

— Tem certeza que não está tendo um, certo?

— Acho que não. Na verdade, já tive um, então eu reconheceria a sensação. Não é desse jeito.

George não sabia o que dizer, então perguntou:

— Desde onde está me seguindo? Boston?

— Sim. Meio que esperava que me levasse até Jane Byrne.

— Como soube que não levei?

— Porque você foi visitar Irene Dimas, e a menos que ela esteja abrigando Jane...

— Como sabe sobre Irene?

— Sou um detetive, eu investigo. Você estava tentando, de alguma forma, esconder seu relacionamento de quinze anos com uma ex-colega de trabalho?

— Acho que não. Você estava do lado de fora esse tempo todo?

— Estava. Perdi meu jantar.

Eles chegaram ao carro de George. A sirene ainda estava berrando ao longe. Ficaram parados juntos por um momento, sem saber muito o que fazer, como se estivessem se perguntando se continuariam o encontro ou se cada um seguiria para o seu canto.

— Eu não sei onde está Jane — disse George.

— Eu acredito em você. A srta. Boyd, não. Também sabemos que existem coisas que não nos contou ainda.

— É verdade. Pensei nisso. Estou pronto para contar tudo o que quiserem saber. À polícia também.

— Está bem.

A sirene parou. Até onde George sabia, ninguém, inclusive os proprietários da minivan, havia saído para conferir se estava ou não acontecendo um crime.

— Prefiro não contar tudo aqui na rua. Tem algum lugar aonde possamos ir? Onde está o seu Suzuki?

DJ riu.

— Na próxima rua.

— Não acho que seja o melhor veículo para quem quer ser discreto.

— Eu segui você, não foi?

— O que você faz se alguém persegue você numa estrada? Ele passa dos cem por hora?

— Muito bem, agora você está falando mal do meu bebê. Digamos que essa não seja exatamente minha linha de trabalho, não saio por aí perseguindo suspeitos em estradas ou fugindo deles. Passo mais tempo no meu escritório.

— Então onde deveríamos conversar? — perguntou George.
— Poderíamos voltar para a minha vizinhança em Boston. Tem um bar bem legal lá.

— Tudo bem por mim. Posso encontrá-lo na frente do seu prédio. Acho que consigo acompanhá-lo.

George deu a volta até a porta do motorista, e DJ preparou-se para atravessar a rua. Ele olhou para os dois lados da rua escura e silenciosa, e George sorriu para si mesmo por tanta precaução, mas, assim que DJ começou a atravessar, um carro branco veio em alta velocidade, com os faróis desligados. George gritou para DJ olhar, mas este já estava no meio da rua. DJ hesitou por um instante, decidindo se continuava ou voltava; naquele momento, o freio do carro berrou como uma garota em um filme de terror, e DJ conseguiu dar mais um passo na direção do meio-fio, antes de ser arremessado por sobre o capô do carro ainda em movimento. George observou os imensos quadris dele flutuarem no ar, como se não tivesse peso. DJ ficou com o antebraço na frente da cabeça, e foi o que primeiro acertou o para-brisa, estilhaçando-o. Deu piruetas e, quando o carro parou, os freios gritaram abruptamente. George ouviu o som pesado do impacto de DJ no asfalto.

George moveu-se até DJ, olhando de soslaio para o motorista do veículo, mas logo parou. A janela do carro — era um Dodge branco — estava aberta, e o motorista segurava uma espingarda de doze milímetros, os dois canos tranquilamente pousados na beirada da janela. George parou, levantando instintivamente as mãos, e os pés começaram a andar na direção contrária. O calcanhar dele tocou o meio-fio da calçada de onde acabara de sair e ele caiu de costas na calçada. Ouviu o que achou ser o tiro da espingarda e foi meio rolando, meio deslizando para trás do carro assim que a explosão chacoalhou o ar. As rodas do Saab de George chegaram a tremer. Uma das janelas foi desintegrada. Depois disso, ele ouviu o Dodge deixar o local com outro cantar de pneus. O cheiro de borracha queimada e metal quente preencheu o ar.

— DJ! — gritou George, mas não ouviu nenhuma resposta, apenas o silvo de um pneu furado e, de algum outro lugar, o som de uma porta abrindo com tudo, vozes se aproximando.

George estava na sala de interrogatório da delegacia de Boston fazia mais de uma hora, deixado sozinho em uma cadeira de plástico sob luzes fluorescentes. Ele tinha terminado seu café, então, gradualmente, despedaçou o copo de isopor, desde a beirada até a metade do tamanho original. Era pouco antes da meia-noite quando a porta se abriu e a detetive Roberta James entrou. Ela usava jeans, uma blusa abotoada de manga curta e um boné verde do Boston Celtics.

— Oi, George — disse ela, colocando uma caneca e uma pasta na mesa, sentando-se em seguida.

— Detetive — disse George.

— Teve uma noite assustadora, eu soube.

— O que pode me dizer sobre Donald Jenks? Já perguntei para todos aqui.

— Quebrou o cotovelo, deslocou o ombro, alguns sintomas de concussão. Estão de olho nele durante a noite no hospital.

George expirou. Depois de levar bala, ele havia forçado as pernas frouxas a se moverem e chegarem até o outro lado da rua. DJ estava com parte do corpo na calçada, virado de lado, com o cabelo ensopado e grudento de sangue. Ele estava consciente, mas, quando George perguntou como estava, ele apenas olhou para cima com um olhar confuso, depois olhou para trás, para o asfalto, como se a pergunta o tivesse envergonhado.

— O que aconteceu? — disse uma vez por trás deles. Era uma mulher na casa dos trinta anos com um cabelo loiro bem curto. Ela se afastou alguns metros, o rosto franzido de preocupação.

— Ele foi atingido — disse George — por um carro. O carro fugiu.

A voz dele parecia formal e trêmula, e pensou que deveria estar em algum tipo de choque. A mulher deu um passo hesitante para perto deles. De repente, surgiu um homem ao lado dela, falando ao telefone. Ele estava sussurrando, como se não quisesse que mais ninguém ouvisse. Uma viatura chegou momentos antes da ambulância. Mais vizinhos surgiram na rua, formando um semicírculo e falando baixinho. Enquanto o resgate lidava com DJ, George falava com um policial, mostrando-lhe as marcas de pneu no asfalto e a lateral de seu Saab que fora toda marcada pelos estilhaços dos tiros de espingarda. O policial, claramente outro amante de carros, analisou o dano com uma solenidade genuína. George contou a história como aconteceu, omitindo as maiores complicações da situação, mas pegou, sim, o cartão da detetive James e disse a eles que o acontecido estava ligado com um caso que ela estava investigando. Depois de a ambulância ter ido embora, ele foi encaminhado para a delegacia e disseram-lhe para esperar na sala de interrogatório.

— Quer me contar o que aconteceu? — perguntou a detetive James.

Ele se perguntou onde estaria seu parceiro, O'Clair, e se ele estava observando e ouvindo em um monitor em algum lugar.

— Claro — disse George.

— Você sabe quem atirou em você esta noite?

— Eu sei quem ele era, mas não sei seu nome verdadeiro. O nome que ele me deu foi Donnie Jenks.

— Donald Jenks que está no hospital neste momento?

— Não, esse é o verdadeiro Donald Jenks. O homem que o atropelou com seu carro, e que atirou em mim, está se apresentando como Donnie Jenks, mas, obviamente, este não é seu nome verdadeiro, ou então seria uma *grande* coincidência.

— Estou confusa.

— O.k. — disse George. — Eu vou voltar e contar tudo o que eu sei.

E ele o fez. Foi a segunda vez que contou a história naquela noite, a primeira para Irene, e recontá-la só o fez se sentir ainda mais ingênuo e incompetente. Contou à detetive James tudo o que tinha acontecido desde sexta-feira à noite, sem entrar em maiores detalhes sobre seu passado, vinte anos antes, com Liana. Ele, no entanto, forneceu o verdadeiro nome dela.

— Deve haver um arquivo com o nome dela. Ela é procurada na Flórida por homicídio.

— Como se soletra o sobrenome mesmo?

— D-E-C-T-E-R.

— Por que você não nos deu essa informação hoje de manhã?

George encolheu os ombros.

— Naquele momento, eu não sabia que ela... que eu tinha sido envolvido em um assassinato. Eu ainda achava possível que ela tivesse me dito a verdade, que ela estava em Boston para devolver o dinheiro e tentar ter um pouco de segurança na vida. Está na cara que eu estava errado.

— E você não sabe onde ela possa estar?

— Nem tenho ideia. Duvido muito que ela ainda esteja na área. Eu diria, com certeza, que ela já deve estar bem longe daqui, exceto pelo fato de que, claramente, seu parceiro ainda está por aqui.

A detetive James abriu a pasta em sua frente, tirou uma foto em preto e branco dali de dentro e a virou para que George desse uma olhada.

— Esse é o homem que se autodenomina Donnie Jenks?

O homem na foto tinha cabelos longos, penteados para trás, e era, pelo menos, uma década mais jovem que "Donnie Jenks", mas os traços eram os mesmos, pequenos e amontoados em uma cabeça que parecia maior na parte de cima. George olhou para o nariz; era difícil identificar com aquela foto granulada, mas parecia o mesmo, arrebitado e com o dorso um pouco achatado.

— Parece com ele — disse. — Quem é ele?

— O nome dele é Bernie MacDonald. Esse nome significa algo para você?

George disse-lhe que não.

— Mas tem certeza que esse é o homem que você encontrou em New Essex, o homem que o socou no rim?

George olhou novamente. O rosto na fotografia era calmo, quase presunçoso, como se não desse a mínima para o que o tinha levado àquela situação e o que aconteceria em seguida. Foi aquela calma que disse a George que aquele, certamente, era o homem que se chamava de Donnie Jenks.

— É, tenho certeza. Ele tem alguma ligação com Liana Decter, ou Jane Byrne?

— Não temos nada de concreto, mas até recentemente ele morava em Atlanta. Ele era garçom em um lugar próximo de onde Liana trabalhava e morava. As digitais dele apareceram num carro roubado perto da cidade. Foi assim que encontramos o arquivo dele.

— Ele foi preso por qual motivo?

— Nada sério. Agressão qualificada. Pequenos furtos. Nenhum homicídio ou tentativa de homicídio. Pelo menos, não até agora.

— É bom saber.

— Você acha que Bernie MacDonald e Liana podem estar escondidos naquele lugar em New Essex?

— Acho que não. Parece um lixão, não é nem habitável. Por algum motivo, um deles conhecia esse lugar e foi onde eles resolveram encenar meu encontro com esse cara... esse Bernie. Obviamente, o plano era me assustar o bastante para que eu me sentisse obrigado a fazer esse favor para Liana.

— E quanto a algum lugar próximo a essa casa? Por que acha que eles escolheram New Essex?

— Tem outra casa na estrada. Bati lá, na verdade, para ver se conseguia descobrir alguma coisa. A mulher lá parecia bem tensa.

— Você conseguiu o nome dela?

— Não. Só perguntei se ela sabia alguma coisa sobre quem poderia morar na velha cabana. Ela não foi muito útil.

— Está bem.

A detetive pegou de volta a foto do rosto de Bernie MacDonald, fechou a pasta e guardou-a. Ela arqueou os ombros para trás e George ouviu um estalo forte.

— Estou livre para ir embora? — perguntou ele. O corpo inteiro doía. Apesar do cochilo de mais cedo, ele sentia como se pudesse cair no sono só de fechar os olhos.

— A menos que tenha mais alguma coisa para nos contar — disse a detetive James, e se inclinou para trás, apoiando as duas mãos nos braços da cadeira. George percebeu, pela primeira vez, como os braços dela eram esculpidos e suaves. — Não quero acabar descobrindo que você ainda está escondendo informações de nós. Não seremos tão compreensivos.

— Não estou. Se esqueci de alguma coisa, é porque mal estou conseguindo pensar direito. Apenas quero ir para casa e dormir.

A detetive o encarou com um olhar que procurava ser ameaçador e entediado, então se empurrou para ficar de pé.

— Venha comigo. Você pode ir para casa.

Uma viatura levou George para casa, já que seu Saab estava numa oficina do outro lado do rio.

Ele se sentou na parte de trás, o plástico do banco cheirando a Pinho Sol e banheiro público. O policial dirigindo falou ao celular o tempo todo, discutindo com a esposa sobre se a filha adolescente deles poderia ir desacompanhada a um determinado evento. Ele não conseguiu entender de qual lado o policial estava, mas ele parecia estar perdendo a briga.

O mundo continua, pensou George, *apesar de assassinatos, roubos de milhões de dólares e idiotas como eu, que acabam se envolvendo nisso.*

O policial estacionou na frente do prédio de George, pediu um momento à mulher e virou-se.

— Aqui está bom? Quer que eu o acompanhe até a porta?

George olhou para a rua escura, perguntando-se se estava povoada pelos Bernies MacDonalds do mundo.

— Acho que não precisa — respondeu ele, e o policial destravou a porta.

George agradeceu e saiu do carro, cansado demais para se preocupar com quem poderia estar à sua espera na escada dos fundos. Não havia ninguém. E não havia ninguém no apartamento também, a não ser por uma gata faminta que estava miando horrores. Ele deu comida para Nora, bebeu vários copos de água e voltou para a cama. O corpo dele parecia excessivamente pesado no colchão, e os músculos doíam. Ele pensou que, quando a espingarda abrira um rombo no Saab, seu corpo inteiro havia se tensionado violentamente.

George fechou os olhos, mas não dormiu imediatamente. Perguntas invadiram seus pensamentos. Não conseguia entender como ainda estava envolvido no que estava acontecendo. Havia ficado claro como o usaram nessa trama, mas era óbvio que alguma coisa tinha acontecido entre Liana Decter e Bernie MacDonald para causar uma ruptura. Caso contrário, por que MacDonald ainda estava no pedaço? Será que ele achava que George estava com os diamantes?

George ouviu o miado quase imperceptível de Nora, que pulou nos pés da cama. Ele a sentiu começar a se ajeitar em sua posição de costume. Ele se virou de barriga para baixo e começou a pegar no sono lentamente. Pensou em Liana, repassando os momentos de vinte e quatro horas antes, quando ela tinha ficado nua nessa mesma cama. Ainda se lembrava da fisionomia dela, a maneira como seu rosto fora reduzido a uma máscara no nascer do sol. A lembrança nebulosa de um par de olhos, nariz, boca. Encolheu-se, lembrando o que havia perguntando para ela quando se deitaram com os membros entrelaçados.

— Foi real, não foi? — perguntara ele. — O que tivemos na faculdade?

A máscara ilegível de seu rosto não deixara transparecer nada.

— *Shhh* — dissera ela, puxando-o mais para perto, tocando com os lábios a orelha dele. Passara a ponta da língua por todo o pescoço de George.

Em seguida, pensou em Irene mais cedo naquela noite, como, após os dois gozarem juntos, ela havia enterrado a cabeça em seu pescoço e eles ficaram ali abraçados, George ainda dentro dela, e sua respiração quente no peito dele.

As imagens lutavam umas contra as outras, então se fundiram e se entrelaçaram conforme George pegou num sono perturbado e inquieto.

CAPÍTULO 18

— Oi, Audrey — disse George, pelo telefone, para Liana Decter. Ele estava no quarto de hotel, ainda se recuperando do encontro com o homem do carro potente, e tinha certeza de que sua voz tremia.

— Então você achou que eu estava morta?

— O que achou que eu pensaria?

— Sinto muito por isso.

George não disse nada, então ela continuou.

— Acho que Dale assustou você hoje à tarde. Sinto muito por isso também.

— Ele era bem assustador.

— É, ele é assim. É o trabalho dele. Mas ele voltou para Tampa, então pensei que poderíamos nos encontrar hoje à noite. Gostaria de me explicar.

George pensou por um segundo e disse:

— Tudo bem.

— Tem um lugar chamado Palm's Lounge, em Chinkapin. — Ela passou o endereço. — Acha que consegue chegar lá?

Eles combinaram de se encontrar às nove da noite, e, antes que George pudesse fazer mais perguntas, ela desligou. Ele ficou sentado por um instante na beirada da cama. Poderia ainda seguir adiante com seu plano. Deixar a Flórida. Ligar para o detetive Chalfant da estrada e contar tudo a ele. Nunca mais ver Audrey, ou qualquer que fosse o nome dela. Mas o telefonema havia mudado tudo. Ela queria vê-lo, e não havia chance de ele faltar àquele encontro. Tinha vindo para a Flórida em busca da verdade, e ela estava prestes a ser desvendada.

Ele tomou um banho, mesmo sem roupas limpas para vestir, então foi até Dan Thompson e pediu-lhe um carro para a noite. O homem disse que George poderia passar a noite com um automóvel, contanto que o devolvesse até as oito da manhã do dia seguinte.

Era o início da noite e ainda estava um pouco claro, e, por estar ansioso demais para continuar no quarto, ele saiu dirigindo. Cruzou o rio Dahoon, em Chinkapin, então pegou a Avenida Cortez toda até a Ilha St. Anna, estacionando perto da praia. O golfo era de um azul profundo e metálico, e o sol poente avermelhava o céu e espalhava uma ofuscante luz branca pelo mar. George caminhou pela praia e encontrou um velho píer de madeira com uma estrutura no fim. Percorreu todo o píer, passando por pescadores e turistas mais velhos. Havia um bar aberto na ponta, com três bancos vazios desgastados pelo tempo. Ele pediu uma garrafa de Budweiser e a pegou. É óbvio que já tinha bebido em bares antes — alguns botecos perto da faculdade eram conhecidos por nunca pedir a identidade para estudantes locais —, mas nunca havia sido servido em um bar fora daquela área. Tomou a primeira bebida bem rápido, depois pediu outra, acendeu um cigarro e bebeu a segunda lentamente, observando os barcos indo e vindo com a restante da luz.

Uma hora e meia depois, mas ainda a uma hora e meia do horário combinado para se encontrar com Liana, George parou o Buick no estacionamento de cascalho do Palm's Lounge. Ficava na interseção de duas estradas vazias, uma velha casa de fazenda com o desenho desbotado de uma palmeira na lateral e um letreiro de cerveja em néon sobre a porta. Ele comprou um cheeseburger *para viagem em um* fast-food *qualquer e o comeu no carro. Havia só mais dois outros carros no estacionamento além do dele, duas picapes. Ficou aliviado em notar a ausência de carros potentes.*

O interior do Palm's Lounge era do tamanho de um vagão, muito mal iluminado na frente por uma luz fluorescente pendurada e pouco iluminado na parte de trás. Havia um empregado e uma cliente, cada um bebendo um coquetel no lado escuro do bar. O empregado era um homem de cinquenta anos com um bigode grosso e cabelo ralo; a cliente dele era uma mulher da mesma idade usando um chapéu de cowboy.

George foi até o meio do balcão e apoiou o cotovelo nele. Quando o atendente se aproximou, ele pediu uma Budweiser. O atendente entregou a cerveja e aceitou os dois dólares.

— O jukebox está quebrado. Se quiser pôr uma música, aproveite, não vai custar nada — informou ele.

George caminhou com a cerveja até um antigo jukebox nos fundos, com sua fileira de vinis postos horizontalmente atrás do vidro curvo. Os nomes das músicas ficavam em pequenos cartões, alguns digitados e outros escritos à mão, e a maioria era country. George selecionou um monte, escolhendo-as aleatoriamente, baseado em lembranças vagas dos nomes. Hank Williams, por exemplo, sabia que já tinha ouvido falar. Assim como Patsy Cline.

Ele trouxe a cerveja para uma mesa bem nos fundos e esperou.

Ela entrou pela porta um minuto depois das nove. Desde que tinha chegado, um homem baixo em uma jaqueta brilhante havia entrado, sentado ao lado da mulher com chapéu de cowboy e pedido um Jack and Coke. *Outro casal entrou, um homem obeso com uma esposa macérrima toda tatuada. Eles pediram dois coquetéis de uísque, levaram a uma mesa perto da saída, beberam sem falar nada e foram embora.*

Audrey/Liana chegou pela porta da frente, deixando-a balançar atrás de si. Ela parecia estar em brasa com a luminosidade que emanava sobre a cabeça, e George a observou, contemplando-a sem ser visto, por um momento, lá dos fundos. Ela usava uma calça preta de algodão, o tipo que garçons e garçonetes vestem às vezes, e uma blusa de manga curta verde, sua cor favorita. Estava como ele se lembrava dela: ombros pequenos, um pouco avantajada nos quadris, olhos exóticos, encantadora. Então, ela o viu.

Ele continuou sentado enquanto ela se afastava do brilho da entrada e ia mais para o interior escuro, dando uma breve olhada no bar e pondo, em seguida, uma mão sobre o ombro dele, curvando-se suavemente. Seu cheiro era o mesmo — de chiclete de canela — e George percebeu que havia sido algo que ele esquecera em poucas semanas.

— Ele pediu sua identidade por isso aí? — perguntou ela, indicando a cerveja.

— Não. Acho que não precisa se preocupar com isso.

— Quer outra?

— Eu pego — disse George. — Sente-se aqui. Quer uma cerveja ou outra coisa?

— Pode ser uma cerveja.

Ela se sentou à mesa enquanto ele foi ao garçom pedir mais duas cervejas.

Quando ele voltou, ela colocou as mãos espalmadas na superfície da mesa, ansiosa, como uma criança querendo ser alimentada. George já a vira fazer coisa parecida outras vezes. Apesar de sua identidade forjada, Liana era a Audrey que ele havia conhecido. Um pouco bêbado, ele queria envolver os ombros dela com as mãos. Queria beijá-la.

— Não acredito que veio até aqui — disse ela, depois de dar um gole na espuma do gargalo da garrafa.

— Não acho que possa começar uma frase com "não acredito" antes de mim.

Ela sorriu.

— Tem razão.

— Achei que estivesse morta. Você tem ideia...

— Olha, pare por aí. Eu me sinto péssima com isso. Preciso de um tempo para me explicar e, quem sabe, você entenderá. Você viu hoje onde eu moro, então sabe que não venho de uma família com dinheiro, não o bastante para ir à faculdade. Não quero entrar em maiores detalhes, mas moro só com o meu pai. Ele é velho para um pai, tem quase setenta anos. Ele escreveu para a televisão cerca de trinta anos atrás, na Califórnia.

Ele diz que escreveu um Twilight Zone, *mas não sei se é verdade. Agora, tudo o que ele faz é beber cerveja, fumar maconha e fazer apostas. Meu Deus, isso parece algo... tadinha de mim, não é? Mesmo assim, para resumir, nenhuma mãe por perto, um pai velho terrível que vive com dívidas, e uma "eu", que achava que talvez pudesse ir à Mather College para tirar um diploma de dois anos depois do colégio. Se tivesse sorte.*

— Então você conheceu Audrey Beck. Por causa do grupo de debates — disse George.

Ela inspirou profundamente.

— Isso. Você já descobriu tudo, detetive Foss. Fiquei amiga de Audrey, colega, na verdade. Nós nos encontrávamos naquelas reuniões de estudos. Ela disse que tinha gostado dos meus brincos; eu disse que adorei a calça jeans dela, essas coisas. Ela também me falou como os pais dela a estavam obrigando a ir para a faculdade, embora o que ela quisesse fosse ir para uma casa de praia que o namorado e a banda dele estavam alugando. Contei que eu daria tudo para ir para a faculdade, mas não tinha dinheiro. Também falei que meu pai não notaria se eu colocasse um namorado dentro do meu quarto. Então bolamos um plano. Não, não é verdade. Bolamos uma fantasia, ambas dizendo como seria maravilhoso se pudéssemos trocar de lugar. Se eu tivesse os pais dela, poderia ir para a faculdade e todos ficariam felizes. Se ela tivesse o meu pai, poderia morar com o namorado na praia. Isso foi em maio. Então nós duas nos formamos no segundo grau, e não soube mais dela até agosto.

— O que você fez durante o verão? Quais eram seus planos?

— Estava trabalhando como atendente em um restaurante chamado Riverview, como tinha feito nos últimos dois anos. Eu me inscrevi numa faculdade gratuita da região. Era muito ruim, mas o que eu podia fazer? Então Audrey me ligou. Falou que tinha decidido não ir para a faculdade. Que em vez disso queria ir para West Palm Beach, e, quando ela não aparecesse na faculdade, seus pais descobririam tudo. Então ela disse que eu deveria ir no lugar dela. Eu tinha meu próprio carro. Podia falar para o meu pai que tinha resolvido ir embora — ele não daria a mínima

mesmo —, e poderia ir de carro até Connecticut, fazer a matrícula como Audrey Beck, e ninguém saberia. Ela combinaria um horário para ligar todas as semanas para os pais dela, fingindo que estava na faculdade. Se eu recebesse uma ligação dos pais dela, fingiria ser uma colega de quarto e pegaria o recado, então transmitiria para a Audrey na Flórida. Parecia plausível... digo, era plausível. Fizemos isso, e funcionou. — Liana travou os dentes e olhou diretamente para George. — E acho que continuaria funcionando...

— Mas Audrey morreu.

— Isso. Audrey morreu. Então eu morri. — Um dos olhos de Liana brilharam contra a luz do jukebox. Patsy Cline cantava algo sobre passear depois da meia-noite.

— O que aconteceu?

— Quer dizer com Audrey?

— Isso.

— Ela me ligou quando voltei para a Flórida. Ela tinha voltado para Sweetgum. Nós nos encontramos. Aqui, na verdade. Ela estava um trapo. Sem maiores surpresas, o namorado dela se mostrou um grande filho da mãe. Ela disse que ele só gostava de usar drogas e transar. Disse que ele tentou convencê-la a trepar com a banda inteira. Acho que a gota d'água foi que havia traficantes na cola deles por causa de dinheiro. Parecia um pesadelo. Ela me perguntou sobre a Mather College, e eu contei a ela como era. Não menti, disse que tive um ótimo semestre e falei sobre você. Deu para notar que ela se deu conta de que tinha cometido um grande erro, e acho mesmo que ela cometeu. Acho que ela ainda estava usando drogas naquela noite — ela parecia estar doidona de alguma coisa quando veio me encontrar —, então ficou bêbada. Ela queria ir para a faculdade no segundo semestre.

— Ela achou que ninguém notaria?

— Eu sei, mas ela não estava pensando direito. Disse a ela que não seria possível, que ela não podia, simplesmente, aparecer por lá, falando para as pessoas que era a verdadeira Audrey Beck. Falei que eu poderia

parar de ir no lugar dela, se era o que ela queria mesmo, mas que ela poderia se transferir para outra faculdade. Foi assim que terminou a conversa. Ela estava transtornada. Acho que ela pensou mesmo que poderia voltar para a vida que ela havia trocado. Nós nem somos assim tão parecidas.

— Não mesmo.

— Então foi isso. Ela foi para casa e eu também. Foi nessa noite que ela morreu.

— Então, acha que ela se matou?

— Ela estava muito bêbada, então acho que ela pode ter estacionado o carro na garagem e desmaiado. Não soube de nada até dois dias depois. É óbvio que eu já tinha decidido não voltar para a Mather. Eu estava pensando em ligar para você e para Emily. Então ela morreu, e eu não sabia o que fazer.

— Meu Deus — disse George, acendendo um cigarro. A cerveja já tinha acabado e sua cabeça estava girando um pouco, mas algo na história dela não fazia sentido. — Como você se sentiu quando ela disse que queria o nome dela de volta? Você deveria estar planejando voltar para a faculdade.

— Bem, eu estava, mas, ainda assim, sempre soube que seria temporário. Ser Audrey era temporário. Eu tinha me tornado uma pessoa diferente, uma pessoa que eu queria ter sido — você sabe, na faculdade, tirando boas notas, com um namorado, um namorado como você —, mas era como se eu tivesse uma doença secreta, ou como se tivesse esse relógio dentro de mim, batendo como um coração, e a qualquer momento o alarme do relógio me despertaria e Audrey Beck não existiria mais. Ela morreu e eu tive que voltar a ser Liana Decter. Meu Deus, parece um sonho agora, o semestre inteiro.

— Deve ter sido estranho.

— E bom. Foram bons momentos, não foram?

— Talvez pudesse voltar de alguma maneira. Como você mesma. Você estava indo muito bem.

Liana riu.

— Acha que eles me perdoariam por ter falsificado minha identidade? Acha que os pais de Audrey me perdoariam? Eles pagaram a faculdade para uma estranha.

— Os pais dela já sabem que Audrey não foi para a Mather. Quero dizer, todos sabem, a polícia também.

— É, eu ouvi falar. Achei que a coisa viria à tona. Eu não tinha certeza...

— Mas graças a mim...

— Graças a você e sua devoção inabalável. — Ela estendeu os braços, colocando uma das mãos no rosto dele. Ficaram em silêncio por um momento. A cerveja e a proximidade entre eles dissolveram qualquer senso de realidade em George e o fizeram esquecer de tudo sobre o que falavam.

— Sinto a sua falta. Senti a sua falta — disse George.

— Também sinto a sua.

— Posso beijar você?

— Tudo bem.

— Meus lábios estão um pouco machucados.

— É, eu percebi. Não tem problema.

Eles se beijaram, gentilmente, no canto escuro do bar, e uma música mais agitada substituiu a canção de Patsy Cline.

— Você não me contou a história toda — disse George.

— Eu sei. Mas antes me conte como foi na faculdade. Como as pessoas reagiram?

Ele contou a ela sobre os dois dias que passara na Mather, sobre descobrir por Emily, sobre o funeral improvisado no Barnard Hall, a reunião dele com a reitora, como Kevin quase acabara com a raça dele. Liana ouviu tudo atentamente, com os lábios separados, os olhos mais arregalados que o normal.

— É como se pudesse ver o próprio funeral — disse ela. — É meio que fascinante, mas de uma maneira mórbida.

Então ele lhe contou sobre sua viagem para a Flórida, e o que acontecera durante os últimos dois dias. Quando chegou à parte sobre ter ficado de tocaia na casa de Liana, George disse:

— Agora me conte sobre aquele cara que estava lá.

— Dale.

— Isso, Dale.

— Tudo bem. Acho que você merece uma explicação, mas você não vai gostar muito.

— Ele é amigo seu?

— Mais ou menos.

— Ele é seu namorado?

— Não exatamente, mas de certa forma. Deixe-me explicar. Em primeiro lugar, como eu disse, meu pai gosta de jogos de azar. Demais até. Ele costumava ir a corridas, mas, depois, começou a apostar em esportes por meio de um agente de apostas em Tampa. Para falar a verdade, eu nem sei o nome do cara para quem ele liga, mas ele costumava ficar ao telefone o tempo todo, mais do que quando eu era adolescente. Ele devia muito dinheiro, e, quando não pagava, uns caras bem sinistros apareciam lá em casa. E um desses caras...

— Era Dale.

— Exato. Ele era um coletor e costumava aparecer com frequência. Parece que ele é muito bom em causar dor sem deixar marcas.

— Não foi o que ele me disse. Ele disse que haveria marcas.

Liana apertou o antebraço dele.

— Sinto muito por ter lidado com ele. Tenho certeza de que não deve ter sido nada agradável. Ele não aparecia fazia algum tempo. Não esteve por perto no verão anterior à faculdade, porque meu pai tinha começado a ir ao Apostadores Anônimos. Foi um dos motivos de eu ter achado que podia ir para a Mather. Disse ao meu pai que faria uma viagem cruzando o país com uma amiga e que eu ligaria sempre para dar notícias. Ele disse que ficaria bem. Fiz com que ele prometesse que continuaria indo ao Apostadores Anônimos, mas ele não cumpriu.

— Por isso que Dale voltou?

— Em parte, sim, mas ele também estava à minha procura. Posso pegar um? Estou sem. — George acendeu um cigarro para ela. — Essa é a parte que acho mais difícil de falar — continuou ela. — As coisas ficaram bem feias por um tempo, e devíamos muito dinheiro. O papai devia, na verdade, mas eu sentia como se fosse meu problema também. Dale estava falando em machucá-lo para valer, talvez até matá-lo. Dale me conhecia, pois sempre vinha à nossa casa. E ele gostava de mim. Então, acabou que um arranjo foi feito.

— Que tipo de arranjo?

— O que você acha?

— Caramba.

— Pois é...

— Quantos anos você tinha?

— Quando começou, dezesseis, mas depois fiz com que meu pai parasse com as apostas por quase todo o meu último ano na escola, então Dale não aparecia tanto.

— Meu Deus.

— Você acha que eu sou doente?

— Não... sim, acho que isso é doentio. Acho que Dale é um doente e seu pai também. É terrível. Meu Deus, sinto muito. Por você.

— Bem, não era o fim do mundo, mas agora acabou. Meu pai vai parar de apostar — ele já parou. O Dale vai parar de aparecer...

— Você e ele, no Natal...

— Sim, foi por isso que ele apareceu, mas não, nada aconteceu. É estranho, porque mesmo sendo por meio de coerção, de uma maneira doentia, ele acha mesmo que sou a namorada dele. Ele me protege. Por isso que ele foi atrás de você esta tarde. Meu pai viu o seu carro lá fora pela janela e ligou para Dale, e Dale fez isso com você. Eu nem estava em casa hoje.

— Deve ter alguma coisa a ser feita a respeito disso.

— Não se preocupe. Já acabou. Vamos falar de outra coisa ou vamos embora daqui. Este lugar é deprimente.

Eles ficaram do lado de fora, no estacionamento escuro, com um céu estrelado acima deles. Liana parou o carro dela ao lado do de George, e ficaram abraçando-se e beijando-se. George sentiu como se estivesse a um milhão de quilômetros e a um milhão de anos de distância de sua vida.

— Só vou desejar boa noite hoje se eu souber que vou poder ver você amanhã — disse ele.

— O.k. Mas uma hora você precisa voltar para a Mather.

— Não sei. Quem sabe eu possa ficar aqui com você.

— Não vou deixar você ficar aqui. Não me importa quanto goste de mim, isto não é lugar para ninguém.

— O quê? Flórida? Ou com você?

— Os dois.

— A Flórida não é tão ruim. Onde mais se pode comprar fogos de artifício e laranjas no mesmo lugar?

— Ah, fogos de artifício e laranjas. A definição perfeita do meu estado. Vou lhe contar uma coisa: as laranjas não são tão boas quanto se anuncia por aí. Eu costumava passar de carro por uma fábrica de suco, e você não faz ideia de como esses lugares cheiram mal. Fez com que eu nunca mais quisesse ver uma laranja na frente, quanto mais tomar um copo de suco de laranja. E nem vou falar dos fogos de artifício.

— O que você tem contra fogos de artifício?

— Eles não têm sentido. Um monte de gente com cara de pastel vendo umas explosões idiotas no céu. Alguns clarões de luz e o QI de todos cai, pelo menos, vinte pontos.

— Não me lembrava de você ser tão cética.

— Agora você está conhecendo meu verdadeiro eu.

Ele a abraçou ainda mais forte e ela beijou o pescoço dele.

— Você virá me ver amanhã no hotel em que estou hospedado? — perguntou George.

— Prometo. Que horas você quer que eu passe lá?

— Assim que puder.

— Estarei lá por volta de meio-dia. Podemos almoçar.

— Está bem. E podemos conversar sobre as opções.

— O.k. Opções. Gosto de opções.

— Poderíamos nos mudar para algum lugar juntos, mas não agora. Acho que a polícia vai querer saber o que aconteceu entre você e Audrey.

— Eu sei. Cuidarei disso depois — disse ela.

— Não, nós cuidaremos disso.

— Certo. Nós.

Liana entrou em seu carro primeiro. Ela abaixou o vidro, e George se abaixou para dar-lhe um beijo de boa noite.

— Você ainda não me chamou pelo meu nome.

— Boa noite, Liana — disse ele, antes de ela ir embora. — Parece estranho.

— Bem, esse é o meu nome verdadeiro. A verdade é que prefiro Audrey. Ainda pode me chamar de Audrey, se preferir.

— Não, quero chamar você por seu nome verdadeiro.

Ele observou as luzes de trás do carro dela diminuindo conforme ela se afastava da entrada de cascalho, então cortou pela faixa apagada que corria ao longo do pasto. Perguntou-se mais tarde naquela noite se ela havia continuado a dirigir durante a noite toda, até onde quer que ela fosse, ou se tinha parado mais uma vez na casa do pai.

CAPÍTULO 19

Uma batida rápida na porta o acordou. George ficou parado por alguns instantes, confuso, com os acontecimentos dos dias anteriores rapidamente tirando-o do conforto. Eram como reminiscências de um sonho, tirando o fato de que eram reais e acentuados pelas batidas que vinham do outro cômodo. Ninguém em sua vida anterior aparecia sem avisar com antecedência, principalmente em uma terça-feira de manhã.

Ele colocou um roupão, apesar de sua pele ainda estar suada e grudenta por causa da umidade do quarto. Na exaustão da noite anterior, ele tinha esquecido de ligar o ar-condicionado; o ar em todo o apartamento estava tão pesado quanto o de uma sauna. Ao passar pela sala, a cabeça e o estômago dele pareciam estar vazios; não se lembrava de quando havia comido pela última vez. Mais uma forte batida, sete toques desesperados; ele esperava que fosse a polícia, não Bernie MacDonald ou Liana vindo para concluir o serviço.

— Quem está aí? — perguntou ele pela porta trancada.

— Karin Boyd. — Levou um momento para que ele identificasse o nome, não porque havia se esquecido da sobrinha de MacLean, mas pelo fato de ainda estar pouco descansado devido à profunda inquietude do sono da noite anterior. Ele abriu a porta e estava prestes a convidar Karin para entrar, mas ela avançou e entrou por conta própria.

— Estou aqui há vinte minutos — disse ela.

— Sinto muito. Vamos entrando — disse ele, fechando a porta.

O rosto dela estava vermelho de raiva, e sua mandíbula parecia completamente travada.

— Você soube o que houve com DJ — disse George.

— Eu o vi esta manhã. Ele tem sorte de estar vivo. — O tom de voz de Karin sugeria que George tinha sido o homem que o atropelara.

— Ouvi dizer que ele teve uma concussão. Ele se lembra do que aconteceu?

— Ele lembra de seguir e encontrar você. Disse que você ia contar a ele tudo o que sabia, mas, logo depois, ele não se lembra de mais nada. A polícia disse que vocês foram atacados.

— Fomos atacados pelo homem que provavelmente matou seu tio. Olha só, preciso fazer um café para mim e preciso me sentar. Entre e sente-se. Não vou ficar enrolando você. Estou do seu lado agora.

Na escola, ele sofrera um ano inteiro com as regras tirânicas de uma garota um ano mais velha. Ela costumava olhar para ele com a mesma expressão de raiva gratuita que Karin Boyd demonstrava naquele momento. George saiu de perto dela e caminhou até a cozinha.

— Sente-se onde quiser — disse ele, e ficou aliviado quando ela o seguiu e se sentou na beirada de uma das cadeiras arranhadas por Nora. — Quer alguma coisa? Um copo de água?

Karin recusou e ele entrou na cozinha, encheu uma caneca com água e a bebeu. A cafeteira, ainda no aquecedor, tinha quatro dedos do líquido negro que estava lá fazia vários dias. Ele despejou esse resto na caneca, então acrescentou gelo e leite antes de voltar à sala de estar. Karin estava observando o apartamento dele com um olhar de desdém, ou talvez aquela fosse sua expressão de sempre.

— Igual à casa de seu tio — comentou ele, então arrependeu-se imediatamente por tê-lo dito.

Ela levantou uma sobrancelha.

— É uma boa localização — disse ela, aparentemente inabalada pela tentativa de piada de George.

— Sim, é mesmo. Como soube de DJ? — perguntou ele, sentando-se.

— Ele deveria se encontrar comigo ontem, mas nem entrou em contato. Finalmente, liguei para a detetive James ontem à noite e ela me inteirou de tudo. Ela me disse que o reteve para um interrogatório, mas que o liberou. Vim aqui direto do hospital para ouvir o que você tinha a dizer para Donald.

Karin cruzou, descruzou e cruzou novamente as pernas enquanto falava. Ela estava vestida de maneira mais informal do que da última vez em que George a vira — uma saia preta curta e uma camiseta polo azul desbotada. O cabelo estava preso em um rabo de cavalo, e o rosto estava sem maquiagem. Quando começou a conversar, as cores foram tomando seu peito e bochechas. A pele dela era de uma cor delicada, branca com leves tons azulados, e George imaginou que ela evitava o sol.

— É provável que fique decepcionada. Não tenho muito que dizer, mas vou dizer o que sei. Já contei tudo à polícia.

— Imagino que não contou à polícia onde Jane Byrne está atualmente.

— Teria contado se eu soubesse. Mas não tenho a menor ideia. Meu palpite é que ela pegou tudo que estava no cofre do seu tio e agora está bem longe daqui. O único motivo pelo qual eu acho que talvez esse não seja o caso é que o parceiro dela ainda está na área.

— Foi ele que atacou vocês ontem à noite?

— Eu acho que sim. Digo, eu sei que sim, mas não o vi direito.

— Como sabe que não foi Jane?

— O carro era igual ao que o vi dirigindo antes... Devo começar do início?

— Tudo bem.

Pela terceira vez em vinte e quatro horas, George contou a história inteira, tudo o que tinha acontecido com ele desde que vira Liana novamente, na sexta-feira à noite. Como a detetive James, Karin estava particularmente interessada na cabana abandonada em New Essex a na outra casa na estrada, onde ele havia conhecido a jovem travada.

— Você acha que é lá onde eles estão se escondendo? — perguntou Karin. Ela ainda estava na beirada da cadeira.

No curso de seu relato, o sol havia começado a se pôr no oeste, o suficiente para entrar pelas estreitas janelas da sala e iluminar metade do rosto dela, fazendo uma de suas pequenas orelhas parecer quase translúcida com a luz.

— Como eu disse, não vejo motivo algum para eles estarem se escondendo por aqui, a menos que um deles tenha ferrado o outro. Acho possível que a casa perto da cabana fosse onde eles estavam se escondendo. Faz sentido. Digamos que um dos dois saiba quem mora lá. Eles encontraram a cabana aos pedaços e a usaram como palco para criar a cena em que eu encontraria Bernie MacDonald fingindo trabalhar para o seu tio. Ele me assustou o suficiente para eu concordar em ajudar Liana... Jane. Se alguém voltasse lá, como eu fiz, só veria um barraco perto da água.

— Você me levaria até lá?

George sabia que a pergunta seria feita, mas ainda não tinha decidido como responder-lhe. Apesar de uma noite inteira de sono, ele estava exausto e com os nervos à flor da pele. Embora ainda estivesse curioso quanto ao paradeiro de Liana e dos diamantes do cofre, sentia-se aliviado com a decisão de ter dito tudo o que sabia às autoridades.

— Posso dizer onde fica — disse ele. — Ou, ainda melhor, podemos dizer aos detetives o que estamos pensando. Deixe que eles vão.

— Mas você já contou tudo a eles, certo? Você contou sobre a cabana e sobre a casa perto dela. Se eles quiserem ir, eles irão.

— Então vamos deixá-los ir no nosso lugar — propôs George.

— Mas é uma possibilidade remota, certo? Talvez não seja nada. Não custaria nada irmos até lá.

— Posso lhe contar onde fica.

— Acho que não quero ir lá sozinha. Eu me sentiria mais tranquila se você fosse comigo.

— Olha...

— Penso que você me deve essa. Meu tio está morto, e você é parcialmente responsável. Se Donald estivesse bem o bastante, eu iria com ele, mas você também é responsável por isso.

A voz dela ficou bem aguda, e George percebeu que, com ou sem razão, ela o havia elegido como um dos principais atuantes no crime que tinha ocorrido.

— Eu levo você — disse ele. — Mas, se alguém estiver lá ou eu vir um carro suspeito, daremos meia-volta imediatamente e chamaremos a polícia.

— Tudo bem.

— Preciso de um tempo para me preparar. Tenho algumas ligações a fazer.

Karin olhou o relógio, como se estivesse decidindo se concederia ou não a ele os minutos que ele pedira.

— Eu espero — disse ela.

George escovou os dentes no banheiro, passou as mãos molhadas no cabelo e colocou uma camada extra de desodorante em vez de tomar um banho. No quarto, enquanto se trocava, ligou para o escritório, pediu para falar com a recepcionista e disse que ainda estava doente e não iria até lá. Então ligou para o celular de Irene; depois de vários toques, ela atendeu.

— Onde você está? — perguntou ele.

— Na estrada. Minha irmã e as crianças foram visitar meu pai em Rochester, então é para lá que eu vou. Você colocou minha vida em perigo em boa hora.

Ela parecia inegavelmente contente, e ele preferiu não mencionar o incidente que havia acontecido do lado de fora do prédio dela na noite anterior.

— Dirija com cuidado, está bem?

— Pode deixar. Tudo tranquilo com você?

— Tranquilo como um grilo. Liguei para o trabalho dizendo que estou doente, mas só porque estou exausto. Mande um oi para a sua família por mim.

— Mando, sim.

Karin havia estacionado seu carro, um Audi cinza metálico, na frente do prédio de George, em uma vaga para moradores. George entrou cautelosamente no lado do passageiro, ainda sensível no lugar onde Bernie o havia socado. Era um dia perfeito de fim de verão, com a temperatura tendo caído cerca de cinco graus, e a umidade não estava desconfortável. Karin ligou o carro e os dois vidros das janelas, automaticamente, desceram um pouco antes de ela sair da vaga.

— Você sabe chegar a New Essex? — Indagou ele.

— Sei chegar ao centro da cidade. De lá você me dá as indicações.

Os dois permaneceram em silêncio enquanto Karin furava o trânsito da manhã de terça-feira em Boston, que mais parecia um formigueiro. Havia um engarrafamento onde a Norte 93 desembocava na 95, e Karin xingou e reclamou, como se New Essex fosse desaparecer a qualquer instante. Mas, assim que chegaram em segurança à 95, as estradas se abriram e o silêncio no carro tornou-se perceptível.

— Como está a sra. MacLean? — perguntou George. — Sinto muito. Não me recordo do nome dela.

— É Teresa. Tracy. Ela teve uma pequena recuperação. Ainda está morrendo, é claro, mas está temporariamente bastante lúcida. Na verdade, é uma pena, porque tivemos que contar que seu marido havia morrido. Preferimos não contar que ele tinha morrido na própria casa. Dissemos que foi um ataque cardíaco, e agora estamos rezando para que ela não melhore a ponto de começar a procurar nos jornais ou assistir à televisão. Ela ainda está sofrendo e ainda está morrendo, mas agora ela pode piorar por causa do sofrimento emocional também.

— Você é próxima dos dois.

— Eu era próxima do meu tio. Eu era a filha inteligente que ele nunca teve, aquela que fez um MBA. Na verdade, eu trabalhava na Lehman Brothers durante o *crash*. Meu tio, talvez por culpa, ofereceu esse emprego de assistente para mim, já que eu não conseguia achar um trabalho. Foi uma bela promoção, eu acho.

— Como assim, "por culpa"?

Houve uma nítida pausa antes de Karin voltar a falar.

— Não sei ao certo se meu tio fazia alguma coisa ilegal, mas, no clima econômico antes da crise das hipotecas, ele ganhou uma quantia absurda de dinheiro. É possível que algumas pessoas tenham sofrido enquanto ele enriquecia. Então pode ter rolado algum sentimento de culpa. Já estou falando demais.

— Ele fez um esquema Ponzi?

— Onde ouviu isso?

— Não ouvi — mentiu George. — Apenas me parece o tipo de coisa que você estava descrevendo.

— Mais ou menos, eu acho. Acredito que essa história ficará entre nós.

— Não há dúvida quanto a isso. Não me interessa como seu tio ficou rico.

Eles conversavam em meio ao barulho do vento que entrava pelas frestas dos vidros. Karin apertou um botão para levantar e selar as janelas. De repente, o carro tornou-se um espaço praticamente livre de sons. Ela mexeu nos controles de temperatura, colocando o ar-condicionado no baixo. Novamente, ficou calada. George notou que ela estava incomodada em falar sobre a fortuna do tio, mas ele estava interessado. Afinal de contas, era o dinheiro de MacLean que tinha criado o elo entre todos.

— Seu tio mantinha todos os diamantes no cofre em Newton? — perguntou ele.

— Meu Deus, não. Mas muitos ficavam lá. Imploramos para que ele não fizesse aquilo, que os colocasse num cofre de banco, mas aqueles diamantes se tornaram uma paixão para ele, e ele gostava de pegar alguns para admirá-los. Ele os colecionava por cor; vinham em várias cores, sabe, não só branco.

— Tudo o que sei sobre diamantes é que eles custam uma fortuna.

— Sim, e são fáceis de roubar e de vender.

— E são uma maneira fácil de esconder uma quantia dessa em dinheiro.

— Olha, mesmo que muitos de seus métodos fossem não muito que éticos, meu tio ganhou muito dinheiro de forma legítima, por meio de suas fábricas de móveis e investimentos. Acha que só estou indo atrás disso por causa do dinheiro no cofre?

— Imaginei que esse fosse um dos motivos.

— Meu tio foi enganado, roubado e assassinado. Quero encontrar o patife que fez isso. Faria isso mesmo que ele tivesse uma coleção de trenzinhos de sua infância naquele cofre.

— Entendo. Eu me sentiria da mesma forma.

— Além do mais, aquele não será meu dinheiro se o recuperarmos. O dinheiro irá para sua mulher, e só Deus sabe o que está estipulado no testamento dela.

Conforme a voz de Karin foi ficando aguda, George notou um aumento proporcional na velocidade do Audi. Eles estavam facilmente em torno dos cento e cinquenta por hora quando ele apontou a saída para New Essex. Ela, habilmente, cruzou três faixas de trânsito e entrou numa curva fechada na saída da rampa. Ele indicou as direções para ela chegar ao centro de New Essex e, depois, para sair dele. Assim que entraram na Estrada da Praia, ele avisou para que ela ficasse de olho na igreja de pedra. Ela baixou os dois vidros novamente, e o carro foi preenchido pelo cheiro da maré que vinha do oceano. George olhou para o Atlântico, com reflexos do sol e um azul brilhante. Mesmo sendo uma terça-feira, uma porção de barcos à vela estava no mar, com vários velejadores aproveitando a alta pressão atmosférica que tinha anulado uma semana inteira de umidade sufocante.

George, subitamente, foi tomado por pânico. Embora acreditasse que a casa e a cabana na Captain Sawyer Lane provavelmente não dariam em nada, considerou a possibilidade de que não fosse assim, e que Bernie MacDonald estaria esperando por eles, armado com sua espingarda. Ele relembrou que, se houvesse qualquer sinal de vida, tanto na casa quanto na cabana — o carro de Bernie, por exemplo —, eles voltariam e iriam embora. Chamariam a polícia. Mas algo mais motivava George, e ele percebeu que era Liana. Havia uma chance de vê-la de novo, uma chance mínima de que ela estivesse sendo coagida por Bernie MacDonald, e George, apesar da falta de qualquer evidência, ainda tinha a esperança de que Liana precisava dele.

Era uma esperança que ele nutria havia duas décadas.

Passaram pela igreja, com seu pequeno estacionamento sem carro nenhum. George apontou para a Captain Sawyer Lane, então Karin diminuiu a velocidade e fez uma virada brusca. Mesmo com o brilho do dia, a estrada ficava escura por causa da copa das árvores. Karin pegou um dos buracos com muita força e o fundo do carro foi arranhado. Ela desacelerou tanto que pareceu rastejar.

— Quer ver a cabana? — perguntou ele.

— O lugar abandonado?

— Sim, perto do píer.

— Não. Vamos direto para a casa onde você viu a garota. Se for o fim da linha, podemos dar uma olhada na cabana.

Ele apontou para a entrada da casa e lá ela entrou. Como antes, folhas de capim alto brotavam em meio ao cascalho e à terra. A casa com deque estava mais escura e apagada que nunca. A garagem estava fechada e não havia nenhum carro estacionado na frente; as janelas pareciam marrons e brancas como as paredes, e, tirando o fato de estarem em condições relativamente boas, parecia tão abandonada quanto a cabana perto da água.

— Quando esteve aqui da última vez, havia algum carro na frente? — perguntou Karin, com a voz levemente trêmula. A floresta sombria a deixara nervosa.

— Não. Estava desse mesmo jeito.

Eles estacionaram e os dois saíram do carro. George esperava que o clima estivesse mais fresco por causa da escuridão provocada pelos pinheiros, mas o ar estava abafado, como se a umidade da semana anterior tivesse ficado presa, de alguma forma, entre as árvores muito juntas. Mesmo sendo tão perto do oceano, não havia nenhuma brisa perceptível. Eles caminharam até a porta juntos, e George tocou a campainha. Igual à outra vez, ele ouviu um gongo profundo vindo de dentro da casa. Eles esperaram em silêncio por meio minuto. Ele tocou a campainha novamente e encostou o rosto em uma das janelas estreitas que ornavam as laterais da porta. A casa tinha um andar dividido ao meio; uma soleira acarpetada levava a duas pequenas escadas, uma indo para cima e a outra para baixo. Nada se movia lá dentro.

Karin tentou a maçaneta, mas a porta estava trancada. Eles se entreolharam.

— Acha que deveríamos olhar por outras janelas? — perguntou ele.

— Eu ia sugerir que invadíssemos.

— Vamos dar a volta na casa, ver se tem alguma coisa aberta ou se há alguém aí. Você vai por aquele sentido e eu, por aqui, depois nos encontramos do outro lado.

— Por que não ficamos juntos? — disse Karin. — Este lugar me dá arrepios.

Começaram a rodear a casa, movendo-se em sentido horário. A porta da garagem estava trancada, então eles continuaram a volta. Havia um pequeno jardim que separava a lateral escura da casa da divisa com a floresta, mas o jardim parecia não ser cuidado desde o inverno: a grama dava na altura dos joelhos e estava cheia de ervas daninhas. George embrenhou-se na grama, andando com o pé bem rente ao chão para pressioná-la enquanto caminhava. Pequenas nuvens de insetos subiram da vegetação rasteira. Karin, logo atrás dele, disse:

— Eu odeio essa merda de natureza.

— Tudo dela? — perguntou George.

— Não me importo de olhar para ela, mas não gosto de entrar nela.

Havia apenas uma janela em toda essa lateral da casa, uma moldura retangular horizontal com uma janela de madeira coberta de musgo e um pouco de vegetação esparsa brotando dela. Empilhados ao lado da fundação estavam vários engradados plásticos de leite e um palete de madeira que estava preto de tão podre e mofado.

— Se eu subir num engradado — começou George —, talvez consiga dar uma olhada pela janela.

Ele levantou um dos engradados, expondo parte do solo úmido e preto onde o objeto havia sido deixado. Uma pequena cobra verde saiu de uma fissura na fundação. Karin soltou um grito engasgado e agarrou o braço de George.

— É só uma cobra garter — disse ele. — O réptil oficial de nosso estado.

— Não dou a mínima. Eu estou de sandália. Vamos logo para os fundos ver se há alguma janela mais baixa para espiarmos.

George concordou e colocou o engradado de lado.

O pequeno jardim nos fundos estava igualmente abandonado ao mato, com um pátio de tijolos que rodeava toda a extensão da casa. Espalhados sobre os tijolos, quase todos quebrados, estavam os detritos de um pátio que já fora mobiliado. Uma mesa circular com tampo de vidro estava coberta com uma fina camada de água preta; duas das cadeiras estavam caídas de lado. Uma grande grelha de churrasco havia sido esquecida há muito tempo; as alças e os pés metálicos dela tinham marcas de ferrugem, e uma colmeia abandonada havia sido criada na junção dos pés. Entre o pátio e a casa havia uma grande porta dupla de vidro. Karin foi até ela para tentar abri-la, mas estava trancada. Os dois olharam através do vidro para a sala da casa. O estado do pátio fez George crer que o interior deveria estar nas mesmas condições, mas a sala parecia habitável. Era um cômodo de teto baixo com vários móveis grandes acolchoados, uma parede cheia de livros e uma lareira de tijolos. Uma mesa de centro na frente do sofá estava cheia de copos, cinzeiros e pratos sujos.

— Isso já é alguma coisa — disse Karin, forçando a porta novamente.

— Acho que deveríamos ir embora — disse George.

— Por quê? Não tem ninguém aqui. Se encontrarmos algo que pareça ter sido deixado pelos seus amigos, nós chamaremos a polícia.

George segurou a alça e puxou com força. Não parecia estar trancada, mas apenas obstruída; ele foi capaz de abrir um pouco a porta, o suficiente para ver que ela estava meio fora do trilho. Ele se agachou e olhou para ver o que dava para fazer. Uma fina cavilha havia sido colocada no local. Pedindo que Karin desse um puxão a mais na porta, ele observou a cavilha entortar e sair do trilho. Ao notar que seria uma má ideia, George decidiu que não faria mal algum se eles dessem uma olhada rápida na casa.

— Acho que podemos quebrar isso aqui — disse ele —, se puxarmos forte o bastante.

Pegaram uma alça cada um, fincaram os pés no chão e jogaram todo o peso para quebrar a frágil medida de segurança de madeira. Houve certa resistência por um breve momento antes de ouvirem um surpreendente estalo, e a porta se abriu. George caiu de costas no pátio, e Karin caiu em cima dele. Ela rolou desajeitadamente para o lado e os dois riram sem graça.

George gritou "olá" dentro da casa, mesmo tendo quase certeza de que estava vazia. Ele deu um passo adentro, Karin logo atrás dele, e esperou até que seus olhos se ajustassem à pouca luminosidade. O ar tinha um cheiro de urina com alguma coisa de fundo, alguma coisa podre. Ele caminhou até a mesa de centro, coberta com vários pratos sujos, alguns manchados com o que pareciam ser restos de comida, algumas guimbas de cigarro e cinzas. Em cima de uma caixa de cigarro estava um par de colheres, as duas com círculos enegrecidos no meio, o que George presumiu ter sido pelo preparo de cocaína ou heroína. Ele estava tentado a mexer nas colheres e abrir a caixa de cigarro, mas um instinto o impediu de tocar em qualquer coisa naquela sala.

Karin entrou na cozinha, que era ligada diretamente à sala de estar. George pôde vê-la por uma abertura entre os dois cômodos. Ela estava parada e olhando em volta.

— O que tem na cozinha? — perguntou ele.

— É nojento — disse ela.

— Nenhum diamante bruto?

— Pelo que dá para ver, não.

George fuçou em um interruptor para ver se ainda havia eletricidade na casa. Um ventilador de teto começou a girar, e ele o desligou.

— Tem eletricidade — disse ele. — Quer dar uma olhada por aqui e checo os outros cômodos?

Karin voltou para a sala. Os braços dela estavam bem firmes ao lado do corpo, como se ela temesse entrar em contato com a podridão do lugar caso os levantasse.

— Por que você sugere toda hora que nos dividamos? Não vou andar nesta casa sozinha. Vamos olhar por aqui primeiro.

Um corredor saía diretamente da sala. Sem janelas, era completamente escuro, e, quando George mexeu em outro interruptor, duas das três luzes embutidas se acenderam no teto rebaixado. As paredes eram recobertas por uma tinta cinza, e não havia quadros nelas. O carpete, que, até onde ele podia ver, cobria todo o pavimento superior da casa, era de um profundo verde-floresta. Ele não pôde deixar de pensar na imundície que estaria escondida por aquela cor escura. No fim do corredor, havia duas portas, uma de frente para a outra. Uma estava aberta, e George se inclinou para espiar. Era um quarto com papéis de parede floridos, cobertos com pôsteres colados e fotografias emolduradas. Ele entrou e Karin o seguiu. Parecia ter sido o quarto de uma adolescente. Os pôsteres nas paredes eram de bandas, e as fotografias eram de grupos de garotas com vestidos de formatura ou uniformes de hóquei. Havia uma pequena escrivaninha no canto e em cima dela um quadro de avisos cheio de imagens recortadas de revistas de famosos. No outro canto estava uma cama de solteiro, mas, em vez de estar feita com lençóis e cobertores, tinha apenas um saco de dormir acolchoado e um travesseiro sem fronha.

— Você viu a mulher que morava aqui — disse Karin. — Quantos anos acha que ela tinha?

— É difícil dizer. Ela é algum tipo de viciada em drogas, então, até onde eu sei, devia ter seus vinte anos, mas aparentava uns quarenta. Não era nenhuma adolescente. Disso eu tenho certeza.

Karin estava próxima da mesa. Ela pegou um caderno espiralado e observou sua capa.

— O nome Kathryn Aller significa alguma coisa para você?

George disse-lhe que não.

Karin recolocou o caderno no lugar.

— Acha que devemos continuar vasculhando a casa?

Eles voltaram para o corredor, onde George abriu a porta em frente ao quarto. Os dois ficaram imediatamente chocados pelo cheiro pútrido. Era uma pequena lavanderia, mais suja do que tudo que eles viram na casa. Além de uma lavadora e secadora nojenta, o chão de cerâmica do ambiente era lotado de latas de lixo, todas transbordando com sacos. Um dos sacos abarrotados tinha caído no chão e estava aberto. Uma gosma preta não identificável havia se espalhado, cercada por grandes moscas.

— Acho que esse é o quartinho do lixo — disse George.

— Por que ela não leva isso para fora?

— Eu não sei.

Sem entrar direito no quarto, George colocou a mão na frente do nariz e da boca, curvando-se para olhar melhor. Entre a lavadora e secadora estava uma pia de plástico branca, cheia de mofo preto. Moscas voavam em volta da pia. Contra a parede oposta estava um rolo cilíndrico de plástico do tamanho de um tapete enrolado, com cerca de um metro e oitenta. Cada ponta do rolo estava amarrada com uma corda de náilon amarela. O efeito era de uma bala gigante ainda embrulhada. O quarto era bem iluminado por uma janela acima da pia, mas, mesmo assim, George deslizou a mão pela parede para procurar um interruptor. Quando não conseguiu encontrar um, prendeu a respiração, entrou mais no quarto e puxou uma corda pendurada de uma lâmpada fluorescente; o quarto ficava ainda mais terrível com aquela parca luz.

— O que você está fazendo? — perguntou Karin atrás dele. Quando ele entrou no quarto, ela recuou para o corredor.

— Quero ver o que é essa coisa com jeito de tapete.

Ele se agachou ao lado do rolo de plástico. Mais moscas começaram a voar, e elas se moviam erraticamente em volta do pequeno invólucro, crepitando como fios de eletricidade. Havia muitas camadas de plástico, mas George conseguiu visualizar uma forma preta no meio, com cerca de um metro e setenta de comprimento. Logo ele se deu conta do que era.

— O que você descobriu? — perguntou Karin do corredor.

— Ainda não sei — disse ele, e a inspiração na hora de falar fez com que ele sufocasse.

George inclinou-se sobre o topo do cilindro plástico e apertou aquela forma escura com a mão. Quando o plástico afundou, a imagem do conteúdo ficou bem nítida. Um rosto escuro, a testa visível, além de sombras das órbitas dos olhos. Também era possível ver o cabelo arrepiado na cabeça. George afastou as mãos do plástico, mas só ter mexido no corpo, em seu caixão temporário, fez com que o cheiro pútrido de decomposição se espalhasse pela pequena lavanderia. Ele se levantou e fez menção de ir para o corredor, então parou quando percebeu que não conseguiria evitar. Ele se inclinou sobre a pia de plástico e vomitou. Karin estava estranhamente silenciosa no corredor, mas, quando ele terminou, ela murmurou:

— O que tem ali dentro? É um corpo?

— Sim — disse ele. — Embrulhado em plástico. Temos que chamar a polícia.

Ele abriu a torneira, e ela engasgou várias vezes antes de emitir um fino jato de água. Sabia que não deveria mexer na cena do crime, mas queria desesperadamente jogar um pouco de água na boca antes de ir para bem longe daquela casa. Inclinou-se e encheu a boca com aquela água com gosto de ferrugem, cuspindo-a na pia em seguida. Ele saiu da lavanderia direto para o corredor. Karin deu alguns passos para longe; ela estava com um olhar atônito e brilhante, e ele se perguntou se ela estava em choque.

— Precisamos ligar para a polícia — repetiu George.

— Certo. — Karin olhou em volta no corredor, como se um telefone fosse aparecer magicamente.

— Você está com o seu celular?

— Deixei no carro. Na minha bolsa.

— Eu vi um telefone na cozinha. Vamos dar uma olhada.

Karin o seguiu até a cozinha. Depois de vomitar, ele agora se sentia não apenas livre da náusea, mas, de certa forma, livre de seus medos. George viu com grande clareza tudo o que aconteceria em seguida. Eles ligariam para a polícia e esperariam a chegada dela no carro, tomando cuidado para não mexer mais na cena do crime. Ele também tentaria falar com a detetive Roberta James assim que possível. Tinha certeza de que ela quereria ver uma cena do crime intacta. O telefone da cozinha estava preso na parede. Ele colocou o fone de cor rosa no ouvido, mas não havia som de linha; nenhuma surpresa.

— Vamos ter que ligar do seu celular — disse ele para Karin. O rosto dela, sob a luz da cozinha, estava todo corado. Seus lábios silenciosamente se abriam e fechavam, como um peixinho encarando o próprio reflexo. Ela se virou e desceu os quatro degraus até a porta da frente. Ele achou que seria melhor sair por onde entraram, mas decidiu deixar isso de lado e segui-la. Depois de destravar a porta pesada e puxá-la para dentro, os dois se viram de frente para o Dodge branco estacionado atrás do Audi de Karin, fechando sua saída, e Bernie MacDonald/Donnie Jenks caminhando até eles, portando casualmente um longo rifle ao seu lado.

CAPÍTULO 20

No dia seguinte após George ter visto Liana no Palm's Lounge, ele acordou pouco depois do amanhecer. Liana viria ao meio-dia e ele pensou se conseguiria esperar tanto tempo para reencontrá-la.

Depois de tomar banho e se vestir, caminhou até o Shoney's e pediu um café grande com pão doce para viagem. Também comprou um maço novo de cigarros. Liana não apareceria no hotel nas próximas cinco horas, mas George não arriscaria perdê-la. Ele abriu as persianas do quarto e fechou a porta. Tomou o café e comeu metade do pão doce, então tirou o celofane do maço de Camel Lights. Quando o meio-dia veio e passou, ele ficou na dúvida se deveria ir ao Emporium, pegar emprestado o Buick que já considerava como seu e dar um pulo na casa do pai de Liana. Lá para a uma da tarde, George entrou em pleno pânico, andando de um lado para o outro no quarto, e já tinha fumado metade do maço de Camel. Tentou ligar para o número da casa do pai de Liana, mas ninguém atendeu.

George decidiu pegar o carro, mas, ao sair naquele dia quente e nublado, um Crown Victoria cinza-escuro entrou no estacionamento. Ele reconheceu o detetive Chalfant atrás do volante.

Chalfant estacionou, desligou o motor e saiu do carro. Estava sozinho.

— George, você tem um momento?

Eles voltaram para o quarto, onde o ar estava pesado por causa do cheiro de cigarros e roupas sujas. George empoleirou-se na beirada da cama desarrumada, enquanto Chalfant se sentou na única cadeira do quarto. Ele deu uma esticada na calça, então tirou alguma coisa do joelho.

— Pelo de gato — disse, sorrindo para George. — Gostaria de lhe fazer algumas perguntas e, depois, pedir um favor. Você tem um minuto? Parecia que estava indo a algum lugar...

— Eu estava indo ver se conseguia um carro da loja ao lado. Dirigir por aí, talvez.

— Você não estava planejando voltar a Chinkapin, na Rua Oito, para ver se conseguiria encontrar Liana certo?

George não disse nada.

— Está tudo bem — disse Chalfant, depois de um instante. — Você não precisa me contar o que já sabemos. Eu deveria lhe agradecer. Você fez o trabalho braçal por nós, mesmo eu preferindo pensar que nós chegamos até lá. O sargento Wilson o seguiu ontem, da delegacia até Chinkapin. Ele verificou o endereço onde você estava e nós conseguimos o nome Decter. O anuário fez o resto. Preciso perguntar: você fez contato com Liana? Você chegou a vê-la?

George hesitou, pensando em quanto poderia contar.

— Eu falei com ela. Ela me ligou aqui. Era para nos encontrarmos hoje ao meio-dia.

— Ela ligou hoje?

— Não. Apenas ontem. Ela está com medo. Ela sabe que as pessoas descobriram sobre a troca com Audrey Beck.

Chalfant inspirou pelo nariz.

— George, sinto ter que dizer isso para você, mas temos um mandado de prisão para ela. Se tiver alguma informação do paradeiro dela...

— Por que o mandado de prisão? Sei que ela mentiu sobre quem era, mas é mais uma questão escolar, não acha?

— Não é por isso. Você está certo. Essa não seria uma questão policial. O mandado é para suspeita de homicídio. Não acreditamos que Audrey Beck tenha se suicidado. Há fortes evidências de que alguém mais estava no carro com ela, na garagem, na noite em que ela morreu.

— Não foi Liana. Falei com ela sobre isso. Ela havia se encontrado com Audrey mais cedo naquela noite, num bar, mas elas foram embora

em carros separados. — George notou que estava falando rápido e sua voz havia ficado aguda.

— George, relaxe. Se estiver certo sobre isso, e espero que esteja, então encontrar Liana fará com que tudo seja esclarecido. Não há provas, especificamente, de que Liana estava no carro com Audrey na garagem, mas havia alguém naquele carro ao lado de Audrey. Isso nós sabemos. Também sabemos que Liana e Audrey foram até o Palm's Lounge juntas, então faz sentido que elas saíram de lá juntas.

— Como sabe que elas saíram juntas?

— O irmão de Audrey, Billy, viu as duas indo embora. Ele identificou Liana pela fotografia do anuário que temos. George, você pode me ajudar aqui. Se está tão convencido de que Liana é inocente, e tenho certeza de que tem razão quanto a isso, então a melhor coisa para ela é se entregar, esclarecer essa confusão.

— Você já a procurou na casa do pai dela?

O olhar de Chalfant oscilou um pouco, observando uma mosca que estava zunindo na janela.

— Ela não voltou àquela casa desde o início da noite de ontem. Temos motivos para acreditar que ela fugiu. Agora, se tiver alguma informação sobre seu paradeiro, ou para onde acha que ela pode ter ido, então vai precisar nos contar tal informação. Caso contrário, estará auxiliando uma fuga e atuando como cúmplice. Você entende isso?

— Não tenho ideia para onde ela iria, ou por que ela, de repente, fugiria.

— Ela não lhe disse nada quando falou com ela? Ela não mencionou nenhuma pessoa ou um lugar para onde pudesse ir?

— Não. Como eu disse, ela deveria ter vindo até aqui ao meio-dia.

— Eu acredito em você, George. Acredito que seja isso que você está pensando. Mas temos certeza de que ela não está mais na área.

— Por que ela faria algo assim?

George observou o olhar de Chalfant oscilando novamente, só um pouco. Ele tinha certeza de que Chalfant não havia mentido antes para ele. Por que parecia estar mentindo agora?

— Ela está bem? Isso tem alguma coisa a ver com Dale? — perguntou George.

O detetive ergueu os olhos.

— O que sabe me dizer sobre Dale Ryan?

— Não muita coisa. Eu nem sabia que esse era o sobrenome dele. Ele estava ontem na casa em Chinkapin.

— Está bem, George. Vou lhe dizer o que vai acontecer. Preciso que venha até a delegacia comigo para responder a algumas perguntas. Exatamente sobre o que conversamos aqui. Nada com que se preocupar. Você não está em nenhuma encrenca. Então vou precisar que faça as malas e volte para a faculdade. Liana não voltará para cá, mas há uma chance de que ela volte para Connecticut. Você precisa estar lá, caso ela faça contato. E você precisa me contar assim que isso acontecer. Acha que pode fazer isso por mim?

Ouvindo o detetive falar, George começou a ter uma sensação de conforto e segurança que não sentia havia dias. Chalfant era um adulto, e estava dizendo a George o que fazer. A decisão não estava nas mãos dele. De repente, quis voltar para a Mather com uma intensidade quase dolorosa. Não era porque Liana poderia aparecer lá à procura dele. Era porque a Mather, mesmo sem Liana, era como um lar. George sentiu os músculos tensos das costas e pescoço relaxarem.

— Pode deixar — disse ele para Chalfant, levantando-se.

Juntos, eles foram mais uma vez para a delegacia de Sweetgum.

E, logo em seguida, George voltou para a faculdade para esperar Liana Decter.

CAPÍTULO 21

Em um só movimento fluido, quase casual, Bernie MacDonald levantou o rifle ao lado dele. Não houve som, mas George percebeu a aproximação veloz de um projétil, um traço vermelho vindo na direção dele e de Karin. Então houve um som terrível, como um pequeno machado acertando a madeira, e Karin caiu ao lado dele. MacDonald alterou o ângulo da arma, e George fechou a porta e a trancou.

Ele caiu de joelhos e olhou para Karin. Ela estava arranhando a própria garganta, fazendo pequenos sons, como bocejos sufocados. Ele tirou as mãos dela da frente. Havia um dardo, não muito maior que um *tee* de golfe, preso bem no meio de seu pescoço. Segurando-o pelo penacho vermelho de trás, ele o arrancou. Havia um inchaço e uma pequena bolha de sangue do tamanho de uma tachinha. Karin respirou com muita dificuldade, então gemeu, movendo a cabeça para a frente e para trás.

— É um dardo — disse George. — Um tranquilizante, eu acho. Como você se sente?

Karin sentou-se e endireitou as costas, colocou uma mão no pescoço. O inchaço logo se transformou em um vergalhão, e ela o esfregou, espalhando o sangue. George sabia que eles tinham deixado as portas de correr da sala destrancadas, e, se quisesse ter alguma chance de fugir de MacDonald, ele precisava chegar a elas.

— Preciso que fique calma — disse ele a Karin —, enquanto tranco a porta dos fundos e descubro uma maneira de chegar ao telefone, o.k.? Apenas se encoste nessa parede. Tudo vai ficar bem.

Aos próprios ouvidos, sua voz parecia calma e razoável, como se estivesse dizendo a um colega que precisava enviar um fax e voltava dali a pouco.

Ele ajeitou Karin para que ela se apoiasse na parede do corredor. Os olhos dela pareciam estar em um frenesi animal, mas ele viu que as pálpebras estavam começando a pesar.

— Eu tomei um tiro? — perguntou ela.

— Só de tranquilizante. Provavelmente vai dormir, mas vai ficar bem.

Ela afastou os dedos do pescoço e olhou para as manchas de sangue nas pontas deles.

— Eu já volto — disse George, e subiu correndo o meio lance de escada até o segundo nível do chão. Ele avistou a sala e as portas de correr de vidro. Não havia sinal de MacDonald no jardim dos fundos ou no pátio. Ele fechou as portas e virou o fecho para trancá-las, então voltou para o centro da sala de estar. Ocorreu-lhe que trancar as portas era uma perda de tempo. Estava claro que essa casa, com o cadáver embrulhado no plástico, estava diretamente ligada a MacDonald e Liana. MacDonald deveria ter uma chave, e, se não tivesse, ele simplesmente quebraria as portas de vidro.

George correu de volta até Karin. Ela ainda estava caída na posição em que ele a deixara, mas seus olhos se fecharam, e ela já estava respirando profundamente pela boca frouxa. A mão que ela tinha olhado, com os dedos ensanguentados, ainda estava na frente do rosto, com o braço, de alguma forma, dobrado e erguido, parecendo uma marionete, com apenas uma corda de sustentação.

George se agachou. Parecia que uma hora havia se passado desde que descobrira o corpo na lavanderia, mas, provavelmente, haviam transcorrido apenas alguns minutos. Ele não ouvia som algum, nem dentro nem fora da casa. O que MacDonald faria? Se ele entrasse, correria o risco de George ouvi-lo e ser capaz de fugir por outra saída. George não conseguiria usar o carro, já que MacDonald havia bloqueado a saída da garagem, mas poderia correr para a floresta e se esconder. As chances seriam mínimas, mas haveria alguma.

Procurou calcular quantas saídas e entradas havia na casa. Ele sabia de, pelo menos, três. Havia a porta da frente, as portas de correr de vidro na sala e as portas de correr de vidro no quarto. Deveria haver algum tipo de entrada para a garagem, provavelmente na descida da escada onde estava escondido. Por que Bernie não tinha feito nenhuma investida?

George decidiu posicionar-se no corredor escuro do segundo piso da casa, onde MacDonald não conseguiria vê-lo pela janela. Saiu de onde estava agachado, e as juntas dos joelhos estalaram bem alto. Karin permaneceu na mesma posição, com o braço ainda levantado, como se o cotovelo estivesse travado. George curvou-se e, gentilmente, segurou o punho dela, baixando seu braço para que ficasse ao lado do corpo. Agora ela parecia uma bêbada, numa festa, que havia adormecido de pé e deslizado pela parede. Ficou menos pior.

Ele procurou caminhar casualmente, nem muito rápido, nem muito lento, até o segundo piso. Espiou o jardim dos fundos novamente através do vidro, não viu nada e entrou no corredor, desligando a lâmpada para que o ambiente ficasse no breu. George encostou na parede e apurou os ouvidos outra vez. Um minuto se passou. A pele dele havia estado ouriçada e energizada, mas agora estava ficando frouxa e fria. Ele passou a mão no cabelo e ficou surpreso pela quantidade de suor que ali estava. Alguma coisa fez um estalido distante na casa, e suas pernas começaram a ficar tensas. Ele percebeu que qualquer coragem e desenvoltura que o tivessem levado até ali estava indo pelo ralo, mais rápido que água num ralo de pia. Em vez de imaginar sua fuga da casa, ele começou a imaginar que Bernie MacDonald apareceria no meio da escuridão do corredor. Viu-se travado como uma estátua enquanto Bernie atiraria um dardo, ou coisa pior, em seu pescoço.

George pensou: *Por que Bernie não está preocupado que eu possa chamar a polícia? Ele obviamente sabe que o telefone fixo não está funcionando, mas como tem certeza de que não tenho um celular? Será que ele sabe que não há sinal aqui, no meio da floresta, perto do mar?*

Se esse fosse o caso, então não haveria por que Bernie se apressar, e George soube que, quanto mais ficasse na casa, maior seria a probabilidade de ele perder a cabeça.

Decidiu escolher uma direção e tentar fugir. Teria cinquenta por cento de chance de conseguir. A vantagem dos fundos da casa era a proximidade com a floresta, que começava a poucos metros do pátio. George tentou lembrar como era a mata; recordou-se dos arbustos baixos e impenetráveis dos rododendros e roseiras que iam até a casa, mas não sabia exatamente o que havia nos limites do pátio. Se fosse mais do mesmo, então ele não teria chance.

A vantagem de usar a frente da casa era que ele sabia exatamente para onde ir — direto pela entrada de cascalho, ficando perto da divisa da casa, para que as árvores pudessem lhe fornecer um pouco de cobertura, então chegaria à Captain Sawyer Lane. Ele ficaria mais exposto na frente, mas poderia se mover mais rápido.

George formulou um plano. Ele se moveria rápida mas calmamente no sentido da porta da frente e espiaria a entrada, procurando qualquer sinal de MacDonald. Se ele ainda estivesse lá, perto do carro, com o rifle em mãos, então George daria meia-volta e correria para os fundos o mais rápido que pudesse, tentando a sorte na floresta. Se não visse nada, destrancaria a porta e correria o mais rápido possível até a Captain Sawyer Lane.

Pôs-se, então, a andar até a porta da frente. Desceu com cuidado alguns degraus, passando por Karin, que ainda estava inconsciente, encostada na parede, sem mudar de posição. A pele do rosto dela estava ganhando um tom cinza preocupante. Ele parou próximo à janela lateral que dava vista para o mundo externo. Não havia sinal de MacDonald. O carro dele ainda estava lá, estacionado atrás do Audi de Karin. Um corvo saltitava no cascalho, bicando alguma coisa. Ele olhou o mais longe que conseguiu pelas linhas laterais dos dois lados, e não viu nada.

Destrancou a porta e a puxou para dentro. Deu um passo para fora, olhando para os dois lados: nenhum sinal de Bernie MacDonald. Ele correu até os carros. O corvo deu um pequeno pulo e afastou-se com seu bater de asas esquisito. George passou correndo pelo Audi de Karin, depois pelo Dodge de MacDonald, dando uma breve olhada em seu interior. Deitada atravessada no banco traseiro do Dodge estava uma mulher. Ele parou subitamente para enxergar melhor; era Liana, de barriga para cima, as duas pernas dobradas para permitir que ela se alongasse no banco. A cabeça apoiada no encosto do assento, o cabelo por cima de uma das bochechas, e, quando a sombra de George passou por ela, ele achou ter visto uma oscilação de suas pálpebras. Aproximou-se lentamente. Apesar da estranha posição no banco de trás, suas roupas estavam relativamente em bom estado. Ela usava a saia roxa que vestira no outro dia e o que parecia ser um suéter de gola alta. O suéter tinha subido até a metade do tronco, revelando um pedaço da pele. Um sapato baixo estava no chão do carro, e o outro pendurado em seu pé. George puxou a maçaneta, mas estava trancada. Ele sacudiu levemente o carro, tentando não fazer muito barulho, mas ficou claro que ela estava inconsciente, sem dúvida tranquilizada pela droga com a qual MacDonald carregara o rifle. George ficou aliviado em ver o tremer das pálpebras de Liana e saber, pelo menos, que ela estava viva.

Ele sentiu uma ferroada no ombro, ergueu a mão e tirou um pequeno dardo, então jogou-o longe, como se fosse uma vespa. MacDonald vinha caminhando até ele, de maneira tranquila, com o rifle já ao seu lado novamente. Ele viera dos fundos da casa. George pensara certo: ele estava nos fundos. George começou a correr de novo, em direção à estrada. *Talvez eu consiga chegar à floresta e encontrar um lugar para me esconder*, pensou ele. *Talvez ele não me encontre. Quem sabe eu tenha tirado o dardo antes de o veneno ter chance de entrar na minha corrente sanguínea.*

Mas, conforme corria, passando por feixes de sol que surgiam por entre as árvores, a terra sob os pés dele começou a se mexer, pendendo violentamente para a direita. Ele tentou ajustar a marcha, mas os pés se entrelaçaram e ele caiu de cara no chão da floresta. Apoiou-se nos joelhos e o mundo se inclinou novamente, as árvores rodando como um filme acelerado. Ele se deitou de costas. O chão da floresta era uma cama macia de pinhas. Ele fechou os olhos e o giro parou.

CAPÍTULO 22

George, às vezes, se perguntava se os limites da capacidade de sua memória estavam inteiramente preenchidos por detalhes de Liana, lotados já no primeiro semestre da faculdade, aquelas dezesseis semanas inebriantes. Apesar da falta de fotografias, ele se lembrava claramente da maioria das roupas de Liana, as dimensões e decorações de seu dormitório, a maneira como ela segurava a caneta, a forma como fumava um cigarro, o gosto exato de sua boca. Lembrava-se desses detalhes porque em sua mente ele revisitara diversas vezes aqueles momentos, permitindo que quase tudo o que lhe acontecera fluísse sem ser observado e analisado. E ele sabia que, toda vez que se recordava daquelas memórias de Liana, estava recriando todas elas na mente, mexendo com elas, falsificando-as. Sabia que não deveria mais confiar naquelas memórias, que eram histórias contadas a ele pela distorção do tempo, como frases transmitidas em uma brincadeira de telefone sem fio.

Mas havia lembranças de uma noite, no início obscuro de dezembro, nas quais ele confiava. Havia voltado àquela noite muitas vezes em sua mente, e a conversa nunca mudara; por esse motivo, ele acreditava ser verdade. Os dois foram ao Trumbull Arts Cinema, um cinema gerido por alunos, localizado em um anfiteatro ornamentado e reformado no lado leste da faculdade. Eles viram *Totalmente Selvagem*, o filme de Jonathan Demme com Jeff Daniels e Melanie Griffith; embora George não tivesse voltado a ver esse filme, ele se lembrava de quase todas as cenas, assim como se lembrava dos assentos carcomidos da arquibancada em que se sentaram e a sensação de tocar as mãos dela durante o filme.

Era sexta-feira à noite e havia uma festa à qual planejavam ir logo em seguida. A festa era no alojamento de Zach Grossman; Zach era amigo deles, e o namorado da colega de quarto de Liana, Emily. Ele era da região, o mais novo de três irmãos, e, por conseguinte, um fornecedor confiável de cerveja para festas de calouros. Ao se aproximarem da festa, com o som de UB40 audível de longe pelas janelas abertas, Liana apertou a mão de George e disse:

— Tenho uma ideia melhor.

— É mesmo?

— Vamos ver o novo prédio de ciências.

Eles caminharam juntos contra um vento gelado até o lado norte do campus, onde a construção de um prédio de ciências de quatro andares havia começado. Estava sendo erguido em um terreno levemente inclinado que fazia divisa com o maior estacionamento da faculdade. A fundação ficara pronta, e as vigas e os pilares estruturais haviam sido instalados, erguendo os quatro andares. Lembrava a George algo criado com um gigantesco Lego. Uma cerca plástica laranja tinha sido colocada com displicência em volta do local.

Liana levou George a uma parte da cerca em que uma das estacas havia sido desenterrada. Ela pulou a cerca, puxando George consigo.

— Aonde vamos? — perguntou ele.

— Vamos lá dentro. Morro de vontade de fazer isso.

Ele a seguiu para dentro do prédio. Ficaram de pé no chão de concreto e esperaram os olhos se ajustarem à escuridão. Uma escada improvisada, com tábuas rudimentares de madeira que criavam degraus, levava ao andar superior. Algumas partes dos andares estavam concluídas, mas a maioria não, e, ao olhar para cima, George pôde ver o céu noturno cheio de estrelas.

— Não vou subir lá — disse ele.

— Por que não?

Antes que ele pudesse impedi-la, Liana subiu correndo os degraus, chacoalhando as tábuas nas vigas. George a acompanhou, engolindo o medo. No terceiro andar, Liana cruzou uma passarela temporária conduzindo à seção do piso que parecia ser permanente, no canto sudoeste do prédio. Ela se sentou, e George, agradecido, desabou ao lado dela. Lonas azuis rasgadas estavam dispostas no lugar de paredes, e elas sacudiam e faziam um estrondo com o vento cortante.

— Parece que estamos num navio — disse George.

— Parece mesmo — concordou Liana, deitando de costas para observar o céu.

George virou-se para o campus. Ele localizou as telhas baixas dos edifícios em volta, depois a torre da igreja, iluminada por uma fraca luminária. A cidade piscava a distância.

— Tudo bem — admitiu. — Essa foi uma boa ideia.

Ele se deitou ao lado de Liana. O vento e a lona chacoalhante ocultavam quaisquer outros sons do campus.

— Você acha que Lulu foi desonesta? — perguntou Liana.

Levou um tempo até George perceber que ela estava falando do filme que tinham acabado de ver.

— Bem, sim — disse ele.

— Porque ela estava fingindo ser outra pessoa? Porque ela não contou a história toda?

— As duas coisas.

— Mas isso significa que, toda vez que conhecemos alguém, somos obrigados a revelar todo o nosso passado, como se aquilo de alguma forma fosse a coisa mais honesta a fazer.

— Tem uma grande diferença entre revelar seu passado inteiro e usar seu nome verdadeiro.

— Mas aquele garoto no seu dormitório — disse ela —, aquele que se autodenomina Chevy. Aquele foi um apelido que ele se deu quando chegou à faculdade. Isso não é diferente do que Lulu fez no filme.

O tom geralmente comedido de Liana estava acelerando, não de forma alarmante, mas o suficiente para ser perceptível. Embora não soubesse o que era, George pensou na ocasião que ela estava revelando alguma coisa sobre si mesma. Ele se levantou um pouco, fez uma concha em volta do isqueiro e acendeu um cigarro.

— Pode ser — disse ele.

— O que estou querendo dizer é: se alguém se reinventa, como Lulu fez no filme, não é possível que a pessoa que ela se tornou seja mais honesta... mais verdadeira consigo mesma... do que a pessoa que ela era? Ninguém pode escolher a família em que nasceu. Ninguém pode escolher o próprio nome, ou a aparência, ou que tipo de pais tem. Mas, quando ficamos adultos, temos a chance de escolher, e podemos nos tornar a pessoa que gostaríamos de ser.

— Você está prestes a me contar que seu nome verdadeiro é Bob e veio do Canadá?

— Não, mas também não me identifico em nada com meus pais, ou com a Flórida, de onde vim. Poderia muito bem ter mudado meu nome. Entende o que estou dizendo?

— Eu entendo. Não sei se concordo totalmente, mas entendo o que quer dizer.

— Como assim, não concorda?

— Você faz parecer que os seres humanos são livres para mudar quem são em um piscar de olhos. Não é assim que as coisas funcionam. Podemos não gostar da forma como nascemos, mas isso não muda nada... ainda será quem somos.

— Não tem nada a ver com liberdade de mudar. O que estou dizendo é que talvez as pessoas nas quais nos transformamos sejam a realidade de quem somos. Como no filme: Lulu é verdadeiramente aquela personagem. Mesmo tendo inventado tudo.

— Mas não era isso que dizia o filme. O filme falava que não podemos escapar de nosso passado.

— Eu sei. Estou lhe dizendo o que *eu* penso.

— Ainda tem uma coisa que está dizendo com a qual não concordo.

— Você só está discutindo por discutir.

— Não é isso. Entendo o que está dizendo. Você está falando que, conforme envelhecemos, temos a oportunidade de nos tornarmos as pessoas que gostaríamos de ser. Só acho que, no geral, aqueles que tentam fugir do passado, ou tentam se divorciar dos pais, estão pregando peças em si mesmos. Não é assim que a banda toca. Talvez no exterior, talvez na maneira como os outros os vejam, mas, lá no fundo, todos são o produto do próprio passado.

— Então acha que as pessoas não podem mudar?

— Não estou dizendo isso. Só estou dizendo que ninguém pode se livrar completamente de sua formação inicial. Goste disso ou não.

George balançou o cigarro na beirada do prédio. Observar as brasas serem levadas pelo vento causou-lhe um frio na barriga. Ele nunca havia gostado de alturas.

— O sangue sempre se revela — disse Liana. Sua voz parecia conformada.

— Algo do tipo.

Ela ficou quieta, olhando o céu por entre a estrutura do prédio. George virou de lado e observou seu perfil, um recorte escuro contra as luzes distantes do estacionamento.

— Você só está dizendo isso porque gosta da sua origem — disse Liana. — Você gosta de seus pais, de sua cidade natal e de New England. Porra, você escolheu ir para uma faculdade a menos de duas horas de onde mora. Acho que você não entende de verdade como é se sentir uma estranha em sua própria família.

— Tudo bem. Vamos lá. Acalme-se. Não estou discordando de nada que você disse. Eu só acho... que quando você diz... que quando você diz que as pessoas que nos tornamos na vida são mais verdadeiras que as pessoas que somos no início da vida, não concordo plenamente com isso. Não, espere um pouco. Escute. Só acho que existe verdade em ambos os aspectos de uma pessoa. Você não pode anular de onde viemos, mesmo que queira. Ainda vai estar lá. Ainda será a realidade de quem nós somos.

Liana ficou em silêncio de novo. Olhando para trás agora, George reconheceu que ela havia sido derrotada. A conversa acabou, mas, com o passar dos anos, ele reviveu aquele momento em sua mente várias vezes. Muito tempo depois, percebeu que Liana Decter estava pedindo permissão para se tornar Audrey Beck de forma permanente. Ela vinha sendo essa nova pessoa fazia menos de três meses, mas devia ter visto a real possibilidade de deixar tudo o que fora para trás e começar do zero.

Eles ficaram no prédio inacabado por mais uma hora, enquanto a noite esfriava. Viraram-se de lado e entrelaçaram os braços para se esquentar. George lembrava-se da dor nos quadris e como Liana havia começado a tremer de frio antes dele. Eles se beijaram, e George foi capaz de ver o reflexo da luz em um dos olhos abertos de Liana. Tocaram o corpo um do outro debaixo das roupas. George perguntou se deveriam ir para um dos dormitórios.

— Não.

George continuou de lado, enquanto ela foi descendo de frente para ele, abriu o zíper e o tomou na boca. Liana já tinha feito isso antes, mas sempre havia sido uma breve preliminar para outra coisa, ela sem saber exatamente o que fazer, e George lutando para não gozar. Naquela noite, ele estava relaxado o bastante para prestar atenção à sensação. Deixou a cabeça cair para trás no chão frio e olhou para o céu estrelado. Depois de ele gozar, Liana o manteve na boca até amolecer. Aquele ato, como a conversa que o precedeu, havia se instalado em sua memória desde então.

Liana subiu de novo e o beijou. Ele, então, começou a tremer também, mas os dois ficaram lado a lado por mais quinze minutos antes de admitir que deviam ir embora.

E, naquele instante, quando George acordou enjoado e grogue em virtude do tranquilizante, vendo-se de lado, cara a cara com Liana, ele pensou inicialmente que estava sonhando, ou que estava morto e tinha voltado ao momento mais feliz de sua vida. Porém, os olhos de Liana se abriram e ele viu o medo neles, conscientizou-se do tato da corda em seus punhos e tornozelos, além da superfície dura sobre a qual estava, pulando para cima e para baixo. Sentiu o cheiro de gasolina e ouviu o zunido rítmico de um motor e o som de um líquido sacudindo. Os dois estavam sob uma lona verde, translúcida o bastante para que ele pudesse perceber a luz do dia acima deles e reconhecer a sombra dos traços do rosto de Liana.

— Onde estamos? — disse ele, com uma voz rouca que mal reconheceu.

O ato de falar liberou alguma coisa em sua cabeça, e o mundo, já flutuando e caindo, inclinou-se ainda mais, como se estivesse perdido a esmo no espaço. Ele sentiu um forte enjoo, o corpo todo retesando-se contra o que quer que estivesse mantendo-o no lugar. Os punhos dele pareciam estar sendo rasgados por vidros afiados.

Depois de quase vomitar, começou a tossir, e lágrimas escorreram dos olhos fechados. Quando parou de tossir e sua respiração voltou a certa normalidade, ele olhou novamente para Liana. Ela tinha conseguido deslizar um pouco para longe dele, e George percebeu que ela também estava amarrada, imóvel sob a lona.

— Você está bem? — perguntou ela.

A garganta e a boca de George estavam cobertas de bile. Outra onda de náusea o invadiu e ele fechou os olhos para bloqueá-la.

— Você tomou um tiro de tranquilizante — disse Liana.

— Eu sei — respondeu ele, reabrindo os olhos. — Onde nós estamos?

— Estamos no barco de Donnie. Ou imagino que já saiba o nome verdadeiro dele a esta altura.

— Bernie.

— Isso mesmo. Ele vai nos matar.

O barco inclinava-se bruscamente, levantando ondas e batendo com força na água. George sentiu o que parecia ser outro corpo rolando contra suas costas. Ele tentou virar a cabeça, mas tudo o que via era a lona contra seu rosto.

— Quem está atrás de mim?

— Sua amiga. Não sei quem ela é.

— Karin Boyd. Ela é a sobrinha de Gerry MacLean. Meu Deus.

— Ela está morta, George.

— Como você sabe?

— Eu o vi arrastando vocês três para este barco. Bernie me disse que ela morreu por causa do tranquilizante. Não que isso importe. Ele vai matar todos nós de qualquer forma.

— O outro corpo está neste barco também?

— Katie Aller?

— A mulher que morava na casa?

— É, essa é Katie Aller. Bernie a matou ontem à noite.

— Quem é ela?

— É uma longa história e não temos tempo. Preciso que tente uma coisa. Ele amarrou suas mãos pela frente, certo?

— A-hã.

— Antes de eu ser pega, consegui pegar uma faca de carne e a enfiei na minha saia. Está no elástico da minha calcinha. Estava tentando alcançá-la, mas não consigo.

— Está na frente?

— Sim.

George se arrastou para a frente o máximo que conseguiu, para que seus joelhos tocassem os de Liana e os rostos ficassem lado a lado. A lona moveu-se com ele, mas ainda os cobria por completo. Apesar de não poder ver como Bernie fizera os nós, ele sabia que seus tornozelos estavam bem presos, assim como os punhos. Também parecia que a corda estava enrolada em sua cintura e amarrada aos punhos, assim as mãos ficariam atadas ao umbigo.

Seus dedos estavam formigando e adormecidos, mas ele conseguia movê-los. Chegou perto o bastante para tocar os dedos de Liana. Também sentiu algo como uma corda de náilon amarrando fortemente os punhos dela, além de uma viscosidade que poderia ser suor ou sangue.

— Você precisa deslizar o corpo para baixo — disse ela.

Ele fez o que ela pediu. Era muito difícil. Bernie havia feito nós em cada junta, e ele sentia os ferimentos nos tornozelos e punhos onde o náilon estava cortando a pele. Uma vez que suas mãos estavam embaixo das de Liana, ela pressionou o corpo contra o dele, para que os dedos dele tocassem a parte de cima de suas coxas. Ele sentiu o tecido da saia dela, a linha da calcinha nos quadris. Não achou a faca lá.

— Para a direita — disse ela. Ele rolou para a frente, o suficiente para suas mãos deslizarem dois centímetros na direção da virilha dela, e de repente sentiu a protuberância do que, provavelmente, era a ponta não afiada da faca.

— Vou ter que puxar sua saia — disse George. — Consegue levantar os quadris?

Ele segurou um tanto da saia entre os dedos e a puxou para si. Liana ergueu o quadril do convés. Ele agarrou outro punhado de tecido entre os dedos. Uma sacudida do barco fez com que o quadril de Liana batesse com força. Ela gemeu. Levou cerca de três minutos intermináveis, mas eles conseguiram, Liana curvando o corpo para tirar o quadril do chão, enquanto George trazia um pouco de tecido por vez. Os punhos dele estavam gritando e os dedos dando câimbras, mas ele não ousou dizer nada a Liana. Estava na cara que era extremamente doloroso para ela erguer-se do convés. Ele ouviu a respiração dela ficar ofegante e entrecortada. Finalmente, quando seus dedos tocaram a barra da saia dela, ele deu um último puxão no tecido, então enfiou os dedos por baixo dele. Estava tocando as coxas desnudas de Liana.

— Graças a Deus — disse ela, deixando o corpo relaxar.

As coxas estavam úmidas de suor, e George caminhou com os dedos até a beirada da calcinha.

— Esta função tem seus benefícios — disse ele, e ela emitiu uma única risada cansada.

George enganchou um dedo na calcinha de algodão, subindo pouco a pouco, sentindo os pelos pubianos ouriçados através do tecido, então puxou-se para perto dela e levantou as mãos, encontrando a faca, presa horizontalmente por baixo do elástico. Ele baixou a calcinha até sentir o cabo de madeira exposto, segurando-o com o dedão e o indicador. Ao rolar para trás, conseguiu tirar a faca do lugar, quase rasgando a saia dela, mas não a soltou, arrumando-a melhor entre os dedos para segurá-la com a mão direita.

— Conseguiu? — perguntou ela.

— Consegui.

— Consegue cortar a corda?

— A sua ou a minha?

— Corte a sua antes. Vai ser mais fácil. Meus braços estão completamente adormecidos.

— Espere um pouco.

George sentiu como se o barco tivesse mudado de curso, então o sol do meio-dia começou a bater diretamente na lona verde que os cobria. O suor começou a escorrer em bicas debaixo do cabelo dele. Sentiu o cheiro de medo no odor do próprio corpo, misturado com a brisa marítima e com alguma outra coisa — um cheiro de podridão, que ele recordava ter sentido na lavanderia da casa na Captain Sawyer Lane. Katie Aller, em seu sudário de plástico.

Manejou a faca para segurar o cabo de madeira com os quatro dedos da mão direita, apontando a parte serrilhada para baixo. Sacudiu os punhos para a frente e sentiu a faca deslizando sobre a corda em volta dos punhos. Repetiu o processo muitas outras vezes e a lâmina passou a deslizar muito menos e serrar um pouco mais.

— Acho que está funcionando — disse ele a Liana.

— Graças a Deus. Se conseguir libertar suas mãos, tem uma caixa de ferramentas que não para de deslizar e bater na minha cabeça. Tenho quase certeza de que há uma arma ali dentro. É um revólver.

— Quer que eu atire em Bernie? — Parecia uma pergunta óbvia, mas, assim que George a fez, sentiu um tremor de medo no estômago. Ele se lembrou de como tinha se sentido naquele corredor, esperando Bernie chegar perto dele com o rifle, e se perguntou quanta coragem ainda lhe restava.

— Se conseguir pegar a arma, aponte-a para Bernie, mande-o sair do barco e pular na água. Ele não vai fazer isso, mas você terá dado uma chance a ele. Também vai tentar de alguma forma dissuadir você da ideia. Não dê essa chance a ele. Mande-o pular na água. Se ele hesitar ou fizer qualquer coisa diferente, aponte para o meio do corpo dele e dispare. É ele ou nós, George. Você sabe disso. Como está indo a corda?

— Está indo. — O motor do barco desacelerou a um zunido de inseto, e o coração de George começou a bater forte ao pensar que Bernie havia encontrado seu local de desova antes de ele ter serrado um único nó, mas, em seguida, o motor acelerou de novo.

— O que ele está esperando?

— Meu palpite é que tem uma porção de barcos trafegando hoje. Ele quer ir para o mar aberto.

— Quer me contar como acabamos nesta situação?

Liana expirou lentamente, com firmeza, o alento quente e úmido.

— Não tenho orgulho disso, obviamente.

— Essa viagem toda, você estar aqui, tudo foi um esquema para pegar os diamantes do cofre de MacLean.

George não perguntou. Apenas disse. *Se esses são meus últimos momentos na Terra*, ele pensou, *não tenho interesse em ouvir mais mentiras de Liana.*

— Sim — respondeu ela. — Mas eu não sabia que Bernie mataria alguém. Juro. Era só para ele colocar MacLean para dormir, pegar os diamantes e fugir.

— Como Bernie entrou na casa?

— Sabíamos que haveria jardineiros no domingo e calculamos tudo para coincidirem os horários. Levei Bernie de carro até uma rua onde ele poderia atravessar a mata e chegar à propriedade. Ele estava vestido como um dos jardineiros, então, se fosse avistado na floresta, não seria muito suspeito. Já tinha feito um reconhecimento da casa e sabia que, geralmente, havia uma janela entreaberta acima do teto da varanda de trás. Ele levou uma pequena escada. Seria fácil. Entraria no escritório de Gerry no segundo andar e esperaria por ele. Depois de pegar os diamantes do cofre, voltaria para a floresta, onde eu estaria esperando por ele.

— Por que precisava de mim?

— Eu não queria mesmo aparecer na casa de MacLean. O que eu contei a você sobre nossa relação era verdade. A esposa dele estava morrendo, e ele, provavelmente estava instável. Faria mais sentido mandar alguém neutro. Além do mais, se você fosse, eu poderia dirigir o carro. Bernie não queria deixar um carro estranho na rua, principalmente naquela vizinhança sofisticada de Newton, por três horas. Atrairia muita atenção. Como está indo com essa corda?

George ainda estava serrando, mas sentiu o que Liana provavelmente devia ter sentido: Bernie virando o barco em um círculo aberto, o motor desacelerando até desligar. Teria ele encontrado seu local de desova?

— Sinto como se estivesse cortando a corda, mas minhas mãos ainda não se soltaram nem um pouco. Por que você veio me encontrar no Kowloon? Não precisava disso.

— Achei que faria sentido ver você uma última vez, antes de eu e Bernie fugirmos pela manhã, mas Bernie se descontrolou. Não percebi como ele estava convencido de que eu e você estávamos juntos nessa e íamos trapaceá-lo. Foi por isso que ele ameaçou sua namorada e começou a eliminar testemunhas. Ele surtou.

George sentiu a corda de náilon enfraquecer. Ele fez força com os punhos, mas ainda estavam firmemente presos. Fez um ângulo diferente com a faca e encostou-a em outra parte do náilon. Começou a serrar novamente.

— Podemos sair dessa — disse Liana, mas, para George, a voz dela parecia insegura demais.

— Continue dizendo coisas. Ajuda.

— Tipo o quê?

— Onde vocês estavam ontem?

— Em New Essex na maior parte do tempo. Na casa que você encontrou. Eu estava tentando convencer Bernie a sair da cidade comigo, mas ele dizia que tínhamos deixado muitas testemunhas. Você, é claro. Katie Aller...

— Quem era ela?

— Eu a conheci em Barbados. Ela era uma viciada que estava torrando o dinheiro dos pais. Eles estão mortos, e toda aquela região e as propriedades na Captain Sawyer Lane eram deles. Entrei em contato com ela quando soube que Bernie e eu precisaríamos de um lugar para ficar. Ela nos deixou ficar na casa...

— E usar a cabana.

— ... e usar a cabana, sim, e...

— E este barco deve ser dela.

— É isso mesmo. Olha, George, poderia dizer isso milhares de vezes, e eu sei que não faria a menor diferença, então só vou dizer uma vez. Eu sinto muito por ter arrastado você para esta confusão. Não tinha ideia de que haveria algum perigo. Você precisa acreditar em mim. Eu mereço morrer hoje, mas você, não.

George estava começando a sentir a corda se soltar. O sangue voltava a correr para os dedos, e ele conseguiu virar o punho direito a pelo menos quarenta e cinco graus. Essa liberdade permitiu que mudasse o ângulo da faca para segurá-la com mais firmeza. Ele fez dois cortes fortes, e a corda se soltou de repente, liberando a mão direita. A mão esquerda ainda estava presa pela corda em volta de sua barriga.

— Minha mão está livre — disse ele.

— As duas?

— Só a direita, mas acho...

O barco sofreu um baque, como se algo tivesse batido na lateral.

— O que foi isso? — perguntou ele.

Agora que estava com uma mão livre, o medo havia se atenuado. O desânimo foi substituído por uma pequena esperança. Um jorro de adrenalina fez sua cabeça girar. Ele apertou os olhos para que aquela sensação passasse.

— Merda — disse Liana, e ele abriu os olhos.

Ela estava esticando o pescoço para trás, olhando para cima, como se pudesse ver através da lona. Ele estava prestes a perguntar o que estava acontecendo, mas, de repente, sentiu também. O barco diminuiu a velocidade, quase parando. O motor tinha parado de zunir; ele balbuciou e gaguejou um pouco antes de desligar por completo. O barco foi para a frente e para trás na água, e o silêncio súbito foi esmagador. Como uma criança brincando de esconde-esconde, George apertou os olhos novamente e ficou quieto, como se Bernie pudesse esquecer os dois humanos vivos embaixo da lona.

— Bom dia, flor do dia — disse a voz anasalada, incrivelmente alta no novo silêncio.

Bernie puxou a lona até a metade de seus corpos, como se fossem lençóis. George tentou olhar, mas o sol naquele céu sem nuvens o estava cegando, e tudo o que ele podia ver era uma figura obscura acima deles, um contorno de escuridão brilhante que apagou sua última esperança.

CAPÍTULO 23

— Podem ir se despedindo — disse Bernie.

— Bernie, por favor, espere só um instante — pediu Liana, com a voz estranhamente aguda. — Pense no que está fazendo. Isso não é você.

Bernie, ainda uma figura escura e sem feições bloqueando o sol, abriu os braços como se tentasse alongar as costas.

— Lembra quando você me convenceu a embarcar nesta jornada? — disse ele. — Como você me disse que invadir a casa de outro homem, bater nele para que desmaiasse, roubar aqueles diamantes seria como roubar doce de criança? Que seria difícil só da primeira vez? Você estava certa. Não foi nada difícil invadir a casa dele, mas foi um pouco difícil acertá-lo com aquele martelo.

Bernie riu de forma esquisita, do jeito que alguém ri da própria piada sem graça em um coquetel.

— Achei que acertá-lo na cabeça com um martelo seria como acertar um bloco de madeira, mas não foi — continuou ele. — Foi como acertar um pedaço de fruta. A cabeça do martelo entrou direto no cérebro dele. Chegou até a ficar presa lá por um momento. Sabe como foi?

— Bernie, você sabe que eu não lhe pedi para fazer isso.

— Você me mandou deixá-lo inconsciente.

— Não com um maldito martelo. Meu Deus, Bernie, pense por um instante no que vai fazer. Você pode ficar com os diamantes.

Você pode fugir. Nós nos livramos desses outros corpos. Ninguém vai dar uma de espertinho.

— Sim, eu vou me livrar dos corpos — disse Bernie, saindo do caminho do sol. A intensidade do meio-dia atingiu o rosto de George, e ele semicerrou os olhos, pensando, por um momento absurdo, onde estariam seus óculos escuros. Bernie curvou-se, e George ouviu o som de algo sendo arrastado, como um móvel pesado puxado pelo chão. Os olhos dele estavam se ajustando ao brilho intenso, mas ele percebeu que Bernie havia puxado algo pesado atrás de Liana. Ela arqueava o corpo para trás para ver o que ele estava fazendo.

— Bernie, pare já — disse ela, usando um novo tom de voz, tentando aproximar-se de uma autoridade materna, mas só o que George ouviu, e o que Bernie provavelmente ouviu, foi uma tentativa desesperada de experimentar algo novo, experimentar qualquer coisa, algo que pudesse impedir o que parecia ser inevitável.

George serrou o mais rápido e forte que pôde com a mão livre, insistindo no náilon preso ao punho esquerdo e atado à sua cintura. Tinha plena consciência do silêncio súbito do mar aberto e sabia que precisava fazer tudo sem gerar som nenhum, nem atrair atenção para si.

Bernie segurou Liana pela corda em volta da cintura dela e a ergueu um pouco, então a virou de barriga para baixo. O movimento fez com que ela expirasse ruidosamente e depois gemesse. A lona deslizou para baixo, revelando a metade inferior dela, e Bernie olhou para sua saia levantada e suas pernas e bumbum expostos.

— O que é isso? — disse Bernie. — Você deu ao seu namorado um último gostinho? Meu Deus, Jane, quanta perversão!

Ele recuou um passo e deu sua risada típica, aquela que George ouvira alguns dias antes, quando o encontrara pela primeira vez, do lado de fora da cabana em New Essex. Ouvi-lo chamar Liana de Jane fez George perceber quão pouco Bernie conhecia a mulher que ele estava prestes a matar.

— Pense no que está fazendo — disse Liana, o tom de voz mudando novamente.

— Já pensei nisso. Pensei em acertá-la na cabeça com um martelo, como fiz com aquele velho, depois jogá-la no oceano. Mas, depois, pensei que isso seria bom demais para você.

Bernie estava curvado sobre o corpo dela, e George viu o que ele estava fazendo. Tinha arrastado um bloco de cimento, de mais ou menos trinta centímetros, e estava amarrando Liana a ele.

— Não — continuou ele —, acho que vou apenas jogá-la ao mar assim, e deixá-la pensar no que fez conforme vai se afogando.

Bernie estava agindo rapidamente, e, quando parou de falar, ele se levantou e apertou o nó que acabara de fazer. Liana virou a cabeça para George. O cabelo dela escondia metade do rosto, mas George viu um olho assustado e avermelhado. Bernie empurrou Liana até a beirada do barco, a pele exposta sendo arrastada no deque de madeira do barco.

George tinha quase terminado de cortar a corda que prendia sua mão esquerda, mas não seria o bastante. Mesmo que conseguisse cortar tudo antes de Bernie empurrar Liana ao mar, os tornozelos ainda estariam amarrados. As mãos estariam livres, mas quase não haveria chance de ele conseguir chegar à caixa onde estava a arma e atirar em Bernie, não com metade do corpo ainda imobilizada.

Bernie puxou Liana com força novamente, empurrando-a contra a beirada do barco.

— Pare! — gritou George, e Bernie virou-se com um sorriso quase surpreso, mostrando os dentes acinzentados.

— O namorado fala — disse ele.

— Eu chamei a polícia antes de você atirar em mim — afirmou George. — Contei a eles sobre seu plano de nos jogar no mar. Eles provavelmente devem estar fazendo buscas nesta área, com helicópteros.

— É mesmo? Como sabia que eu faria isso?

— Eu vi o barco mais cedo, perto da cabana. Onde mais você jogaria os corpos?

Bernie olhou para ele com certo interesse. Ele havia levantado o bloco e o largara na beirada do barco. A corda presa a Liana estava tensa. Agora, tudo o que Bernie tinha a fazer era levantar o corpo dela e jogá-la na água.

— Se esse é o caso — disse ele —, então tenho que agir mais rápido. Quando esses helicópteros de busca passarem por aqui, não vou querer deixar nenhuma prova no barco.

Bernie voltou-se para Liana. Ela agora estava lutando, curvando o corpo para a frente e para trás, forçando as amarras. Bernie colocou um pé perto da cabeça dela e o outro na altura da cintura, e se inclinou para levantá-la. George, então, gritou o mais alto que pôde na esperança de algum outro barco estar passando por perto:

— Socorro!

Só o que ouviu em resposta foi o guincho de uma gaivota que circulava. George gritou novamente quando Bernie agarrou e começou a levantar Liana. Eles se viram por entre as pernas abertas de Bernie, e Liana balançou a cabeça para George. A brisa do oceano tirou o cabelo de seu rosto, e ele pôde ver os dois olhos dela. Estavam livres do pânico, conformados. George parou de gritar.

— George, sinto muito — disse ela. — Eu amo você.

— Audrey!

Conforme George serrava freneticamente a amarra do punho esquerdo, Bernie rolou o corpo de Liana para cima e para a beirada do barco. George ouviu um único som de água espirrando, depois nada. O bloco de cimento a levara instantaneamente para as profundezas.

Bernie virou e se inclinou contra a beirada do barco, apoiando as duas mãos grandes nas coxas.

— Isso foi mais difícil do que eu pensei — disse ele, com a voz ofegante.

George não conseguia olhar para ele. Exausto, apoiou a testa no deque viscoso, focado nos sapatos de Bernie, um par de mocassins bordados. A barra da calça social flutuava ao vento. George respirou profundamente pelo nariz e aspirou o cheiro pungente que vinha do convés do barco. Um grande vazio tomou conta dele. Sabendo que sua morte estava próxima, sentiu-se incrivelmente sozinho. A imagem do pai surgiu em seus pensamentos.

George ouviu o som arrastado de Bernie se erguendo.

Ele vai tirar a lona de cima de mim, pensou, *ver a faca nos meus dedos inchados e jogá-la longe. Ele vai descobrir a corda cortada e rir da minha frágil tentativa de fuga, depois vai amarrar novamente a corda e me dar um bloco de cimento para levar comigo ao leito do oceano.*

Com a cabeça ainda no convés, observou Bernie ir para a proa do barco. George baixou o queixo contra o peito e viu outros três blocos de cimento atrás dos bancos da frente. Bernie pegou um com uma mão e o tirou de sua visão.

— Você está terrivelmente quieto, George. Vou deixar você por último, então, conseguiu mais um tempinho de vida. Fique à vontade para falar. Eu não ligo de bater um papo.

George sentiu os pés de Bernie andando pelo convés, a lona mexendo, mas ainda no mesmo lugar. Um barulho suave o fez pensar que ele tinha apoiado o bloco, então sentiu duas mãos, uma na lombar e a outra atrás das coxas, empurrando-o alguns centímetros para a frente. A faca, ainda presa em sua mão direita, arrastou-se pelo convés de madeira, e George teve a certeza de que Bernie tinha ouvido, mas só o que ele disse foi:

— Fique aí, está bem?

George olhou o próprio corpo. A lona ainda estava sobre ele. Bernie estaria ocupado por alguns minutos amarrando blocos de cimento em Karin Boyd e Katie Aller, antes de jogar os corpos. Ele procurou com os dedos o local desgastado onde já havia cortado quase três quartos da corda. Reposicionou a lâmina e começou a serrar novamente.

— Fiquei surpreso com esta aqui — disse Bernie. — A sobrinha de MacLean. Você realmente atrai moças bonitas, George, embora eu não saiba o porquê disso. Carreguei meus dardos com o suficiente para abater alguém do seu tamanho. Não é uma ciência muito fácil, sabe, mas acho que foi um pouco demais para esta daqui. Colocou-a para dormir para sempre.

George tinha conseguido cortar toda a corda em volta do punho esquerdo, e seu braço, com os músculos amortecidos, caiu no deque. Ele fingiu tossir para acobertar o som, dobrando-se e esfregando as mãos formigantes. A tosse falsa logo se tornou verdadeira, os espasmos em seu diafragma fizeram com que o estômago quase vazio produzisse mais um pouco de bile. Ele a cuspiu no deque.

— Isso vai acabar logo, logo — afirmou Bernie.

George não conseguia vê-lo, mas ele parecia estar carregando o corpo de Karin Boyd para a borda do barco. Na esperança de que Bernie estivesse de costas, ele rapidamente mexeu as mãos até a barriga e encontrou um nó duplo relativamente frouxo em torno da cintura. Havia um nó embolado no lado esquerdo do quadril. George não sabia nada sobre nós. Passou os dedos por cima dele, notando apenas que parecia muito apertado e que não conseguia encontrar qualquer ponta solta para se libertar. O nó segurava um trecho de corda que estava firmemente preso na coxa e entre as pernas. Se ele pudesse cortar a corda, embora os tornozelos ainda estivessem amarrados, poderia esticar o corpo e liberar as mãos. Teria uma chance de chegar até a arma dentro da caixa de ferramentas.

George ouviu um *splash* — Karin Boyd indo para seu túmulo aquático — e, em seguida, uma forte expiração de Bernie. Será que ele estava ficando cansado? Ele era forte, disso George sabia, mas, mesmo nesse dia mais fresco, o sol estava a pino e Bernie usava calça social escura e camisa de seda cinza.

— Ah, Katie — disse Bernie, quando George ouviu o som de plástico revirado. Ele imaginou que ela ainda estivesse enrolada como um carpete, da forma que a vira na casa, na Captain Sawyer Lane. — Você não conhecia Katie, não é?

— Eu a conheci — disse George, querendo manter Bernie falando. Tinha colocado a lâmina da faca embaixo da corda que ligava a cintura aos tornozelos.

— Então, provavelmente, sabe que eu não a matei de verdade, só antecipei o inevitável. Sabe quantos anos ela tinha? Vinte e dois, mas parecia oitenta e dois. Ela foi viciada em drogas por menos de um ano, mas que ano! — gargalhou Bernie. — Sabe quem a apresentou às drogas, não é mesmo? Sua preciosa Jane. Ela tinha um talento para lidar com as mulheres, assim como você.

George estava começando a se sentir fraco, com a cabeça girando, o suor tomando conta do corpo inteiro, e precisava de toda energia possível para cortar os últimos pedaços de corda. O sol estava diretamente em seu rosto, fazendo-o sentir-se um pedaço de carne em uma grelha.

Ele ouviu Bernie grunhir um pouco e o plástico foi remexido novamente.

— As pessoas ficam mais pesadas quando estão mortas, sabia? Virei esta coisa algumas vezes quando ela ainda estava viva, e não pesava mais que uma boneca de pano, mas agora, caramba, estou ficando velho.

A corda que George estava cortando partiu-se em duas e suas pernas se soltaram. Ele ainda estava preso pelos tornozelos, mas não estava mais atado como um peru. Era o que o impedia de esticar os músculos frouxos e adormecidos das pernas, mas não sabia para onde Bernie estava olhando. Ao virar ao máximo a cabeça para trás, ele conseguiu ver apenas o céu, agora com algumas nuvens esparsas. Ouviu outro *splash* quando Katie Aller foi jogada ao mar. Agora ele estava sozinho com Bernie no barco e se deu conta de que não conseguiria romper a corda que prendia seus tornozelos. Ele virou a cabeça para o outro lado, olhando para onde Liana, ainda amarrada, estivera deitada. Batendo contra a lateral do barco estava a caixa de ferramentas que ela havia mencionado. Ao lado dela, um colete salva-vidas vermelho, e George se perguntou se não seria melhor apenas pegar o colete e mergulhar na água, arriscar-se por lá.

Ele ouviu o rastejar dos sapatos de Bernie no convés atrás dele. Tentou respirar fundo, mas o ar que inspirou pareceu insuficiente em seus pulmões.

A qualquer momento, Bernie vai tirar a lona de cima de mim, pensou ele, *ver que consegui me livrar da corda, então terei que agir, atacá-lo com uma faca feita para cortar nada além de um bife.*

Bernie fez um som atrás dele, um breve murmúrio gutural que parecia estar na dúvida, então deu três passos até o leme. George o viu curvar-se e destrancar um compartimento, pegando um binóculo. Ele o levou aos olhos e observou ao longe. Essa era a chance de George.

O mais rápido que pôde, ele rolou de lado com a ajuda das mãos e dos joelhos, então jogou-se para a frente e na direção da caixa de ferramentas. Seus músculos estavam lentos e rijos, como se estivessem amarrados há dias, não horas. Abriu a tampa da caixa e jogou o que tinha ali dentro no convés. Ferramentas, equipamento de pesca e vários sinalizadores se espalharam, junto com um revólver preto envolvido em um pano gorduroso. George pegou-o com a mão direita e rolou para se sentar. Bernie ainda estava parado calmamente perto do leme, com o binóculo na mão. Havia um sorriso intrigado em seus lábios, e George viu os olhos de Bernie irem para a arma em suas mãos e novamente para seu rosto.

— Não está carregada — disse Bernie.

— Tem certeza? — perguntou George, puxando o cão para trás. Fez um clique de ajuste, e foi mais fácil do que pensou que seria. Seu braço estava tremendo, tanto de medo quanto de cansaço, mas ele não estava nem aí.

— Vá em frente e atire — provocou Bernie. — Realmente não está carregada. Por que não pega esse colete salva-vidas e...

George puxou o gatilho. Um leve ricochete empurrou sua mão, e a arma disparou um estrondo que parecia fogos de artifício. Bernie derrubou o binóculo no deque e levou a mão direita ao pescoço. Um terrível som de borbulhar veio dele, e um jorro de sangue desceu pelo corpo, ensopando a camisa acetinada.

Bernie apertou com força o pescoço, mas o sangue não parava de escorrer por entre seus dedos e pelo dorso da mão. Ele esticou a outra mão e se agarrou ao banco giratório do piloto, puxando o corpo até ele, como um velho com dores nas juntas.

Os olhos de Bernie fitavam George. Parecia não haver medo ou raiva neles — apenas confusão, como se ele estivesse se perguntando por que, de repente, havia um vazamento em seu pescoço, e o que aquilo tinha a ver com a arma que George estava segurando. Bernie sentou-se de qualquer jeito na cadeira, ainda virado para George, e sua mão coberta de sangue caiu sobre a coxa. Toda a parte da frente da camisa estava ensopada de sangue, e o rosto, drenado, tinha ficado branco como um fantasma. Os olhos não pareciam mais confusos. Não pareciam mais nada. Ele estava morto.

George virou-se e olhou para o mar ao redor. Esperava ver um barco no horizonte, ou qualquer coisa que tivesse distraído Bernie, mas tudo o que viu foi a linha do horizonte por todos os lados. Uma gaivota surgiu naquela imensidão azul a cerca de vinte metros, mas era o único sinal de vida.

Ele fechou os olhos e tentou clarear a mente por um instante, procurou compreender o que tinha acabado de acontecer. O sol intenso irritava sua pele e o deque se inclinou. Imagens de sonhos brotaram no limiar de sua consciência, e, por um breve instante de alucinação, George quase se permitiu adormecer.

Quando ele abriu os olhos, nada havia mudado. Estava sozinho no convés do barco, com cacarecos da caixa de ferramenta espalhados e um bloco de cimento que fora destinado a ele. O revólver estava em sua mão. Bernie, caído no assento do piloto, girava de um lado para o outro, no ritmo suave do mar.

CAPÍTULO 24

George voltou para a Mather College. Mesmo que sua viagem para Sweetgum tivesse parecido uma vida inteira, na verdade, ele estava de volta ao seu dormitório menos de uma semana após ter partido. Contou ao seu colega de quarto, Kevin, e a todos que perguntaram que tinha ido para casa por alguns dias. Para a casa dos pais, em Massachusetts. Ninguém o questionou.

Sentia-se culpado por mentir, mas disse a si mesmo que estava protegendo Liana.

George havia decidido que Chalfant estava certo. Que havia uma chance de Liana voltar para a Mather para procurá-lo. Ela não podia voltar para a Flórida. Não tinha outra família. Para onde mais ela iria? E George decidiu que, se Liana o procurasse, ele a ajudaria, não importando o que acontecesse. Poderia tentar convencê-la a se entregar, mas, se isso não funcionasse, ele faria o que fosse preciso para que ela não fosse presa. E para ter certeza de que tinha um papel na vida dela.

George não tinha sido a pessoa mais sociável no primeiro semestre de faculdade, principalmente por causa de Liana, mas tornou-se ainda menos extrovertido no segundo semestre. Nunca ia a festas e parou de ficar com os caras do fim do corredor do alojamento. Frequentemente comia sozinho no refeitório, escondido atrás de um exemplar do jornal da faculdade. Ele ia de sala em sala sozinho, curvado com seu casaco de inverno e um cigarro constante entre os lábios. Em seu tempo livre, ficava sempre isolado numa escrivaninha da biblioteca, no andar infe-

rior. Era bem silencioso lá, mesmo para os padrões de uma biblioteca; o único som eram os estalos e assobios de um antigo radiador. Ele estudava muito, tentando compensar as notas nada espetaculares do primeiro semestre. Dava para notar que os outros calouros do corredor, principalmente Kevin, sentiam-se magoados com o súbito distanciamento dele. Mas estava protegido pelo manto da morte de Audrey, pelo que eles entendiam como seu luto.

Aquele inverno foi o mais frio registrado em mais de cinquenta anos, com temperaturas negativas que duraram semanas. Conforme os dias curtos de frio e escuridão se arrastavam, a temporada de George na Flórida, além de todo o semestre anterior, parecia ter sido um sonho de outro mundo. Ainda assim, toda vez que o telefone tocava no dormitório que ele dividia com Kevin, um pequeno nó no estômago de George o fazia pensar se Liana faria contato. Mas nunca era ela.

Nas férias de fevereiro, George voltou para casa. Sua mãe não chegou a mencionar Audrey, mas seu pai, sim, perguntando como ele estava lidando com aquela triste notícia. George disse que já tinha estado melhor, e o pai lhe ofereceu um uísque com água, a primeira vez que alguém na casa oferecia a ele uma bebida alcoólica. — Ele aceitou, e os dois se sentaram juntos, em silêncio, no escritório do pai, e beberam.

— Está gostando?

— Talvez precise me acostumar.

O pai riu, mostrando os dentes amarelados pelo antigo hábito de fumar cachimbo.

— Deveria ter preparado o seu com algo mais leve.

— Não, assim está bom. Está ficando cada vez melhor.

De volta à faculdade, os dias ficaram mais longos e as temperaturas subiram. George sentia falta do anonimato que seu casaco lhe oferecia. Quando atravessava o campus, sentia olhos na sua direção por mais tempo que o necessário. Sabia o que as pessoas estavam achando: "Olha só o George Foss. A namorada dele cometeu suicídio nas férias de Natal, e agora ele quase não fala com ninguém. Só fica na dele". George não se importava muito. Estava só, mas a ideia de que Liana poderia, algum dia, voltar ou ligar mantinha suas esperanças acesas.

Quando o telefone finalmente tocou, era o detetive Chalfant. Kevin atendeu, num belo domingo de manhã, quando George estava no refeitório.

— Você está em apuros? — perguntou Kevin, depois de entregar o recado com um número para responder.

— Ele é amigo da família. Ele se chama de "detetive". É meio que uma brincadeira.

Em vez de ligar para ele do dormitório, George comprou um cartão para uma das cabines telefônicas no centro estudantil. Ninguém usava aqueles telefones, e ele sabia que teria privacidade. Acendeu um cigarro, tragou profundamente e discou o número.

Chalfant atendeu na segunda chamada.

— Aqui é George Foss, respondendo à sua ligação.

— Olá, George. Como vai?

— Tudo bem.

— Alguma notícia da nossa amiga em comum?

— Não. Não soube nada dela. Achei que talvez você tivesse novidades.

— Infelizmente, não. Nossas buscas não deram em nada. Ela está totalmente desaparecida. — George ouviu um som arrastado, como se Chalfant tivesse transferido o telefone de uma mão para outra. — George, quero que saiba de uma coisa. Não sei se tem acompanhado as notícias daqui da região, mas o pai de Liana Decter morreu. Ele morreu na noite em que ela fugiu de Chinkapin. Não contei a você na ocasião porque não queria piorar a situação e, verdade seja dita, não sabíamos o que tínhamos nas mãos naquele momento. Mas agora há um segundo mandado de prisão para Liana. É um mandado de prisão para homicídio em primeiro grau, George, pelo assassinato do pai dela.

— O quê?

— Está bem claro para nós. E está começando a fazer um estardalhaço nos noticiários por aqui, no país inteiro também, imagino. Por isso quis ligar para você. Queria que soubesse por mim.

— Por que ela mataria o próprio pai?

Chalfant suspirou.

— O motivo para termos demorado tanto para conseguir um segundo mandado foi que tínhamos razões para crer que Kurt Decter tinha sido morto por um agente de apostas para quem ele devia dinheiro.

— Dale.

— Sim. Dale Ryan. Esqueci que você sabia sobre ele. Nós o interrogamos e ele admitiu que Decter lhe devia dinheiro, mas disse que não tinha nada a ver com a morte dele. Ele tinha um forte álibi e não tínhamos provas para retê-lo, então o liberamos. Agora estamos trabalhando com a possibilidade de que Liana matou o próprio pai antes de fugir para... é só uma teoria, é claro... mas para protegê-lo de Dale. Parece que, ocasionalmente, Liana prestava favores sexuais para solver algumas das dívidas do pai.

Chalfant fez uma pausa, mas George não disse nada. Embora já soubesse disso, ouvir tal informação novamente de outra fonte fez seu estômago se retorcer.

— Achamos que, quando Liana decidiu deixar a cidade, ela sabia que o pai ficaria à mercê dos homens para os quais ele devia. Ela provavelmente fez o que fez por saber que o pai estava arruinado.

— Como ele morreu?

— Ele foi morto em casa, com um ferimento de faca na garganta.

Chalfant não forneceu mais detalhes. Ele lembrou George, mais uma vez, que, se Liana entrasse em contato, era sua obrigação legal alertar as autoridades. George prometeu que ligaria caso ela aparecesse.

Mais tarde, naquele ano, durante uma das visitas compulsivas de George à seção de periódicos da biblioteca da Mather, ele encontrou um longo artigo sobre o caso, que tinha sido publicado na revista de um jornal de grande circulação na Flórida. Era altamente especulativo, baseado principalmente em uma entrevista com o policial Robert Wilson, que aparentemente não trabalhava mais para o Departamento Policial de Sweetgum.

George leu o artigo tantas vezes que parecia ter memorizado cada palavra.

O corpo de Kurt Decter tinha sido encontrado na sala da casa, na Rua Oito.

— Era a casa mais feia em uma rua cheia de casas feias — disse Wilson.

Os dois detetives, Chalfant e Wilson, chegaram juntos à casa para entregar o mandado de prisão de Liana Decter. Eles sabiam que tinham chegado a uma cena de crime antes mesmo de abrirem a porta e sentirem o cheio forte que vinha de dentro. As pessoas de Chinkapin não deixavam a porta da casa destrancada no meio da manhã.

Demorou um tempo para que seus olhos se ajustassem ao escuro do interior. O corpo estava na vertical, em cima de um sofá marrom desbotado, no meio da sala. A cabeça caída para a frente, com o queixo no peito. Bermudas largas, pernas afastadas, mãos pousadas quase casualmente sobre as coxas. À primeira vista, eles acharam que Decter estava usando uma camiseta preta, mas depois ficou claro, pela alça nos ombros, que a camiseta já tinha sido branca, mas a frente estava manchada de marrom-escuro por causa do sangue jorrado. Moscas voavam em torno do cadáver.

Não havia necessidade de verificar o pulso. A garganta de Decter fora cortada com profundidade e largura suficientes para que a pele ficasse exposta dos dois lados da mandíbula. O sangue não tinha apenas ensopado a camiseta, mas criado uma poça no colo. Um jorro arterial havia espirrado por toda a mesa de centro e tomado conta do carpete bege do outro lado.

Nem Chalfant nem Wilson conheciam Kurt Decter, mas, com base nos braços magros e manchados e na careca queimada de sol, julgaram que o falecido deveria ter cerca de setenta anos. O controle remoto estava perto dos quadris e os pés estavam descalços. A mesa de centro estava lotada de latas vazias de cerveja. Um grande cinzeiro de cerâmica, feito à semelhança de um crocodilo, estava cheio de guimbas de cigarro e pontas amassadas de baseados. Perto do cinzeiro havia um pequeno saco contendo algumas buchas de maconha.

Uma faca de cozinha tinha sido deixada no encosto do sofá, o cabo marrom-escuro misturando-se à cor do tecido. Os dois detetives circularam e pararam ao lado do sofá, tomando cuidado para não tocar em nada antes que os peritos criminais chegassem. Wilson contou ao repórter que a visão da faca cuidadosamente deixada ao lado da vítima, como uma faca deixada sobre uma tábua de corte ao lado de uma cenoura fatiada, o deixou mais aterrorizado do que o corte na garganta de Kurt Decter.

Chalfant foi olhar os outros cômodos, enquanto Wilson ficou ao lado do corpo para analisar melhor o local. A grande televisão antiga estava desligada, mas ainda se destacava em meio ao pobre home theater, *inclinada na direção dos olhos de Decter. Uma bolsa de golfe velha estava apoiada na parede. No chão estava uma tigela de água e, perto dela, uma pilha de ração seca de gato que tinha sido colocada em uma bandeja vazia. Uma linha de formigas corria entre a comida e uma rachadura profunda na base da parede. Havia um prato sujo na mesa, os restos de um bife ainda estavam lá, com manchas vermelhas da carne. Uma grande mosca-varejeira saiu do colo do defunto para pousar em um pedaço de cartilagem.*

Wilson lembrava de ter pensado que Kurt Decter, bêbado e drogado, com o estômago cheio de uma carne de primeira linha, tinha morrido feliz.

George entendia, racionalmente, por que Liana tinha matado o pai. Era uma punição, é claro, por ser quem ele tinha sido: um degenerado de mente fraca, disposto a prostituir a filha para pagar suas dívidas. Mas também foi uma morte misericordiosa. Liana estava pronta a deixar a cidade para sempre, a nunca mais ir ver o pai. Ela sabia que ele continuaria apostando e continuaria perdendo, e, sem Liana para protegê-lo, Dale continuaria ligando. Kurt Decter era um morto-vivo, e morreria mais cedo ou mais tarde. Liana só acelerou o processo, tirando sua vida com um rápido ferimento de faca.

Mas entender o que aconteceu na noite em que Audrey morreu já era outra história. O artigo afirmava que havia provas cabais de que Liana tinha estado no carro com ela. George imaginou que as duas podiam ter brigado no bar. Acreditava no que Liana lhe havia dito — que Audrey queria acabar com o combinado, que ela queria sua vida e seu nome de volta. Ele também acreditava que Audrey tinha, provavelmente, ficado completamente incapacitada no Palm's Lounge. Liana a conduzira até a casa dos Beck, onde o carro dela estava esperando. Quando o carro de Audrey ficara guardado na garagem fechada — com o motor ainda funcionando, Audrey desmaiada ao lado dela —, Liana devia ter tomado a decisão de deixar Audrey no carro para morrer de asfixia. Teria pensado que, ao deixá-la morrer, ela própria poderia continuar a viver a vida de Audrey? Não era possível. Não fazia o menor sentido. Quem sabe ela pensara que, com a garota morta, ela poderia recomeçar do zero, que o relógio no lugar do seu coração pararia por completo e ela jamais teria que confrontar a vida que tinha deixado para trás e as mentiras que havia contado. Seria um fim honrado.

George acabara com seu plano aparecendo para um funeral.

CAPÍTULO 25

George levou um café para Irene, colocando-o com cuidado na mesa em sua frente. Nora, também na mesa, cheirou a bebida, depois virou a cabeça para trás com ar de reprovação. Ela graciosamente pulou no chão, pavoneando-se até a cozinha para supervisionar sua tigela de comida.

— Obrigada — disse Irene. — Poderíamos ter saído para tomar um café, sabia.

— Boa tentativa — disse George.

— Você *pode* sair para tomar um café, entende — disse ela, com um exagero zombador que incomodava por tanta transparência. — Você ainda não virou um recluso total, não é?

— Eu saio — disse ele.

Tecnicamente era verdade. Nos dez dias desde que atirara em Bernie MacDonald, George de vez em quando saía do apartamento, geralmente para ir até o mercado da esquina ou para a loja de bebidas localizada, por conveniência, ao lado do prédio. Ele também tinha feito várias visitas a delegacias a pedido da polícia. Não que estivesse se tornando agorafóbico, pelo menos disse a si mesmo que não estava; era só que a visão de pessoas normais comportando-se normalmente — ou pior, gostando disso — preenchia-o com um senso de desconforto que beirava o horror. Ele passou a aceitar que, em seu estado atual, a mente era uma tela de cinema que passava um único filme, um filme daquela segunda-feira em New Essex, no barco com Bernie. Ele não acordava suando frio, ou gritando durante o sono, ou morrendo de medo com sons desconhecidos, mas não parava de ver tudo aquilo acontecendo de novo e de novo. Lembrou-se de um período, em seu primeiro ano de faculdade, em que se tornara completamente viciado em Tetris no computador, a ponto de aquelas seis formas coloridas flutuarem constantemente em sua visão, chegando a penetrar seus sonhos.

— Vamos sair para tomar um café uma hora dessas — disse Irene, pressionando os lábios em um gesto de compreensão.

— Essa expressão no seu rosto não está ajudando — respondeu ele. — Além do mais, nunca gostei de sair para tomar café. Você sabe disso.

— Eu não incomodaria você com isso se concordasse em consultar alguém.

Irene envolveu a caneca de café com as mãos, como se fosse inverno. Agosto tinha acabado, mas a cidade ainda estava presa naquele calor infernal, e o apartamento de George, refrescado somente pelo ar-condicionado, estava por volta dos vinte e quatro graus. O alguém a quem ela estava se referindo era o terapeuta ao qual ela queria que George fosse. Tinha feito pesquisas e encontrado um homem que ela achara perfeito. George havia concordado com ela, em teoria, mas ainda não na prática.

— Eu irei — disse ele. — Quando estiver pronto. Faz apenas duas semanas. Você demorou mais tempo que isso para superar *Silêncio dos Inocentes*.

Ela sorriu, apoiou o café de novo na mesa e se estirou no sofá. Usava uma calça cápri preta e uma camiseta sem manga. O hematoma deixado pelo soco de Bernie MacDonald tinha sarado quase por completo. George ainda via uma leve mancha amarelada, mas talvez estivesse apenas imaginando.

— Tudo bem. Você venceu hoje, porque estou muito cansada para discutir. Gostaria de ouvir sobre meus problemas bobos?

— Eu adoraria — respondeu ele.

Ela lhe contou sobre o encontro desastroso ao qual havia concordado em ir com o editor divorciado, como ele a tinha levado a uma pequena cervejaria e ensinado tudo sobre os prazeres do vinho de cevada, depois ficara bêbado e voltara para casa soluçando. George ouviu, fazendo comentários sarcásticos, mas, como sempre, ultimamente, sua mente ainda estava naquele momento de quase morte, as imagens surgindo e caindo como peças de Tetris.

Depois de atirar em Bernie, ele tinha se concentrado em cortar a corda em volta dos tornozelos. Suas mãos tinham começado a tremer violentamente, como alguém tentando levar um copo de plástico aos lábios dentro de um avião e sendo jogado para os lados durante uma turbulência. De alguma forma, conseguira se focar na tarefa, mantendo a cabeça abaixada. Quando finalmente libertou os pés, ele se empurrou para trás e inclinou-se contra a popa. Bernie não tinha se movido, ainda estava sentado na cadeira giratória do piloto, com o queixo no peito, como se estivesse dormindo, só que o corpo estava pintado de sangue, agora escurecido de um vermelho intenso para um marrom lamacento. Uma grande mosca rodeava a cabeça de Bernie. Como ela tinha chegado ali tão rápido, no meio do nada? George, de repente, temeu que tivesse levado horas, em vez de minutos, para se livrar daqueles nós. Ele olhou para o sol, tentando imaginar o horário. Em quanto tempo cairia a noite e ele continuaria no oceano com um cadáver?

Foi esse pensamento que o fez agir. Ele ficou de pé, com as pernas fracas, e tentou caminhar até a proa, mas seus músculos trêmulos o fizeram cair de joelhos, e ele rastejou na direção de Bernie. Ao chegar ao corpo, George cutucou a canela dele com um dedo e recuou, ainda com medo de que pudesse estar vivo. Quando nada aconteceu, ele conseguiu ficar de pé, tirou Bernie da cadeira e assumiu seu lugar. O corpo caiu com um forte barulho e com o terrível som de gás sendo eliminado. George não olhou, mas sentiu o forte odor de merda misturado com brisa marítima e sangue.

Ele olhou para o mar vazio. Era um dia calmo, mas a superfície ondulava aqui e ali, brancas ondas brilhando sob o sol. Olhou em todas as direções, mas tudo era igual, o oceano caindo além da curva da Terra. Ocorreu-lhe que nunca mais encontraria terra firme, que morreria no meio do nada. O sol, bem no meio do céu, nem nascendo, nem se pondo, parecia zombar dele com sua falta de sentido. Ele olhou para os controles do barco, e lá, junto do console, estava uma bússola, um instrumento que ele provavelmente não via desde seu fracasso no Clube de Escoteiros. Estava coberta com água salgada; quando ele a limpou, viu que o barco estava apontado para o Norte. Tudo o que sabia era que precisava ir para Oeste, de volta à terra. Apenas voltar ao alcance dos outros barcos já seria o bastante. Na terra dos vivos, ele poderia ser preso por assassinato, mas isso também significava que eles o tirariam desse barco, levando-o para longe do movimento nauseante do mar. E, para longe de Bernie, deitado no próprio sangue e excremento.

Ele encontrou a chave de ignição, amarrada por uma corda espiral a um pedaço de espuma no formato de um peixe-espada. Virou a chave. Nada aconteceu, e seu peito se contraiu de medo. Então ele mexeu no acelerador, segurando-o no neutro, e tentou de novo. O motor tossiu, querendo pegar. George nunca tinha dirigido um barco na vida, mas tratou de mexer no acelerador para colocar o barco em movimento a uma velocidade que pudesse controlar. Então, depois de virar o leme na direção que a bússola indicava como Oeste, ele o manteve firme.

Após cerca de dez minutos, George encontrou o que parecia uma embarcação de bom tamanho ao norte de onde estava. Ele considerou manter o barco apontado para a terra, mas não sabia quanta gasolina ainda tinha e pensou que seria melhor pegar a primeira oportunidade para se livrar do cadáver de Bernie. Ele virou o leme rápido demais, e o barco pareceu flutuar na água, opondo-se e liberando um jato de água que criou um arco-íris ao sol.

Ao se aproximar da outra embarcação, ficou feliz de ver que ela estava imóvel na água. Brilhava, incrivelmente branco, um barco de pesca esportiva com o que parecia ser um sistema de satélite anexado ao teto da cabine. Ele pôde ver duas figuras de pé no convés, enormes varas de pesca na frente delas. A cerca de cinquenta metros de distância, observou os dois homens virarem na direção dele e viu duas mulheres surgirem das cadeiras para ver quem se aproximava. George desacelerou o barco e balançou os dois braços no que, ele esperava, parecesse uma combinação de "preciso de ajuda" com "sou inofensivo". Subitamente, desejou cobrir o corpo de Bernie com a lona.

Quando chegou mais perto, ele viu que os homens eram de meia-idade, com bronzeado intenso. Cada um tinha na mão uma lata de cerveja. As duas mulheres, igualmente bronzeadas, rapidamente colocaram a parte de cima dos biquínis; elas estavam fazendo topless.

George quase tocou o outro barco, mexendo o acelerador para evitar bater nele. Desligou o motor quando estava a menos de dez metros, e o barco girou, batendo na lateral do outro. Um dos caras, que tinha uma barriga do tamanho de uma bola gigante, disse:

— Puta merda, seu idiota.

George ergueu os braços novamente e respondeu:

— Desculpe. Preciso de ajuda.

Uma das mulheres, com um biquíni preto e dourado, olhou para a beirada do barco pesqueiro, viu o corpo de Bernie e soltou um grito agudo esquisito.

— Houve um acidente — disse ele, dizendo o mais próximo da verdade que gostaria de contar. — Poderiam chamar a Guarda Costeira, por favor?

— Esse homem está morto? — perguntou a outra mulher, que tinha se aproximado também. Ela parecia ser pelo menos vinte anos mais jovem que todos naquela festa e tinha acabado de acender um cigarro. O cheiro foi até George, um cheiro paradisíaco, brevemente mascarando o fedor de sangue e sal do ar.

— Ele está morto — confirmou George. — Posso explicar depois que ligar para a Guarda Costeira. Posso subir a bordo?

O homem com a barriga protuberante tinha ido até o leme, e George o observou pegar um rádio de seu complexo console. Os outros três se entreolharam, como se decidissem silenciosamente se permitiriam que entrasse a bordo do barco deles um cara que parecia um assassino maluco. George observou seus olhos avaliando o deque e viu a mulher mais nova reconhecer o revólver que ele havia jogado de lado.

— Não estou armado — disse ele, mostrando as palmas das mãos. — Fui sequestrado por esse homem. Se não quiserem me deixar entrar no barco, então, por favor, posso beber um pouco de água?

Até pedir água, ele não havia percebido quanto estava com sede. Sua boca tinha gosto de metal e sangue. A mulher mais jovem, que usava um biquíni amarelo brilhante, virou-se para o outro homem, que ainda não tinha falado:

— Ele pode entrar, não pode? — perguntou ela.

Ele consultou seu colega de pesca, ainda mexendo com o aparelho de rádio, então virou-se de novo para George.

— Acho que tudo bem. Deixe-me pegar a escadinha.

A Guarda Costeira chegou quinze minutos depois de George subir a bordo do *Reel Time*. Enquanto esperava, ele aceitou uma cadeira para se sentar, engoliu a água e esfregou os punhos e tornozelos, até perceber que só estava piorando a situação, mexendo na pele sensível, fazendo o sangue brotar e escorrer no deque do barco. Os homens mantinham distância, mas a mulher mais nova, que se apresentou como Melanie, perguntou a ele o que havia acontecido. George tentou falar, mas começou a tremer tanto que teve que apoiar a garrafa de água no chão. Resfriando de repente, ouvindo a própria voz distante, percebeu que estava entrando em choque. Quando a embarcação da Guarda Costeira chegou e o levou a bordo, ele recebeu um cobertor. Aquele pequeno ato de bondade fez com que começasse a chorar copiosamente.

Nos dias que se seguiram, George contou sua história inúmeras vezes para inúmeros agentes da lei. Ele sentiu, com as diferentes atitudes e por causa das perguntas principais, que havia uma discussão sobre se deveriam prendê-lo ou não. Ele tinha atirado no pescoço de um homem e estava diretamente ligado às mortes de quatro outras pessoas. Também havia sido ligado diretamente a um roubo de grandes proporções, e estava ficando cada vez mais claro, em virtude das perguntas direcionadas a ele, que os diamantes tirados do cofre de MacLean ainda estavam desaparecidos. Passou, então, a crer que a detetive Roberta James era quem o estava protegendo, a única que acreditava em cada palavra de sua história. De fato, ela era a única detetive que sempre fornecia informações a George, contando a ele que nenhum dos corpos havia sido retirado das profundezas do Atlântico, avisando-lhe que a esposa de MacLean tinha, finalmente, morrido e que, até onde a detetive sabia, ela nunca fora informada sobre o assassinato do marido.

Olhando para trás, George não se importava com as perguntas constantes. Contar a história diversas vezes parecia torná-la mais fácil de lidar. Foi só depois de um dia inteiro sem que a polícia o tivesse contatado, um dia em que ele não chegou a sair do apartamento, que começou a sentir a enormidade do que havia acontecido. Certas imagens — Bernie caído na cadeira do piloto, Karin Boyd ficando cinza na casa de Katie Aller, o olhar de Liana quando fora jogada no mar — nunca saíram da sua cabeça. Ler não ajudava, nem mesmo assistir à televisão. Quando ele saía do apartamento, o mundo que tinha sempre se apresentado relativamente tranquilo agora parecia guardar surpresas catastróficas para ele. Prédios balançavam como se estivessem para cair, carros derrapavam perigosamente nas esquinas e estranhos violentos o observavam como se pudessem ler os terríveis pensamentos em sua cabeça. Qualquer pensamento sobre o oceano o preenchia com um pânico profundo.

Ele havia conversado com o departamento de recursos humanos da revista e lhe tinha sido concedida uma licença para "tratamento de problemas familiares". Só precisavam que o médico dele preenchesse um formulário e o enviasse por fax. Todos os dias George pensava em ligar para o médico e marcar uma consulta. E, todos os dias, não ligava. O escritório enviava e-mails, mas ele não respondia.

As visitas de Irene não ajudavam exatamente, mas também não faziam mal. Elas preenchiam o tempo durante o dia, embora esse não fosse seu maior problema. Enfrentar as infindáveis horas da noite é que era.

— Achei que ele odiasse a esposa.

— Ah, você *estava* ouvindo — disse Irene, sentando-se para tomar o restante do café. — Foi o que ele disse. — Ela deu de ombros.

— Então não haverá um segundo encontro.

— Meu Deus, não. Minhas experiências com homens arrasados chegaram oficialmente ao fim. — Assim que ela disse isso, seu rosto ficou vermelho de arrependimento. — Eu não quis...

— Exceto por mim, é claro.

— Eu não considero você um homem arrasado.

— Obrigado. Caio, mas não me curvo. Esse sou eu. O que não nos mata nos torna mais fortes. A propósito, quem quer que tenha dito isso deveria ser mandado para o mar com o fantasma de Bernie MacDonald.

— Vou descobrir quem disse isso e dar um jeito. — Ela tirou um dos pelos de Nora do ombro e pôs-se a levantar.

— Você já vai? — perguntou George.

— A menos que me implore para ficar.

Ele acompanhou Irene até a porta, onde ela o beijou nos lábios, como sempre fazia.

— Acho que você vai ficar bem.

Depois que ela saiu, George arrumou o guarda-roupa do quarto, enchendo uma sacola de mercado com camisas que ele achava que não usaria mais. Talvez mais tarde levasse a sacola para a casa de caridade a duas quadras de sua casa. Poderia ser sua saída do dia.

Encheu novamente sua caneca de café, resistindo à tentação de acrescentar uma dose de conhaque, e voltou para a sala para trabalhar no que vinha chamando secretamente de "diário da morte". Tinha sido uma sugestão da detetive James, na última vez que se falaram. Ela o acompanhou até a saída da delegacia, como sempre. Enquanto ficaram parados por um instante no pôr do sol cinza da cidade, ele agradeceu a ela por sua gentileza.

— Por quê? — perguntou ela.

— Por acreditar na minha história. Não me prender. Não olhar para mim do jeito que os outros policiais... as outras policiais... me olham.

— Não estou fazendo nenhum favor. A verdade é que, realmente, acredito na sua história.

— Mas você não para de me chamar aqui.

— Tenho a esperança de que se lembre de algo novo. Há ainda muitas perguntas.

— Vocês ainda não encontraram os diamantes, não é?

— Não.

George acendeu um cigarro, tendo voltado ao hábito desde que voltara a pisar em terra firme. Ele aspirou fundo, tragando para os pulmões, soprando para longe da detetive James, mas o vento do fim de tarde levou a fumaça diretamente para o rosto dela. Ele se desculpou.

— Não se preocupe. Tem um cheiro bom. Sou uma daquelas ex-fumantes que ainda gostam de sentir a fumaça alheia. Sinto falta até nos bares.

— Às vezes acho que você é a mulher perfeita para mim, detetive.

Ela explodiu em uma gargalhada.

— Não é uma coisa que ouço todos os dias.

— Então deve estar saindo com as pessoas erradas.

— Nem me diga.

Ele deu outra tragada longa no cigarro.

— Acha que ainda vai precisar de mim aqui outra vez?

— Provavelmente. Ainda não estou convencida de que você lembrou de tudo o que podia.

— É porque estou tentando esquecer tudo o que posso.

— Tenho uma sugestão para você — disse ela, esfregando a nuca e, em seguida, arrumando o colarinho da camisa. Ela não usava esmalte nas unhas. Na verdade, exceto por um pouco de blush, George achava que Roberta James não usava nenhum tipo de maquiagem.

— E qual é? — perguntou ele.

— Acho que você deveria tentar colocar tudo no papel.

— Achei que fosse isso que vocês estivessem fazendo.

— Imagino que você tenha mais a escrever. Escreva cada detalhe do que aconteceu. Procure descrever as coisas. Ainda estou convencida de que estamos esquecendo de algo. Poderia nos ajudar a descobrir o que aconteceu, mas também pensei que isso pudesse ajudar você... a processar as coisas.

— Você acha que eu estou fodido.

— Não, mas acho que algo muito fodido aconteceu com você. Imagino que não seja tão ruim assim escrever essas coisas. Nunca daria essa sugestão se eu achasse que isso lhe faria mal.

Aceitando a sugestão, ele encontrou um velho caderno em branco escondido em meio à sua prateleira de livros e começou a escrever, com sua letra rabiscada, quase ilegível, os eventos que transcorreram. Não estava escrevendo as coisas na ordem cronológica. Apenas pensava em algo que havia ocorrido e tentava detalhar ao máximo. Não era agradável, mas passava o tempo.

Ultimamente, estava focado em sua tentativa de fuga de Bernie MacDonald, na casa de Katie Aller. Ele descreveu o interior da casa, como estava a lavanderia onde o corpo de Katie fora depositado. Tentou recordar os pensamentos e questionamentos daquela hora. *Como Bernie sabe que estamos aqui? Será que ele nos seguiu no Dodge? E, se assim o foi, por que ele esperou tanto para nos abordar com a arma de tranquilizantes? Por que não se preocupou que chamaríamos a polícia de nossos celulares, dentro da casa?*

Ele escreveu sobre sua decisão de arriscar uma corrida pela frente da casa e sobre como Karin Boyd estava quando ele passou por ela no corredor. O cinza da pele e a estranha posição curvada do corpo. Ela deveria estar morta, ou morrendo, já que a dose de tranquilizante tinha sido muito forte para sua constituição física. Então ele escreveu sobre ver Liana no banco de trás do Dodge, como ela estava estirada inconsciente. Lembrou que percebeu que ela estava viva por causa... por causa do tremer de suas pálpebras. Era uma coisa na qual não parava de pensar, aquele sutil movimento que testemunhara. Teria ele visto um tique involuntário ou teria Liana rapidamente fechado os olhos quando percebeu que alguém estava passando pelo carro? Ele se lembrava de pensar, na ocasião, que tinha sido involuntário, que ela tinha tomado uma pancada ou um tiro de tranquilizante também, e que sua pálpebra tremera. Por que ele estaria agora se convencendo de que Liana estava plenamente consciente no banco de trás do Dodge, fingindo estar dopada?

Seria porque isso se encaixaria com o que ele não parava de pensar? Que Liana e Bernie vinham atuando juntos desde o início, e que tudo, inclusive a ida ao mar, tinha sido orquestrado?

E, se esse fosse o caso, então, por que os dois estavam mortos e ele ainda vivo? Como Liana teria permitido que Bernie a jogasse do barco? Por que Bernie estava tão convencido de que a arma da caixa de ferramentas não estava carregada?

O que ele sabia era que isso o estava ajudando a colocar tudo no papel. Quanto mais detalhes lembrava, mais claro ficava o que havia, realmente, transcorrido naquele longo fim de semana. Ele sentia que estava se aproximando da verdade.

George folheou o diário até o fim, onde havia começado a fazer esboços. Tinha feito vários desenhos do barco, tentando lembrar de tudo o que estava nele. Desta vez, ele desenhou um esboço visto de cima, mostrando as posições dos quatro corpos, dois vivos e dois mortos. Olhou fixamente até seu foco ficar embaçado, só se distraindo quando ouviu o som dos sinos da igreja ao longe, dizendo-lhe que era meio-dia.

George levantou-se e foi até a cozinha, onde colocou o restante do café na caneca. Desta vez, ele colocou aquela dose de conhaque.

CAPÍTULO 26

A polícia chegou na manhã seguinte, uma quarta-feira, logo após as nove da manhã. George tinha começado a preparar seu café e estava avaliando o que faria com o resto do dia.

Três pancadas rápidas na porta de George foram seguidas pelas palavras gritadas:

— Polícia! Abra a porta! — Uma voz masculina.

George, já esperando ser preso, abriu a porta e foi recebido por O'Clair, acompanhado de dois policiais uniformizados.

— George Foss — disse O'Clair. — Detetive John O'Clair do Departamento de Polícia de Boston. Tenho um mandado de busca e apreensão para a sua residência.

Ele segurava dois pedaços de papel. Parecia que tinha ganhado uma fortuna numa raspadinha e a estava balançando no ar.

George sentou-se no sofá, tomando seu café e lendo uma cópia do mandado, enquanto os dois policiais faziam o serviço na área da cozinha, na sala e no quarto. Nora, interessada, seguiu-os ziguezagueando entre as pernas deles e observando os armários abertos. O'Clair não participou da busca, permanecendo na sala de estar com seu terno cinza vistoso, batendo os calcanhares no chão e, de vez em quando, verificando o celular.

— Onde está a detetive James? — perguntou George.

— Ah, ela está a par da situação.

— O que exatamente vocês estão procurando?

O'Clair não respondeu.

George lembrou-se do dinheiro que Liana havia lhe dado, mas que ainda não mencionara aos policiais. Ele tinha levado a grana para o sótão do prédio, embrulhado em um pano velho e enfiado embaixo da secadora. Na ocasião, ficara se perguntando se estava sendo cauteloso demais, mas agora estava feliz porque não teria de explicar os dez mil dólares em dinheiro para a polícia de Boston.

— Detetive, encontramos uma coisa — disse do quarto um dos uniformizados.

O'Clair, sem se esforçar para esconder a expressão de satisfação em seu rosto, disse a George para permanecer onde estava e entrou no quarto. George consultou seu cérebro, tentando imaginar o que eles poderiam ter encontrado que o complicaria de qualquer outra maneira. Queria ter feito a cama e pego a pilha de roupas sujas que estavam acumuladas no canto. Clarões de luz vieram do quarto, o flash de fotografias sendo tiradas. George ficou de pé, assim que O'Clair voltou do quarto, acompanhado por um dos policiais, uma mulher hispânica com sobrancelhas de Frida Kahlo. Ela usava luvas brancas e segurava um pedaço de papel branco desdobrado, em cima do qual havia duas pequenas pedras, uma de coloração esverdeada e a outra rosa.

— Sabe identificá-las? — perguntou O'Clair.

— Nunca as vi na minha vida. Onde você as encontrou? — Mesmo que se parecessem com pedras, George sabia que deveriam ser diamantes. Ele sentiu a nuca coçar.

— Vamos coletar essas pedras como prova. Você terá que vir conosco até a delegacia.

George esperou em uma das salas de interrogatório. Ele havia ficado sozinho lá por mais de uma hora, depois de dizer a O'Clair que renunciava ao direito de ter um advogado presente. George ficou pensando se já teria conhecido todas as salas de interrogatório do Departamento Policial de Boston. Aquela tinha uma janela coberta com barras. George identificou a Ponte Zakim e, bem ao longe, o Monumento

Bunker Hill, em Charlestown. O céu estava azul-escuro, ou talvez fosse o efeito da janela escurecida que o fazia parecer assim.

— Oi, George.

Ele se virou ao ouvir a voz familiar, feliz em ver a detetive James. Ela estava com um terno preto por cima de uma camisa branca de seda, com o colarinho sobre a lapela do terno. Se George fosse, de fato, preso, ele tinha a esperança de que ela o algemasse, não O'Clair, que, sem sombra de dúvida, estaria com um olhar presunçoso.

— Detetive — disse George.

— Meu parceiro me informou que você está renunciando ao direito de ter um advogado presente. Esse ainda é o caso?

Ele apenas confirmou.

— Muito bem. Por favor, sente-se. Preciso que saiba que esta conversa está sendo gravada. — Ela indicou a pequena câmera no canto da sala. George concordou com a cabeça.

Após identificar a si mesma e a George, depois dizer a hora e o local do interrogatório, James começou:

— Quer nos contar a respeito dos diamantes que encontramos?

— Eu nunca os vi antes.

— Então, como acha que eles chegaram à sua gaveta de roupas?

— São os diamantes de MacLean?

— Não sei. Você é que terá de nos contar.

— Eu também não sei. Mas acho que seria uma grande coincidência se não fossem.

— Então, como eles foram parar na sua gaveta?

— Liana Decter os colocou lá. No dia em que MacLean foi assassinado, na noite que ela passou no meu apartamento.

— E você não sabia disso na ocasião?

— Não, não sabia.

— E por que ela faria isso sem o seu conhecimento?

— Só consigo pensar em dois motivos. Um, ela estava me agradecendo pela ajuda em tirar MacLean de cena. Não que eu soubesse que estava ajudando.

— E qual seria o outro motivo?

— Ela estava armando para mim.

— E por que ela faria isso?

— Você tem tempo para ouvir?

A detetive James sorriu.

— Eu tenho o dia todo. E eu adoraria saber por que Liana Decter armaria para você.

— Ela armaria para mim porque sou o único que sabe que ela está viva, e, se eu estiver na cadeia, não poderei ir atrás dela.

— Em outra ocasião, você nos disse que testemunhou Liana Decter sendo morta por Bernie MacDonald.

— Gostaria de mudar minha história.

— Então, você não a viu sendo amarrada a um bloco de cimento e ser jogada no oceano?

— Não, estou dizendo que eu vi aquilo acontecer, mas ainda acho que ela está viva.

— Como isso seria possível?

— Não tenho certeza exatamente que ela o fez, mas, lá no fundo, não acho que ela tenha se afogado naquele dia.

James alongou o pescoço de um lado, depois do outro, como se estivesse se preparando para uma luta de boxe.

— Por que não começa do início?

— Tem certeza?

— Como eu disse, eu tenho o dia inteiro.

— Muito bem — começou George. As palavras saíram facilmente. Ele vinha ensaiando esse discurso mentalmente nos últimos dias. — Por falta de um começo melhor, vou dizer que isso tudo teve início em Barbados. Sabemos que Liana, ou Jane Byrne, o nome que costumava usar, estava trabalhando no Resort Cockle Bay e que foi lá onde conheceu Gerry MacLean. Ela sabia que ele era rico, e que era corrupto, o que significava que ele, provavelmente, tinha ativos em espécie. Ele era um alvo, e ela aplicou um golpe nele. Ela sabia como eram suas duas esposas. Ela copiou a aparência delas e o seduziu, conquistou-o o suficiente para que ele a trouxesse para Atlanta e fizesse dela sua amante. Ele lhe deu um emprego, ou ela pediu um, e isso garantiu acesso aos registros dos negócios dele. Então, de uma forma ou de outra, ela descobriu que ele havia convertido muito de seu dinheiro em diamantes e que eles estavam em um cofre aqui em Massachusetts.

"Então como violar um cofre? Ela bolou o plano perfeito. Ela roubaria dinheiro dele, o que era fácil, porque ele mandava regularmente dinheiro para as ilhas, e ela tinha acesso a isso. Ela pegaria um desses carregamentos para si e sairia da cidade. Ele ficaria irritado, mas ela sabia que, devido à natureza dos carregamentos, ele não faria contato com a polícia. Ela devia saber que ele procuraria seu investigador de costume, Donnie Jenks, para ir atrás dela. Depois, tudo o que ela tinha que fazer era maquinar uma maneira de devolver a carga para ele, aqui em Boston. E, quando alguém traz dinheiro para a sua casa... muito dinheiro... o que você faz? Você abre seu cofre e põe o dinheiro lá. Era com isso que ela estava contando. Ela precisava de ajuda, então recrutou um barman local em Atlanta, conhecido pelo nome de Bernie MacDonald. Então ela recrutou Katie Aller, ou, ao menos, a contatou. Katie era alguém que ela conhecia por trabalhar em um dos resorts no Caribe. Descobri muita coisa sobre ela. Ela era filha única, e seus pais morreram em um acidente de barco, quando Katie tinha dezoito anos. Eles eram milionários, e tudo foi para ela. Os pais detinham a propriedade com a casa e a cabana em New Essex, além de alguns imóveis na Flórida e no México. O pai dela havia vendido iates de luxo em Fort Lauderdale. Katie era viciada em drogas, talvez por influência de Liana, talvez não. Quando Liana soube que ela e Bernie precisavam de um lugar para ficar em Boston, ela entrou em contato com Katie. Meu palpite é que ela trouxe Katie até aqui com ela, deixou-a estabelecida em sua antiga casa com drogas suficientes para mantê-la feliz e utilizou a propriedade. Acabou sendo o lugar perfeito para encenar meu encontro com Bernie, ou, como eu o conheci, Donnie Jenks."

— Por que ele fingiu ser Donald Jenks? Parecia bastante óbvio que você descobriria.

— Não importava que eu descobrisse. Ela sempre soube que eu chegaria à conclusão de que tinha sido usado para chegar aos diamantes de MacLean. Acho que o nome de Donnie Jenks era o mais fácil de usar, já que ele trabalhava para MacLean. Talvez eu verificasse antes de concordar com a entrega do dinheiro. Não sei dizer ao certo, mas sei que o que Liana precisava fazer era me convencer a ajudar a trazer o dinheiro para MacLean. Liana não sabia se conseguiria fazer aquilo sozinha, então ela pensou que, se eu fosse apresentado a Bernie e ele parecesse genuinamente amedrontador, então meu instinto protetor viria à tona e eu concordaria com a entrega do dinheiro a MacLean.

— Entendo por que ela precisava de Bernie e Katie, mas por que ela precisava de você?

— Não precisava, na verdade. Pelo menos, não para a primeira parte do plano. Ela, provavelmente, poderia ter ido à casa de MacLean por conta própria, ou ter mandado Katie para isso. O único motivo para ela querer que eu entregasse o dinheiro era para me envolver na história. Ela precisava que eu fosse a testemunha, quando ela fosse jogada ao mar. Tudo acabaria daquela forma. Levar o dinheiro de MacLean era só o início. Mas ela tinha um plano maior. Não queria só os diamantes, queria uma fuga perfeita, um caso encerrado em que ela estaria morta.

— Então, acha que o plano era que você sobrevivesse àquele dia no barco?

— Acho. Não só acho que eu deveria sobreviver, como acho que Bernie também sabia disso. Ele estava com ela nessa. O que Bernie não sabia era que *ele* deveria morrer.

— Volte um pouco. Por que Bernie ameaçou sua amiga... Irene, não é? Por que ele a ameaçou e por que ele atirou em você do carro?

— Precisava parecer que Bernie havia ficado paranoico, que ele tinha enlouquecido e queria me calar ou matar todos que estivessem envolvidos no roubo. E era crucial que eu soubesse dessa história, porque eu seria o único que poderia contá-la. A história básica seria que Liana, em vez de deixar a cidade com Bernie imediatamente após o roubo dos diamantes, queria me ver mais uma vez e isso levaria Bernie àquela fúria paranoica. Foi uma enrolação, eu sei, mas durante um tempo acreditei naquilo. Acho que Liana estava se aproveitando da minha presunção, presumindo que eu preferia acreditar que ela ficaria mais uma noite comigo.

— Está falando de domingo à noite?

— Isso. Depois de Bernie roubar os diamantes, faria todo o sentido que os dois fugissem para o mais longe possível. Em vez disso, Liana me encontrou no Kowloon, foi ao meu apartamento e passou a noite lá. Antes de sair, ela plantou os dois diamantes na minha gaveta de roupas, escondido onde eu não os encontraria de imediato. Ela estava se arriscando, sabendo que o corpo de MacLean seria encontrado e que a polícia começaria a ir atrás de mim. Acho que ela estava disposta a assumir tal risco e que era importante passar a noite comigo, manter-me apaixonado, plantar os diamantes, além de oferecer um motivo plausível para Bernie MacDonald perder o controle.

“Bernie fingir que estava maluco era crucial para a segunda parte do plano. A primeira era pegar os diamantes de MacLean, o que acabou sendo bastante fácil, e a segunda era fingir a própria morte e eliminar Bernie. Então todos os diamantes ficariam com ela e as pessoas parariam de procurá-la, porque ela estaria morta. Ela *sabia* que conseguiria realizar a primeira parte do plano, e a segunda seria ainda mais fácil. Essa parte é fundamental para compreender o que aconteceu, o que acredito ter acontecido. Tudo o que aconteceu depois do roubo foi como um *quarterback* lançando a bola para a *end zone*. Um lance arriscado no fim do segundo tempo, quando seu time já está na liderança. Isso faz algum sentido para você?”

— O que é esse negócio de futebol que você falou? Brincadeira, continue, estou acompanhando.

— Muito bem. Era muito complicado para ela saber que se safaria disso tudo. Era um lance arriscado, mas, se não desse certo, quer dizer, se, por exemplo, eu decidisse entregá-la a vocês, ou se eu fosse incapaz de matar Bernie no barco, ela ainda teria os diamantes e ainda desapareceria. Pensar dessa forma é a única maneira disso tudo fazer algum sentido.

— Então, me conte sobre o que aconteceu no barco.

— Eu tenho na minha mente que Liana deve ter dito para Bernie que o plano era me manter vivo como testemunha da sua morte. Por que ele a apoiou, não sei exatamente o motivo, mas imagino que ele estivesse, pelo menos em parte, sob os encantos de Liana e quisesse agradar-lhe. Ela deve tê-lo convencido de que precisava desaparecer para sempre. Portanto, todo esse tempo, a ideia era me colocar no barco de Aller, que estava amarrado perto da cabana, depois levá-lo para o mar. Eu facilitei as coisas para eles ao aparecer na casa de Katie Aller, embora, infelizmente, tenha aparecido com Karin Boyd, e ela se tornou a perda colateral.

— E se você não tivesse ido à casa?

— Então Bernie teria arranjado um jeito de me sequestrar. Estava na cara que ele vinha me seguindo. Ele me seguiu na noite em que fui visitar Irene em Cambridge, a noite em que ele atirou em mim e atropelou o verdadeiro Donald Jenks. Ele poderia ter me matado, mas esse não era o plano. Ele ainda estava atuando. O verdadeiro plano era me levar vivo, por isso o rifle de tranquilizante. Por que mais ele teria uma coisa daquelas?

— Nós rastreamos aquela arma, diga-se de passagem, e ela veio do zoológico de Atlanta. Registraram o roubo dela. Parece que Bernie tinha um amigo trabalhando lá dentro.

— O que mostra que esse plano estava em ação fazia um tempo. A arma era a chance de me levar vivo, o que era fundamental. Karin era um percalço, mas aquilo só significava que Bernie teria que levar a nós dois. Ele havia preparado um veneno para dopar um homem do meu tamanho, mas foi demais para Karin, e ela morreu de overdose. Não que isso fizesse diferença, pois ela seria morta de qualquer maneira.

"Enquanto isso acontecia, enquanto Bernie me encurralava na casa de Katie Aller, Liana estava esperando no carro. Vejo agora que ela estava completamente consciente, deitada no banco de trás, fingindo estar dopada, só para o caso de eu a vir se corresse até o carro. Que foi o que fiz. Eu me convenci de que estava olhando para uma mulher inconsciente, mas vi os olhos dela se movendo, tenho certeza disso. Naquele instante, achei que era um efeito colateral, algum tipo de tique por ter sido abatida, mas agora lembro de maneira diferente. O que acho que vi foi Liana fechando rapidamente os olhos quando apareci na janela do carro."

— Não foi o que disse em seu depoimento anterior.

— Eu sei. Eu mudei de ideia. Talvez eu tenha pensado demais naquilo e não consiga ver com clareza, mas acho que ela simplesmente estava deitada no banco de trás do carro. Ela estava esperando que Bernie me pegasse. Enquanto Bernie vinha atrás de mim, Liana trancou o carro e deitou no banco de trás. Se eu a visse, pensaria que Bernie a tinha pego também. E eu a vi. E foi exatamente o que pensei.

— Mas, se não a tivesse visto, você poderia não ter hesitado e teria conseguido fugir.

— Isso é verdade. Eu poderia ter chegado à floresta e depois até a estrada. Se isso tivesse acontecido, então acho que Liana e Bernie teriam simplesmente desistido e fugido. Lembre-se, esse negócio todo era um lance de risco.

— E Liana era a *quarterback* — disse ela.

— Sim, você entendeu. Liana era a *quarterback*. Bernie seria um jogador da linha, na melhor das hipóteses.

A detetive riu.

— Está bem, já entendi. Acho que você está subestimando o valor de um bom jogador de linha, mas entendo o que está dizendo. Pode continuar.

— Então, depois que fui pego, foi apenas uma questão de colocar todos os corpos no barco. Fomos levados para a cabana, onde o barco estava amarrado. Liana deve ter ajudado, então deixou que Bernie a amarrasse. Estávamos deitados cara a cara sob a lona. Ele deve, então, ter navegado para o mar aberto e circulado até eu despertar. Assim que isso aconteceu, Liana entrou em ação, contando-me sobre a faca que ela havia roubado e, basicamente, permitiria que eu me livrasse das cordas que me prendiam. Essa parte era tudo uma questão de *timing*. Era crucial que eu me libertasse, mas não antes de Liana ser jogada. Acho que eles tinham uma espécie de sinal, assim Liana avisaria Bernie quando parar o barco e começar a jogar os corpos. Acho que o sinal era que ela deveria chutar a lateral do barco. Eu ouvi isso no momento e achei que seria o som do barco, porque, logo depois, Bernie pegou Liana e a jogou pelo convés. Mas um barco não faz um som de batida quando para. A não ser que algo dê errado. Liana fez o sinal para Bernie de que era o momento de eu testemunhar a morte dela. Eu não seria capaz de fazer nada para impedir, mas eu ainda teria uma faca, e Bernie aproveitaria para jogar os outros dois corpos. Ele estava enrolando, dando tempo para que eu cortasse o resto da corda.

— E para você pegar a arma — disse a detetive James.

— Bem, não. Bernie não sabia sobre a arma. Ele poderia até saber sobre a arma na caixa de ferramentas, mas tinha certeza de que não estava carregada. Não, ele achou que era para eu me libertar, pegar o colete salva-vidas e me arriscar no oceano.

— Você seria um alvo fácil. Ele tinha um barco. Poderia ir atrás de você.

— Mas não era para ele vir atrás de mim. Era para ele me deixar fugir. O que Bernie não sabia era que Liana tinha me oferecido uma maneira de atirar nele. Ela havia deixado uma arma carregada. Ela queria era que eu matasse Bernie. Assim, não restaria mais ninguém vivo que saberia que *ela* continuava viva. Eu diria ao mundo que ela estava morta, e, mesmo que nunca encontrassem um corpo, nem os diamantes, não haveria motivos para continuar procurando por ela. Era perfeito.

— É que é tudo tão improvável. Havia muitas coisas que poderiam dar errado. E se o tranquilizante tivesse matado você junto com Karin Boyd? E se você não conseguisse se livrar das cordas? E se Bernie tivesse sobrevivido? Et cétera, et cétera...

— Se Bernie tivesse sobrevivido, não teria sido o fim do mundo para Liana. Ele não a entregaria. Ela só precisaria dividir o dinheiro com ele. Como disse, havia muito, e só Deus sabe... Meu palpite é que ela encontraria outra maneira de matá-lo depois. Ele confiava nela. Não teria sido tão difícil.

A detetive James pareceu cética, com os lábios apertados.

— Eu costumava ter as mesmas dúvidas e perguntas, até que comecei a pensar por um outro ângulo — disse George. — Como eu disse antes, havia dois planos. O primeiro plano era infalível, ou o mais próximo de infalível que um roubo de milhões de dólares pode ser: o plano de pegar os diamantes de MacLean. O segundo plano era um tiro no escuro... uma maneira de pegar os diamantes, livrar-se de Bernie e desaparecer para sempre. Este plano poderia ter dado errado, de todas as maneiras que você disse, além de muitas outras. Katie Aller poderia ter sido abordada por vocês logo após o assassinato de MacLean, se tivessem ligado os pontos antes. Eu poderia ter deixado a cidade. Bernie poderia ter me acertado por acidente com a espingarda perto do apartamento de Irene. Se qualquer uma dessas coisas tivesse acontecido, então Liana estaria preparada para pular fora. Ela teria fugido desta cidade antes mesmo de vocês terem descoberto o nome completo dela. Mas ela continuou por perto para que fosse perfeito, e conseguiu.

George continuou:

— Os diamantes apareceram em algum lugar? Isso não lhe diz nada?

— Bem, como você sabe, uma parte apareceu.

— Mas quero dizer a maioria deles. Tenho certeza de que havia mais que dois.

— Digamos que esteja certo — disse James —, e Liana planejou a coisa toda. Como ela fugiu depois de Bernie jogá-la na água? Você disse que ela foi amarrada. Você viu Bernie amarrá-la ao bloco de cimento.

— Isso eu não sei. Pode ser que ela não estivesse amarrada, mas parecesse estar. Tenho certeza de que era um bloco de cimento de verdade, mas talvez ele a tivesse amarrado de um jeito que se soltaria quando ela estivesse na água.

— Você disse que ouviu uma queda na água e depois mais nada.

— É isso o que eu lembro. Talvez ela tenha nadado por baixo da água por um tempo, chegando longe o bastante para que eu não a ouvisse. Talvez houvesse outro barco por perto, ou algum tipo de sistema de flutuação. Eu ainda estava amarrado a essa altura. Não conseguia ver nada fora do barco.

— Não sei, George — disse a detetive James.

— Admito que para mim também foi difícil entender essa parte. Era mar aberto. Eu estava de pé no barco logo após Liana ter caído na água, e não vi nada. Mas, se alguém pudesse nadar em busca de uma nova vida, esse alguém seria ela. Não sei como ela conseguiu, mas sei que conseguiu. Foi um truque de mágica.

— Um truque de mágica bem impossível. Vocês estavam a quilômetros da terra.

— Sei que parece ridículo, mas é tudo meio ridículo nessa história, não importa o ângulo. Não paro de pensar nos meus momentos naquele barco. Tudo foi ensaiado para que eu fosse uma testemunha. Foi muito conveniente. Liana escondeu uma faca a bordo, a qual eu conseguiria alcançar. Quando peguei a faca, perguntei se ela queria que eu a libertasse, e ela disse que não. Então Bernie encontrou seu local de desova assim que libertei minhas mãos. Ele escolheu jogar Liana primeiro, mas escolheu não me jogar logo em seguida. Isso não faz sentido. Ele ia querer se livrar dos dois vivos primeiro e, depois, dar um jeito nos mortos. Tudo isso foi armado para que eu pudesse me libertar e escapar. Assim eu poderia ser testemunha.

— Mas, mesmo que pulasse na água, não dava para garantir que você sobreviveria.

— Não havia garantia de nada. Era tudo uma questão de sorte. Sei que parece improvável, mas você acha provável que Liana tenha deixado Bernie levar a melhor, que os dois tenham morrido e que os diamantes tenham sumido completamente?

— Não acho que nada disso seja provável. Acho que é tão provável quanto dizer... e eu não sou a única... que você está com todos os diamantes.

— Se eu tivesse todos os diamantes, por que deixaria dois deles na minha gaveta de cuecas?

— Talvez tenha feito isso para dar credibilidade à sua história, para fazer parecer que armaram para você.

— Acho que você está me confundindo com um gênio do crime. Está me dando crédito demais, detetive.

— Você não é o único que pensa assim.

Depois do interrogatório, George foi deixado sozinho por mais uma hora. Ele imaginou a conversa que aconteceria do lado de fora da sala à prova de som, os policiais decidindo se ele seria fichado agora ou mais tarde. Tentou se importar, mas não parava de pensar naqueles diamantes deixados na gaveta. Seriam eles um *agradecimento* de Liana? Ou seriam um último *vai se foder*?

A detetive James voltou para a sala e disse:

— Pode ir, sr. Foss. Por ora é só.

George ficou de pé.

— Você vai me acompanhar até lá fora?

Assim que saíram do prédio, George acendeu um cigarro.

— Eu tinha certeza de que seria preso lá — disse ele para a detetive James, que tinha saído da delegacia junto com ele.

— Você deixou esta delegacia de mãos atadas. Mas você vai ser preso. É só uma questão de saber sob quais acusações e quando.

— Obrigado pelo aviso.

— Há uma crença geral de que você vai nos levar a Liana Decter.

— Então alguém concorda comigo de que ela não se afogou no mar.

— Não, acho que o consenso é de que ela nunca esteve naquele barco. Pelo menos, não há provas disso.

— Só a minha palavra.

— Só a sua palavra.

— Acho que vou aproveitar minha liberdade enquanto a tenho.

— Ah, e não saia da cidade. Gostaria que isso tivesse constado nos registros oficiais.

— Por que você ainda confia em mim? — perguntou George.

— Não sei se confio, mas acredito que esteja dizendo a verdade. Ouço muitas mentiras de muitos mentirosos nesse meu trabalho. Acredito que tenha dito a verdade quando disse que agiu de boa-fé ao devolver o dinheiro a MacLean, e que Liana e Bernie tramaram para cima de você. Não acho que você sabia dos diamantes no seu quarto. E acredito que você ache que Liana ainda está viva.

— Mas você não acredita que ela esteja.

— Você conhece a navalha de Occam?

George confirmou com a cabeça.

— A solução mais fácil para isso é que Liana Decter e Bernie MacDonald roubaram muitos diamantes. Bernie ficou ganancioso, ou ciumento, ou os dois, e decidiu matar todos os envolvidos. Ele quase se deu bem, mas acabou morto. Os diamantes... quem sabe? Podem estar em qualquer lugar.

— Então, por que estou aqui? Se Bernie realmente queria me matar, ele teve a chance. Como é possível que eu tenha levado a melhor?

— Acho que você teve sorte — disse ela. — Muita, muita sorte.

CAPÍTULO 27

De volta ao seu apartamento, George sabia o que devia fazer.

Era fim de tarde. Ele alimentou Nora, pegou as chaves do Saab e saiu de casa. Decidiu que voltaria a New Essex, convencido de que Liana tinha deixado algo para trás.

Vou saber o que estou procurando assim que eu encontrar.

Ao passar pela rotatória do centro da cidade, o coração dele parecia ter dobrado os batimentos e ele começou a ficar tonto. Na Estrada da Praia, parou no estacionamento da igreja antes de chegar à Captain Sawyer Lane. Abaixou a janela do carro e absorveu a brisa do mar. Por algum motivo, lembrou-se da figura caída no banco da igreja, na primeira vez que fora à cabana perto do pântano. Lembrou-se de ter olhado para o homem adormecido e pensar que, talvez, ele estivesse morto naquele banco e ninguém havia percebido, porque ele parecia um paroquiano mais velho tomando sol.

George, com o coração voltando ao normal, engatou a marcha do carro novamente e saiu do estacionamento da igreja. Ele pegou a Captain Sawyer à direita, depois outra direita logo em seguida, na rua esburacada que levava à casa dos Allers. A noite havia caído e estava escuro entre os pinheiros, mas ele reconheceu o perímetro de fitas amarelas que ainda circulava a propriedade.

Depois de encontrar o exemplar de *Rebecca* de Liana, com o cartão-postal do México enfiado entre as páginas, George voltou para Boston em meio à escuridão. Ele manteve o ar-condicionado ligado e a janela aberta, assim poderia soprar a fumaça do cigarro noite afora. Não sabia ao certo o que o livro significava — devia ter sido deixado especificamente para ele, assim como os diamantes, ou seria apenas um erro por parte de Liana? —, mas sabia que o livro era *para* ele. Era uma pista, um pedaço de informação que ele, e ninguém mais, agora tinha.

Chegando em casa, George sentou-se no sofá e folheou o livro. Havia muitas passagens marcadas, todas destacadas com caneta azul, como Liana sempre anotava em seus livros. Ele passou os dedos pelas marcas de caneta, os ângulos precisos e linhas perfeitamente traçadas. Voltou para a página seis, onde o cartão-postal das ruínas maias havia sido colocado, e leu a passagem em destaque: “Mas eu tive melodrama demais nesta vida, e daria de bom grado meus cinco sentidos se eles pudessem assegurar a paz e a segurança que temos. A felicidade não é uma posse a ser conquistada, é uma qualidade do pensamento, um estado de espírito”.

Naquela noite, George não dormiu. Liana atormentava cada pensamento seu, até que ficou convencido de que aquela presença constante em sua mente era uma prova ainda maior de que essa mulher continuava viva em algum lugar. Mas para onde ela teria ido após ressurgir do oceano? Ela deveria estar com os diamantes — disso ele tinha certeza — e teria uma nova identidade. Novo nome. Novo cabelo. Morando em algum lugar distante. Esse era o dom dela. Transformação. Ela havia dito a ele que aquela era a maldição dela, mas não. Era o dom dela, uma especialidade, um talento. Liana podia se tornar outra pessoa, e, com a mesma facilidade, podia matar o que havia se transformado, eliminando quem quer que aparecesse em seu caminho. E, se a transformação era seu talento especial, então George sabia que o que havia atraído Liana a ele era o fato de ele ser alguém que nunca se transformaria. Ele sempre seria o mesmo.

E foi por isso que ela me procurou em Boston, pensou George. Não porque ela precisasse de uma conclusão, ou por querer vê-lo novamente, ou precisar da ajuda dele em tempos de necessidade. Ela voltara para ele porque ele tinha um papel a interpretar — uma aparição especial, praticamente —, e fazer com que ele o interpretasse seria tão simples quanto aparecer num bar, linda e amedrontada.

A aurora começou a surgir e preencher o quarto de George. Ele ouviu o caminhão de entregas do *Globe* acelerando na rua lá embaixo. Mesmo não tendo dormido, sentia-se bem acordado. Ele sabia o que devia fazer.

— Irene Dimas.

— Oi, sou eu.

— Ah. Não reconheci o número. Onde você está?

— Na verdade, vou ter que ficar fora por uns tempos. Queria saber se pode me fazer um favor.

— Sim, claro. — George ouviu os ruídos do local de trabalho de Irene no fundo da ligação. Ele conseguira pegá-la ainda na mesa, mesmo já tendo passado das cinco de uma sexta-feira.

— Preciso que cuide de Nora.

— Posso fazer isso, sim. Quanto tempo ficará fora?

— Para ser sincero, estava querendo que você a levasse para o seu apartamento. Talvez tenha que ficar fora por um bom tempo.

A voz de Irene ficou aguda de repente.

— Você foi preso? De onde você está ligando?

— Não, não. Pelo menos, ainda não. Estou fora da cidade. Só não sei por quanto tempo. Vou me sentir melhor se souber que Nora está com você.

— Por favor, não me diga que foi atrás dela.

— Tudo bem. Não fui atrás dela.

— Não acredito em você. Você precisa deixar isso para a polícia.

— A polícia não está procurando Liana. Eles estão atrás de mim. Eles encontraram alguns dos diamantes perdidos no meu apartamento.

— Quanto? Como?

— Tenho que ir. Pode apenas cuidar de Nora para mim?

— Claro. Pode deixar. Não pode me dizer onde você está?

— Não dá. Desculpe.

— O que vai fazer se a encontrar?

— Preciso ir. Cuide de Nora. Eu volto.

George desligou antes que Irene pudesse fazer mais perguntas.

Se ele encontrasse Liana, o que faria? A verdade era que não sabia direito. Queria dizer a si mesmo que a faria pagar pelo que ela havia feito. Mas não estava tão certo disso. Só o que sabia era que, se não encontrasse Liana Decter e provasse ao mundo que ela era a culpada, ele ficaria preso por muito tempo. E sabia que tudo o que havia acontecido em Boston, desde sua aparição no Jack Crow até o banho de sangue a bordo do barco de Bernie, tinha se desenrolado exatamente como era para ser, exatamente como Liana havia planejado.

Ele embrulhou o celular pré-pago na embalagem em que veio e o enfiou no fundo da lata de lixo, próxima à mesa de piquenique. Um pássaro preto com olhos amarelos voou baixo e pousou na beirada da lata, imaginando se ele tinha jogado comida fora. George ficou de pé, puxando a alça de sua bolsa por sobre o ombro, com dez mil dólares envolvidos num exemplar do *Boston Globe* no bolso interno, fechado a zíper. Era tudo o que trazia consigo, além do passaporte e algumas mudas de roupa, quando saíra do apartamento no dia anterior. Sabendo que a polícia poderia estar de olho nele, não ousou trazer uma mala maior.

Ao sair do apartamento no frescor da alvorada, não viu nada de suspeito, só um táxi amarelo parando na esquina. Ainda assim, caminhou até a garagem onde mantinha seu Saab, entrou pela porta da frente, depois passou pelo vigia noturno dormindo em sua mesa e saiu pela porta dos fundos, até um beco cheio de latões de lixo. De lá, ele andou até a estação mais próxima e pegou o metrô para a Estação Sul. Tinha certeza de que, se fosse para o Aeroporto Logan e tentasse pegar um voo, seria barrado. Mas pensou que teria mais chances se saísse de um aeroporto no Canadá. Não havia nenhum trem para Montreal, então George comprou uma passagem de ônibus.

O fiscal canadense da fronteira carimbou seu passaporte e mal olhou para ele. O mesmo aconteceu no Aeroporto Montréal-Trudeau, onde comprou uma passagem para Cancún. George tinha tanta certeza de que seria questionado pelos policiais, ou que sua bolsa seria examinada e o dinheiro descoberto, que ele mal acreditou quando o avião levantou voo de Montreal a caminho do México.

Um ônibus precário o levou por uma hora de Cancún para Tulum. Ele precisava arranjar um hotel, algum lugar barato que aceitasse dinheiro sem fazer perguntas. Mas, primeiro, comprou um telefone e foi para a cidade maia.

É igual ao cartão-postal, George pensou ao olhar para as ruínas acinzentadas ao longo da ribanceira e ver, ao longe, a superfície calma e ensolarada do mar. E ele soube, com absoluta certeza, que Liana não estaria descansando no fundo do Atlântico. Ela estava viva.

AGRADECIMENTOS

Este livro não existiria sem meu agente, Nat Sobel, que leu uma história sobre um casal de calouros e se perguntou o que aconteceria se eles tivessem se encontrado vinte anos mais tarde. Ele esteve do meu lado até a reta final. Toda vez que eu pensava ter feito algo perfeito, Nat me dizia que poderia ser muito melhor. Ele estava certo o tempo todo.

Um agradecimento do fundo do coração vai para Joe DeMarco, que primeiro publicou *A Desconhecida* em formato de contos no Mysterial-E. Pouquíssimos periódicos literários, quanto mais periódicos on-line, se interessam por histórias com mais de dez mil palavras. Joe não apenas leu a longa história que eu lhe enviei, como deu um lar a ela. E agradeço à *Spinetingler Magazine*, por indicar minha história ao prêmio de Melhor Conto na Internet.

Obrigado a David Highfill, meu editor na William Morrow. A inteligência e o entusiasmo de David tornaram o processo de edição muito menos doloroso do que eu pensava. Angus Cargill, meu editor na Faber and Faber, deu sugestões astutas que melhoraram muito a qualidade do livro. E agradeço à equipe toda da Sobel Weber — Judith, Adia, Julie e Kirsten —, cujo profissionalismo só era excedido por sua gentileza.

Myriam Steinback é uma daquelas raras combinações — uma ótima chefe e uma grande amiga. Durante os dezesseis anos que trabalhamos juntos nos treinamentos de professores, ela organizou minha agenda, de forma que desse tempo para escrever, e sempre me encorajou, tanto no meu trabalho como gerente de projetos quanto na produção literária que faço no meu tempo livre. Obrigado.

E um último obrigado, com muito amor, para Charlene, minha primeira leitora, maior fã e mais dura crítica. Obrigado por me deixar fechar a porta do escritório como faço tantas vezes.